Bob Men

De vierde soera

Manteau Antwerpen

Voor Sandra

Standaard Uitgeverij nv, Belgiëlei 147a, B-2018 Antwerpen
www.standaard.com
manteau@standaard.com
Tweede druk
Omslagontwerp Wil Immink
ISBN 90-223-1571-1
D 2000/0034/396
NUGI 331

De koran is ingedeeld in honderd veertien hoofdstukken of soera's, op hun beurt weer onderverdeeld in verzen, die 'tekenen' worden genoemd.

De vierde soera, genaamd *'Al-Nisa'*, 'De vrouwen', bevat volgens sommige oriëntalisten volgende algemene aanwijzing:

'Overlegt goed en neemt slechts één, twee, drie en ten hoogste vier echtgenoten. Vreest gij ook dan nog onrechtvaardig tegenover een vrouw te handelen, leeft dan met slavinnen die gij kunt kopen. Zo zult gij niet gemakkelijk van de rechte weg afdwalen.'

1

Myriam had een hekel aan het kleedhokje.

Het had als enig meubilair een stoel en een kapstok en nadat je je had uitgekleed – slipje en beha mocht je aanhouden – zat je op de stoel te wachten tot het je beurt was.

Het wachten leek iedere keer langer te duren.

Ze staarde naar de deur die de laborant straks zou opentrekken om haar in de röntgenkamer binnen te laten. De afgelopen nacht had ze opnieuw gedroomd over het auto-ongeluk, waarbij ze de rugblessure had opgelopen. Muriël was van oordeel dat ze daarin een waarschuwing moest zien voor iets dat haar boven het hoofd hing, maar Myriam hechtte geen geloof aan dat soort voorspellingen.

Ze sloot haar ogen en beleefde het ongeluk opnieuw.

De weg ging steil omhoog tot driehonderd meter en het leek of ze een hemel van besmeurd metaal tegemoet stormde. Seconden later stortte de weg zich van die hoogte omlaag het dal in en onmiddellijk daarop weer omhoog. Het begon te regenen en ze nam instinctief wat gas terug.

'Niet vertragen', riep Muriël.

Myriam schudde het hoofd. De regen had het evenwicht tussen geconcentreerd en ontspannen rijden verstoord. Het gevoel dat haar niets kon overkomen, was weg. Ik ben meegegaan als navigator voor deze rally, dacht ze opstandig, niet als coureur.

'Jij moet het stuur overnemen', zei ze met iets van paniek in haar stem. 'Die krampen in je kuit zullen nu wel voorbij zijn.'

'Néé', schreeuwde Muriël. 'Doorrijden! Als je stopt, zijn we onze voorsprong kwijt.'

Myriam vertrok haar gezicht. Het zou moeilijk zijn met deze snelheid te blijven rijden zonder regenbanden. Nauwelijks merkbaar minderde ze vaart.

'Scherpe bocht naar rechts! Tachtig meter klimmend! Dan scherp naar links!'

De regen ging over in waterige sneeuwvlokken en het wegdek werd spiegelglad.

'Hoever nog?'

'Acht kilometer! Vijf minuten!' Muriëls stem sloeg over van opwinding.

Myriam stuurde nu in uiterste concentratie, bij iedere bocht probeerde ze twee tot drie haarspeldbochten voor hen uit te overzien. Op de korte open bergflank kreeg de wind vat op hen en de wagen begon te slingeren. Ze ving hem op, maar voelde hoe hij slipte en stootte en ze wist dat de banden bij die snelheid onvoldoende greep hadden op het wegdek. In de bocht begonnen de achterwielen weer te slippen, ze stuurde er tegenin, gaf opnieuw gas en slaagde erin de wagen op de korte steile klim weer recht te krijgen. Hoewel ze nog wat vaart minderde, kwam de volgende bocht veel te snel op hen afgestormd en toen ze er vlakbij waren, verscheen midden op de weg een gendarme, die wild met zijn armen zwaaide. O God O God! Ze rukte aan het stuur, wist de in paniek wegkrabbelende gedaante te ontwijken, maar nu leek de wagen een eigen leven te gaan leiden; het landschap wentelde om haar heen, de bomen langs de weg werden reuzen, groeiden tot donkere kathedralen, die één aaneengesloten rij vormden – een Lorelei. Haar ogen vonden een lichte vlek en lieten die niet los. Ze trok opnieuw aan het stuur, trapte op het gaspedaal en de wagen schoof zijwaarts in het gat. Op hetzelfde moment schoot een felle, hete pijn door haar rug en ze hoorde noch voelde de dreun waarmee de wagen tegen een boom knalde.

'Komt u maar.'

De röntgenlaborant trok de deur open en Myriam ging de halfduistere kamer binnen. Ze ging op de tafel liggen en keek toe hoe de laborant en zijn assistente snel en geluidloos rondliepen. De radioloog kwam binnen. 'Licht uit.'

Ze hoorde de motor zoemen voor de hoogte-instelling bij zijdelingse opnamen.

'Even naar links – naar rechts – niet ademen – diep ademen...' Ze kreeg het een beetje te kwaad toen ze de tafel kantelden en ze met het hoofd omlaag van alle kanten werd doorgelicht.

De laborant knipte het licht aan. 'U mag zich aankleden.'

Het aankleden kon niet vlug genoeg gebeuren. Een beige coltrui met driekwart mouwen en een zwarte, wijd vallende broek. Daarna stapte ze in haar schoenen met halfhoge hakken. Er was geen spiegel in het kleedhokje en ze schudde het hoofd om haar lange blonde haren te ordenen. Daarna opende ze de deur en stapte naar buiten. Ze ging op een stoel zitten tegenover de balie en bladerde gedachteloos in een tijdschrift.

Enige tijd later verscheen de doktersassistente. Ze glimlachte en wees naar de deur van de spreekkamer. 'Gaat u maar naar binnen', zei ze vriendelijk. 'De dokter is zo klaar.'

Myriam ging op een bezoekersstoel bij het bureau zitten. Aan de andere kant van de ruime spreekkamer besprak dokter Wilfrieds met een andere dokter – ze stonden met de rug naar haar toegekeerd – op gedempte toon een serie röntgenfoto's die tegen een lichtgevend scherm hingen.

Ze keek rond. Achter het bureau stond een boekenkast met leren ruggen, bedrukt met imposante medisch-wetenschappelijke opschriften. In de ruitjes van de kast zag ze zichzelf weerspiegeld: een jonge vrouw met lang, blond haar en lichtblauwe ogen in een rond gezicht en met een rond figuur. Ze zuchtte. Té rond. Al deed ze nog zoveel aan sport, een figuurtje als Muriël zou ze nooit krijgen.

Dokter Wilfrieds had haar zucht gehoord. Hij draaide zich om en glimlachte verontschuldigend. 'Neem me niet kwalijk, Myriam. Ik ben zo bij je.' Hij schudde de andere dokter de hand en die verliet de spreekkamer zonder Myriam aan te kijken.

Dokter Wilfrieds kwam tegenover haar zitten en keek haar stralend aan. 'Ik heb goed nieuws. Je knie is weer helemaal in orde.'

'Zo voelt het ook, dokter. Al een hele tijd. Maar mijn rug doet af en toe nog wat pijn.'

De dokter knikte begrijpend. 'Tussen de vierde en de vijfde wervel. Doe je nog regelmatig de voorgeschreven oefeningen?'

'Ja.'

'Heb nog een paar weken geduld. Intussen kun je opnieuw sportles gaan geven. Je geeft tennisles, nietwaar?'

'Nee. Squash.'

'O ja? Toch wel uitzonderlijk voor een vrouw.'

'Waarom?'

'Het is een veeleisende sport.'

'Ik doe het maar een paar dagen per week. U weet toch dat ik bij vader op het Nucleair Onderzoekscentrum werk?'

'O, ja,' zei hij, 'en wat doe je daar precies?'

'Public relations', antwoordde ze.

'Jaja.' Dokter Wilfrieds knikte beleefd. Zijn gedachten waren klaarblijkelijk al bij de volgende patiënt.

'Denkt u dat mijn rug weer helemaal goed zal komen, dokter?' vroeg Myriam.

Wilfrieds bracht peinzend zijn vingertoppen tegen elkaar. 'Je bent jong', zei hij. 'Eigenlijk mogen we blij zijn dat je geen blijvende letsels hebt opgelopen.'

'Misschien wel. En ook dat m'n vriendin nauwelijks een schrammetje had.'

De dokter stond op. 'Voorlopig hoef je dus niet meer te komen.'

'Mooi zo. Ik ben er niet rouwig om.'

De dokter bracht haar tot bij de deur. 'Doe je vader mijn groeten', zei hij bij wijze van afscheid. 'O ja, zeg hem ook dat dokter Daizy volgende week naar het NOC komt.'

'Wie?'

'De dokter die u net zag weggaan. Een buitenlandse collega. Hij is orthopedisch chirurg en specialiseert zich in beenmergtransplantaties.'

Myriam sloeg niet veel acht op wat Wilfrieds zei, buitenlandse geleerden waren bij het NOC een normaal verschijnsel. Wilfrieds praatte ongestoord voort.

'Hij verleent zijn medewerking aan een onderzoek dat ik verricht voor het NOC naar behandelingsmethoden bij patiënten die aan te hoge doses straling blootgesteld werden.'

'Gelukkig heeft het NOC daarin nog niet veel praktische ervaring opgedaan', zei Myriam en schudde dokter Wilfrieds de hand.

Ze verliet het Universitaire Ziekenhuis en reed over de A2 en de autosnelweg E313 naar Mol. Haar vader, Richard Dachner, was directeur-generaal bij het NOC en sinds ze de universiteit had verlaten was ze er, op zijn aandringen, eveneens komen werken. Eerst als vaders directiesecretaresse, later als hoofd van de public relations.

Toen ze het Onderzoekscentrum bereikte, reed ze meteen door naar de afdeling voor radioactief afval, de *waste*, waarvan de gebouwen een paar kilometer verderop lagen. Ze had er een afspraak met Jake Corbelle, een van de directeuren bij het NOC, die zich hoofdzakelijk bezighield met de commercialisering van de nucleaire technologie.

Hun ontmoeting zou nochtans niet beroepsmatig zijn. Gisteren had ze met Jake door de telefoon een halfuur geredetwist over hun verhouding. Hoewel ze nooit hadden samengewoond, hadden ze een vaste relatie gehad, maar sinds haar blessure leek die nergens meer naar. Zij ging met niemand anders naar bed, maar Jake gedroeg zich alsof hij niet meer aan haar gebonden was. Gisteren had ze hem voorgesteld dat ze het vandaag met elkaar zouden uitpraten.

Jake was niet in het waste-gebouw en had ook geen boodschap voor haar achtergelaten. Geërgerd keerde ze terug naar haar auto – het was nu wel duidelijk dat hij haar wilde laten schieten. Ze reed naar het directiegebouw en ging met de lift naar de zesde verdieping, maar nog vóór de lift stopte, veranderde ze van gedachten en duwde op de druktoets voor de derde verdieping. Er was kans dat Jake op de marketingafdeling was en ze wilde voor eens en voor altijd weten, waar ze met hem aan toe was. In gedachten verzonken staarde ze naar de wisselende digitale cijfers op het bedieningspaneel van de lift.

Toen de deuren opengingen, stond Richard Dachner, haar vader, voor de liftingang te wachten. Richard was zestig, hoewel dat hem niet aan te zien was. Dat kwam door zijn felle manier van bewegen en ook door zijn grijze ogen, waarmee hij je doordringend kon aankijken. Zijn gezicht, met de brede neus, vertoonde een hardnekkige baardgroei – hij moest zich soms twee keer per dag scheren – en zijn dikke grijze haar was altijd keurig geknipt. Hij lachte haar toe.

'Dag kindje. Zoek je mij?'

'Nee', zei ze. 'Ik heb waarschijnlijk op een verkeerde toets gedrukt.'

Ze wisten allebei dat het een uitvlucht was en dat ze voor Jake naar de derde verdieping was gekomen. Richard kwam naast haar in de lift staan. Hij had een groot bovenlichaam, maar korte armen en benen, zodat hij toch wat kleiner was dan zij. Toen hij haar glimlachend aankeek had ze – zoals altijd – echter het gevoel dat hij de grootste was.

'Ga je dan mee naar boven?' vroeg hij.

Ze voelde dat ze een kleur kreeg. Ze werd boos op zichzelf omdat ze zich onnodig betrapt voelde en boos op Richard omdat ze wist dat hij haar houding tegenover Jake afkeurde. De deuren gingen dicht en de lift suisde omhoog.

Toen ze bij de deur van zijn kantoor kwamen, zei hij: 'Kom even mee binnen. We moeten eens samen praten.'

Het lag haar op de tong om te weigeren, maar ze vond er niet direct de juiste woorden voor. Zwijgend liep ze achter hem aan. Zijn kantoor was een grote ruimte met aan de ene kant een bureau en aan de andere kant een conferentietafel. Ondanks de droge, wetenschappelijke onderwerpen die er werden behandeld, heerste er een huiselijke sfeer.

Haar vader maakte een vaag gebaar naar het zitje bij het hoekraam. Min of meer tegen haar zin ging Myriam met de rug naar het raam in een fauteuil zitten.

'Koffie?'

'Nee,' zei ze, 'of ja, toch.'

Hij bracht een zilveren thermoskan en twee kopjes. Terwijl hij inschonk, zei hij: 'Je moeder maakt zich zorgen over jou.'

'O?' Myriam keek onthutst. 'Is die hier?'

'Nee. Ze belde me vanuit Londen. Tussen twee vluchten.'

'Ik heb ook telefoon', zei Myriam effen. Na haar scheiding

van Richard was haar moeder hertrouwd met een Britse diplomaat, die voortdurend van standplaats wisselde.

'Je was niet thuis.'

Myriam keek zwijgend toe hoe hij een wolkje melk in haar koffie deed. Hij kende de juiste hoeveelheid die ze gebruikte.

'Zij is niet de enige die zich zorgen maakt, ik doe dat ook.' Hij liet een tabletje sacharose in haar kopje vallen.

'Er is geen reden toe', zei ze. 'M'n knie is helemaal in orde en dokter Wilfrieds zegt dat het voor m'n rug een kwestie van tijd is.'

Zijn grijze ogen keken haar rustig aan. 'Daar ben ik blij om. Wilfrieds heeft me er een halfuurtje geleden over opgebeld.' Hij nam voorzichtig een paar slokjes van de hete koffie. 'Je weet best dat ik het over Jake heb.'

'Over Jake hoeven jullie je nog minder zorgen te maken. Het is uit tussen ons en dat blijft zo.'

'Een reden te meer om hem niet onnodig op te zoeken. Het lijkt wel of je achter hem aan loopt.'

'Dat doe ik niet', zei ze kregelig. 'Ik vergiste me van etage.'

Dachner zette zijn kopje op de salontafel. 'Luister, kindje,' zei hij bedachtzaam, 'je hebt een probleem met mannen.'

'Goeie genade, Richard,' antwoordde ze strijdlustig, 'doe niet zo ouderwets. Je lijkt wel een boetprediker.' Haar vader wilde dat ze hem bij zijn voornaam noemde, een gewoonte die stamde uit de tijd toen hij, na zijn studies aan de universiteit van Los Angeles, voor Down Chemical in Amerika werkte.

'Ik ken tientallen mannen die vrij zijn en voor jou door een vuur zouden lopen,' zei hij, 'maar...'

'Maak er een lijstje van.' Myriams stem was niet vrij van sarcasme. 'Ik beloof je dat ik je kandidaten om de beurt een kans zal geven.'

'Maar jij wilt geen van hen', ging hij verder. 'Om de een of andere reden word jij altijd opnieuw verliefd op een oudere man, iemand die al een ander heeft of iemand die alleen maar wat met je speelt. Tracht toch jezelf een beetje onder controle te houden.'

'O, hou op', zei Myriam ongeduldig. 'Gevoelens leg je niet vast met wiskundige formules. Het zijn geen wetenschappelijke problemen.'

'Evengoed moet je ze wel kunnen beheersen. Als Jake je niet meer wil, moet jij hem ook niet meer willen. Dat is zelfbewustheid.'

'En ik verkies zelfbehoud', zei Myriam bitsig. 'Als ik een man wil hebben, vecht ik om hem te krijgen. Of te houden.'

Richard werd kwaad. 'Zodat je je belachelijk maakt tegenover anderen.'

'Het kan me geen donder schelen wat anderen van me denken', zei Myriam, nu ook boos.

'Hou dan rekening met...'

Richard hoorde de deur achter zich opengaan.

'Ja?' riep hij driftig.

Een employé bleef in de deuropening staan. 'Meneer Corbelle vraagt u te spreken, meneer Dachner.'

'Vandaag heb ik geen tijd. Morgenochtend.'

De employé bleef staan. 'Hij zegt dat het héél dringend is, meneer.'

'Alles is hier dringend. Nou goed...' Hij keek naar zijn dochter en glimlachte toegevend. 'Misschien heb ik wel ongelijk', zei hij zachtjes. 'Oudere mannen vergeten wel eens hoe gecompliceerd het is om jong te zijn.'

Ze stond op en kuste hem op de wang. 'Precies daarom word ik altijd verliefd op oudere mannen. Ze weten soms niet hoe knap ze zijn. Als jij m'n vader niet was...'

Hij lachte en gaf haar een speelse tik. Tegen de employé zei hij: 'Stuur Jake Corbelle maar binnen.' Hij kwam overeind en ging achter zijn bureau staan.

Myriam liep naar de andere deur en wilde het kantoor verlaten, maar werd door zijn stem tegengehouden.

'Ik heb liever dat je erbij blijft.'

Ze draaide zich met een ruk om. 'Zo-even wilde je nog dat ik Jake zou mijden.'

Hij glimlachte vergoelijkend. 'Ik vroeg je niet om een andere baan te zoeken.' Hij wees naar de conferentietafel. 'Daar ligt papier en potlood. Maak wat notities over mijn gesprek met Corbelle voor de vergadering van de Raad van Bestuur.'

Ze ging aan het uiterste einde van de tafel zitten en keek niet op toen ze Jake hoorde binnenkomen. Zonder hem aan te kijken wist ze ook wel dat hij een knappe en slanke man was en dat hij daar zou staan met dat hautaine trekje op zijn gezicht, iets wat hem zowel aantrekkelijk als arrogant maakte. Hij was zesendertig, tien jaar ouder dan zij, maar het was niet het leeftijdsverschil waardoor ze zich tot hem aangetrokken voelde. Het was zijn zorgeloze aanpak van de dagelijkse problemen, de manier waarop hij haar aan het lachen bracht als ze in een van haar depressieve buien was. Ongetwijfeld was hij meer een vriend dan een vrijer geweest en had Richard niet helemaal ongelijk. Ze moest leren aanvaarden dat er aan alles een einde kwam.

Corbelle zei: 'Het gaat om het aanvullingsverdrag met de Verenigde Arabische Emiraten. Ik vernam van Werner Witman dat u het nog niet hebt getekend.' Werktuiglijk begon Myriam nota's te nemen.

Richard Dachner keek opstandig. 'Ik heb niets tegen de bouw van een kernreactor in het Midden-Oosten, Jake', zei hij. 'Wel tegen hun nieuwe voorwaarden dat wij hun mensen moeten opleiden. Er is altijd kans dat het ADAD* met Iran of Libië onder één hoedje gaat spelen.'

'Dat zijn politieke overwegingen, meneer Dachner. Daarover moet de regering zich uitspreken. En die heeft geen bezwaar. De minister heeft het me persoonlijk gezegd.'

'Vraag hem dat hij dat schriftelijk bevestigt en of je het publiek mag maken.'

'U weet dat zoiets niet kan', zei Jake geprikkeld.

'Nucleaire technologie verkopen aan het Midden-Oosten kan naar mijn gevoel evenmin.' Richard boog zich voorover en steunde met beide handen op zijn bureau. 'In de huidige stand van de kennis inzake kernfysica maken extremisten er explosieven mee, nog voor je weet waar ze de splijtstof vandaan hebben. Trouwens, het zou een schending zijn van het non-proliferatieverdrag.'

Jake werd ironisch. 'Wat hooguit een protest van de Nucleaire Veiligheidscommissie zou kunnen uitlokken, dat – zoals gebruikelijk – nergens gehoor zal vinden.'

* Atomic Department of Abu Dhabi

Richard liet zich met een zucht op zijn stoel zakken. Hij verlegde wat papieren op zijn bureau zonder ernaar te kijken. Toen keek hij weer op naar Jake. 'Wat vind je dat we moeten doen?'

Jake ging ook zitten. 'We kunnen er niet omheen', zei hij bezwerend. 'Het is de enige manier om ons kernafval kwijt te raken en het brengt uiteindelijk nog geld in het laatje.'

Dachner keek verstoord voor zich uit.

Corbelle zei: 'De tijd dringt, meneer Dachner. Volgende week arriveert hun eerste stagiair. Weet u wie?'

'Nee.'

'Houdt u vast. Abbas Al Fahim.'

Dachners stem klonk ongelovig: 'Al Fahim? Dat is geen stagiair, dat is een atoomdeskundige.'

Corbelle schudde het hoofd. 'U doet hem te veel eer aan. Hij is een tweederangsgeleerde. Maar bij het ADAD heeft hij veel invloed.'

Richard bleef somber voor zich uit staren.

'Het gaat niet zomaar om een paar centen, meneer Dachner. Het gaat om het voortbestaan van het NOC. De broodwinning van meer dan duizend gezinnen. Willen we voldoen aan de ministeriële saneringsplannen, dan moeten onze eigen ontvangsten met acht procent per jaar stijgen. Waarmee? Al wat we te bieden hebben, is verwerking van kernafval of onze knowhow verkopen.'

'Er is een verschil, Jake. Je kunt knowhow uitlenen zonder die te verkopen. De basisovereenkomst was een onderzoeksreactor in de Emiraten te bouwen en de *control command* met eigen mensen te bemannen. Zodra men ginder andere dan vreedzame trekjes vertoont, trekken we onze mensen terug.'

Corbelle schudde het hoofd. 'Precies om die reden wil Al Fahim dat we opleiding verschaffen aan hun technici. Als u het aanvullingsverdrag vandaag niet tekent, kunt u de rest ook wel vergeten.'

Myriam vond dat haar vader er opeens moe uitzag. Met hoorbare tegenzin zei hij: 'Goed. Ik zal die nieuwe clausules door Witman laten nakijken. Als hij het ermee eens is, zal ik straks tekenen.'

Jake stond op en stak zijn hand uit over het bureau. 'Akkoord.'

Richard maakte geen aanstalten om hem de hand te schudden. 'Ik weet niet waarom,' zei hij, 'maar soms geef jij mij het gevoel dat je me gebruikt als een pion op een schaakbord.'

Aarzelend trok Jake zijn hand terug. 'Dat is niet eerlijk', zei hij met een lichte verontwaardiging in zijn stem. 'Het is veeleer omgekeerd. Als u de boel hier vergelijkt met een schaakspel, dan bent u daarin een koninginnestuk dat zich als een pion gedraagt.'

Toen Myriam in haar kantoor kwam, stond Jake haar aan haar bureau op te wachten. Zonder hem aan te kijken ging ze achter het scherm van haar pc zitten en startte het tekstverwerkingsprogramma.

'Myriam?'

Ze keek niet op en raadpleegde haar notities.

Hij kwam achter haar staan, legde zijn hand op haar schouder en streelde haar met zijn duim in haar hals. De intieme aanraking veroorzaakte een kriebelig gevoel langs haar rug, waardoor ze onwillekeurig haar hoofd achterover boog. Verstoord duwde ze zijn hand weg.

'Laat dat, wil je.'

Hij hernieuwde zijn greep en deed haar ronddraaien op haar stoel, zodat ze verplicht was hem aan te kijken.

'Het was niet m'n bedoeling je vader te beledigen', zei hij.

'Je bent er nochtans uitstekend in geslaagd', barstte ze los.

Hij keek haar strak in de ogen. 'Het spijt me.'

Ze kalmeerde.

'Daarom wilde ik je over hem spreken.'

Ze wond zich opnieuw op. 'Als je iets over Richard te zeggen hebt, doen we dat in zijn bijzijn.'

Zijn ogen lieten haar niet los. 'Er is veel kritiek op de manier waarop je vader het NOC bestuurt', zei hij onaangedaan. 'Sommigen noemen het onkunde, anderen verwijten hem oneerlijkheid en racistische opvattingen.'

Myriam snoof minachtend.

Hij trok een stoel naar zich toe, ging zitten en nam haar hand in de zijne. Zijn handen voelden sterk en droog aan.

'Je vader is een wetenschapper', zei hij. 'Onder zijn leiding hebben de vorsers in Mol opmerkelijke prestaties geleverd die over de hele wereld hoog worden ingeschat.'

Ze glimlachte voor de eerste keer.

'Zie je wel', zei ze. 'Er valt hem niets te verwijten.'

'Jammer genoeg zijn wetenschappers over het algemeen slechte administrateurs en je vader is daarop geen uitzondering.'

'Wat een flauwekul', zei ze.

'Het is ernstiger dan je denkt, Myriam. Zo is er nooit behoorlijke controle geweest op de verwerking van het radioactief afval. Korte tijd nadat ik in dienst kwam, ontdekte ik dat het NOC over een illegale voorraad waste beschikt.'

'Hoezo illegaal?'

'Radioactieve stoffen waarvoor we niet over veilige bergplaatsen beschikken en die we niet kunnen vernietigen.'

'Waar kwam dat afval vandaan?'

'Meestal van Posenuklear in Duitsland. Er bestaat geen twijfel over dat die miljoenen aan steekpenningen hebben betaald om hun afval bij het NOC kwijt te raken.'

'Aan wie?'

Jake ging niet in op haar vraag. 'In plaats van een gerechtelijk onderzoek te laten instellen, wist je vader me ertoe te bewegen een andere oplossing te zoeken.'

'De vuiligheid terug naar de afzender?'

'Nee. Ik zorgde voor een overeenkomst met het ADAD in Abu Dhabi. Die zouden onze waste verwerken en wij zouden hen helpen met de bouw van een onderzoeksreactor.'

'Wat is dan nog het probleem?'

'Je vader.' Corbelle aarzelde even, toen ging hij resoluut verder. 'Aan de ene kant wil hij tot elke prijs voorkomen dat het geknoei met dat kernafval aan het licht komt en aan de andere kant lijkt het erop dat hij de uitvoering van het verdrag met de Arabieren tegenwerkt.'

'Daar zal hij wel goede redenen voor hebben.'

'Zolang die redenen maar geen eigenbelang zijn.'

Myriam trok haar hand met een ruk weg. 'Waar wil je naartoe?'

'Met het ADAD-contract zijn enorme bedragen gemoeid. Op het NOC wordt slechts een beknopte boekhouding gevoerd met de inkomsten en uitgaven als grondslag. Daardoor hebben we geen boekhoudkundige verdeelsleutels en kunnen we de rendabiliteit van de verschillende productielijnen niet berekenen.'

Ze zuchtte: 'Ik begrijp er niets van.'

Jake zei met een ernstig gezicht: 'Kort samengevat wil dat zeggen dat het NOC in de rode cijfers zit en dat niemand weet waarop we winnen en waarop we verliezen.'

'Maar Jake. Richard heeft toch niets met boekhouding te maken. Dat is de verantwoordelijkheid van Werner Witman. Die is financieel directeur.'

'Zou hij dat nog zijn als hij niet de beschermeling was van je vader?'

Myriam fronste haar voorhoofd. Jake had gelijk. Een andere directeur-generaal zou het financieel beheer niet in handen hebben gelaten van iemand als Witman. Werner Witman was nagenoeg doof, zijn slechthorendheid werd voortdurend erger en hoorapparaten noch de tussenkomst van de meest gerenommeerde oorartsen of chirurgen leken dat aftakelingsproces te kunnen stoppen. Het was vanzelfsprekend dat Witmans werk daaronder leed. Bij groepsgesprekken was hij volkomen geïsoleerd, daardoor werd hij wantrouwig en teruggetrokken en leefde hij als een kluizenaar in zijn kantoor. Toch had ze begrip voor haar vaders houding, ook zij mocht Werner Witman graag en ze had de stellige overtuiging dat dat gevoel wederkerig was.

'Witman is een aardig man,' zei ze, 'en uiterst verstandig.'

'Goeie genade, Myriam. Je kunt geen nucleair onderzoekscentrum runnen met alleen maar aardig te zijn.'

Myriam zweeg. Tegen zijn nuchtere redenering was niets in te brengen.

Jake ijsbeerde door de kamer. Opeens bleef hij voor Myriam staan en keek haar lange tijd zwijgend aan. Zijn ogen straalden een eerlijke overtuiging uit en hoewel hij haar niet aanraakte, voelde ze zich alsof hij zijn armen beschermend om haar heen sloeg.

‘Er zijn krachten aan het werk om je vader uit het zadel te lichten. Als iemand op de hoogte raakt van de illegale wastevoorraden en een klacht indient, gaat hij voor de bijl. Om wat er tussen jou en mij is... eh... is geweest, wil ik hem helpen, maar dan moet jij zorgen dat hij meewerkt. Evenals Witman is hij een aardig man, maar hij kan verdomd eigenzinnig zijn.’

Myriam zat er min of meer verslagen bij. Jakes woorden hadden indruk op haar gemaakt. Waren haar persoonlijke moeilijkheden met Richard meestal ook niet te wijten aan zijn beginselvastheid? Ze voelde hoe Jake haar onderzoekend stond aan te kijken. Zijn door de zon gebleekte bruine haar hing er nogal verward bij en dat nam de arrogantie wat weg die hij uitstraalde.

‘Wat wil je dat ik doe?’ vroeg ze.

‘Zorg om te beginnen dat hij vanmiddag het aanvullingsverdrag tekent en het laat bekrachtigen door de Raad van Bestuur.’

Ze aarzelde nog even. Overwoog of het niet beter zou zijn om samen met Jake naar Richard te gaan en hem de hele toedracht te vertellen. Maar Richard zou zich boos maken. En er was niets dat haar zo van streek maakte als een Richard die zijn stem verhief. Ze schoof de notities van het gesprek tussen Richard en Jake in een lade. ‘Goed’, zei ze. ‘Ik zal m’n best doen.’

Jake glimlachte. Met zijn lippen beroerde hij zachtjes haar voorhoofd. ‘Flinke meid’, zei hij en draaide zich om.

‘Wacht even’, zei Myriam. Ze wilde hem vragen waarom hij die morgen niet op hun afspraak was verschenen, maar Jake had het kantoor al verlaten.

Toen herinnerde ze zich dat hij had gezegd: ‘wat er tussen jou en mij is geweest.’

2

Zonder dat ze achterom keek, wist Myriam dat er iemand van uit de cafetaria naar hen stond te kijken. Ze zag het aan het koketteren van Muriël, die in een ontspannen aanvangshouding haar buikje introk en haar billen net iets te opvallend samenkneep. Het gebeurde wel meer dat er toeschouwers voor het raam van het turnzaaltje bleven staan. Vooral mannen. Het was dan ook een aantrekkelijk schouwspel, die twaalf jonge vrouwen in frivole pakjes en veelkleurige beenwarmers. Iemand schakelde de pauzetoets van de taperecorder uit en de discomuziek vulde de ruimte.

'Daar gaan we!' zei Muriël.

Myriam kwam gelijktijdig met de andere meisjes in beweging. Hoofd links, rechts, rollen, rollen. Probeer je oor naar je schouder te brengen. Eén, twee. Met gespreide benen naar voren buigen. Links, rechts, veren, veren. Het ritme van de muziek kreeg haar te pakken. Handen op en hielen van de grond, omhoog en hoog en hoog. Myriam voelde zich vrij en gelukkig, zelfs al had ze Jake niet aan de telefoon kunnen krijgen. Looppas op de plaats, rechts-links. Met de handen klappen, klappen, klappen. Jake kon haar gestolen worden. Joggen, joggen, joggen. Ze voelde dat ze begon te transpireren. Dat was goed... Hakken, tenen, hakken, tenen. Ze had Richard kunnen overtuigen, maar van Jake niet eens een bedankje... Dan maar een beetje cancan en ademen, uit en in en uit en in... Jake had zijn slag thuisgehaald... Buigen, strekken... Jake haalde altijd zijn slag thuis... Ze werd moe... *keep moving*... lach...! De muziek helpt... naar de duivel met de mannen... niet verslappen... en naar de duivel met haarzelf... buigen, dieper... en naar de duivel met haarzelf... tempo, tempo... Omdat ze Jake niet kon... sissend uitademen... niet kon... Lach...! Lach...! Lach...

'Stop!'

De meisjes vielen hijgend en lacherig tegen elkaar aan, maar Muriël liet hen niet los. 'Cool-down, meisjes. Mediteren.'

Ze gingen ontspannen op hun rug liggen. De muziek begon opnieuw: rustige Japanse klanken.

'Maak je geest leeg', klonk Muriëls stem zacht. 'Ontspan elke spier van je lichaam.'

Myriam ademde diep in en uit. Ze voelde alle zorgen uit haar gedachten verdwijnen. Haar rug deed geen pijn meer. Ze voelde zich zekerder, opgewekter. Aerobic-dancing had altijd die uitwerking op haar gehad.

'Heb je hem gezien?' vroeg Muriël opgewonden.

Ze opende haar ogen. 'Wie?'

Muriël stak haar hand uit en trok haar overeind. 'Aan de bar. Is hij niet geweldig?'

In de grote wandspiegel kon Myriam de aangrenzende verbruikszaal overzien zonder zich om te draaien. Aan de bar zaten alleen een paar oudere mannen.

'De langste van de twee.'

Myriam keek verbaasd. 'Hij zou je vader kunnen zijn. De man heeft bijna geen haar meer.'

'Dat maakt hem niet minder aantrekkelijk.'

'Nou, voor mijn part mag je hem hebben.'

'Dat zal niet meevallen', zei Muriël spijtig. 'Hij heeft de hele tijd naar jou zitten kijken.'

Myriam trok haar gympjes aan. 'Kom,' zei ze, 'we gaan vlug iets drinken. Over een kwartiertje begin ik met squashen.'

Ze liepen de cafetaria binnen en gingen op een hoge stoel bij de tapkast zitten. Muriël bestelde chocolademelk.

'Jij ook?'

'Nee,' zei Myriam, 'voor mij kruidenthee. Ik heb nog een paar kilo te verliezen.'

'Pure inbeelding, meid. Jouw figuur is uitstekend.'

Myriam antwoordde niet. Ze wist van zichzelf dat ze een gespierd lichaam had met een smalle taille, maar des te bredere schouders en heupen. Sinds het ongeluk en de inactiviteit die erop volgde, was ze een paar pond aangekomen. Die moesten er dringend af.

'Wanneer gaan we opnieuw rallyrijden?' vroeg Muriël. 'Volgend weekend?'

'Dat weet ik nog niet', antwoordde Myriam. Ze wist helemaal niet zeker of ze er ooit nog aan zou beginnen.

'Het is als met paardrijden, meisje. Als je er af valt moet je er onmiddellijk weer op. Zonder nadenken. Anders krijgt de angst vat op je.'

'Het is geen angst', weerlegde Myriam. 'Misschien ben ik er niet geschikt voor.'

De barman bracht haar het lijstje met de afspraken voor de squash-lessen. Het waren er niet zoveel. Door de gedwongen onderbreking wegens de blessure waren sommigen van haar leerlingen naar een andere trainer overgestapt.

Ze bestudeerde het lijstje.

'Wie is Arie Dissie?' vroeg ze.

De barman gebaarde met zijn hoofd naar de twee oudere mannen. 'De langste.'

Ze keek haar toekomstige leerling van opzij aan. Hij droeg een geruit sporthemd met openstaande kraag en een crème-kleurige linnen zomerbroek. Ze zag dat hij donker kroeshaar had, dat nog slechts het achterste deel van zijn hoofd bedekte. Daardoor leek hij op het eerste gezicht veel ouder dan bij nader toezien. Toch schatte ze hem wel vijfenveertig. Hoewel hij aandachtig luisterde naar wat de andere man hem vertelde, had ze het gevoel dat hij wist dat ze hem zat te bekijken. Ze kwam van haar stoel en liep naar hem toe.

'Hallo', zei ze met een glimlach en stak haar hand uit. 'Ik ben Myriam Dachner. De squashtrainer.'

Met een soepele beweging gleed hij van de hoge barstoel af en schudde haar de hand. Hij had lichtgekleurde ogen, waarmee hij haar zo intens aankeek dat ze heel even van haar stuk gebracht was.

'Arie Dissie. Hoe gaat het met u?' zei hij beleefd. Hij deed geen moeite om de man naast hem voor te stellen. 'Bedankt dat u mij wilt trainen.'

‘Hebt u al vaker gespeeld?’ vroeg ze.

‘Jaren geleden’, antwoordde hij. ‘Het is me vooral om m’n conditie te doen.’

Hoewel hij nu niet direct het profiel had van een nationaal kampioen, zag hij er toch ook niet uit als iemand die nooit aan sport had gedaan. Er was iets aan hem dat haar bekend voorkwam. Ze wilde hem vragen of ze elkaar al eerder hadden ontmoet, maar in de plaats daarvan vroeg ze: ‘Is die dan zo slecht?’

Hij maakte een gebaar met zijn hand naar zijn beginnend buikje. ‘Ten minste tien kilo te slecht.’

‘Dat valt wel mee.’ Ze had totnogtoe het lichte accent waarmee hij sprak niet kunnen thuisbrengen, maar nu begreep ze dat dat niet zozeer bleek uit verkeerd uitgesproken woorden, dan wel uit de moeite die hij zich gaf correct te spreken.

‘Mag ik u iets te drinken aanbieden?’ vroeg hij plechtstatig. Het viel haar op dat hij de neiging had zijn woorden met gebaren te onderstrepen.

‘Nu niet,’ zei ze, ‘straks, na de training.’

Hij verscheen op de squashbaan in een ongebruikelijke outfit. Zijn blauw-wit gestreepte trui, rood-blauw geblokte bermudabroek en felrode Amerikaanse basketbalschoenen deden sommige clubleden in de galerij de wenkbrauwen fronsen. In Antwerp Center Court werd nogal streng de hand gehouden aan de verplichte witte kledij. Omdat het geen wedstrijd was, maakte Myriam geen bezwaar.

Om zijn niveau van spelen te leren kennen, liet ze hem eerst alleen zomaar een balletje slaan, zodat ze zijn bewegingen kon observeren. Hij sloeg een reeks mooie forehand- en backhandslagen, maar hield zijn racket toch wat te stijf vast.

‘Oké,’ zei ze, ‘eerst een woord over het vasthouden van het racket.’ Ze kwam naast hem staan en drukte zijn onderarm omhoog, zodat het rechtopstaande racket een verlengstuk van zijn arm werd. ‘Stevig, maar niet al te stijf vasthouden.’ Het viel haar op dat zijn onderarm en de rug van zijn hand – zoals bij Richard – met kort, donker haar bedekt waren. Hij had ook dezelfde brede handen met sterke, vierkante vingers.

‘Vorm een V met uw duim en wijsvinger langs de steel’, zei

ze. 'En er moet ruimte zijn tussen uw wijsvinger en middelvinger.' Ze duwde zijn twee vingers wat van elkaar. 'Zo. En meer de pols gebruiken als u slaat.'

Hij glimlachte tegen haar. 'Ik zal eraan denken.'

In het kunstlicht van de fluorescerende strips boven de baan zag Myriam dat zijn ogen een merkwaardige kleur hadden, de kleur van koffie-verkeerd, die nochtans uitstekend samenging met zijn getaande huid.

'Nu gaan we samen wat forehands en backhands tegen de voormuur slaan', zei ze. 'Als u goed op de juiste houding let, zal het uw gevoel voor ritme en timing helpen ontwikkelen.'

Tijdens het slaan stelde ze zich bescheiden op, zodat hij altijd een gelijke kans had op de bal. Toen ze halverwege het slaan van plaats verwisselden, begon ze hardere ballen te slaan en te volleren over de hele baan om hem wat meer onder druk te zetten. Hij bleef alert haar tempowisselingen volgen, hoewel hij af en toe een stuntelige slag plaatste. Ze kreeg steeds meer plezier in de vloeiende bewegingen waarmee ze na iedere slag om elkaar heen wentelden en voor ze het wist was het trainingsuurtje voorbij.

Hoewel ze er het laatste kwartier behoorlijk de pees had opgelegd, vertoonde hij nauwelijks enige transpiratie.

'Uw conditie lijkt zo slecht nog niet te zijn', zei Myriam.

Hij lachte. 'Misschien hebt u me wel een beetje gespaard.'

'Denkt u?'

Ze verlieten de baan.

'Mag ik dan nu een glaasje voor u kopen?'

Ze glimlachte. 'Een drankje, bedoelt u.'

'Natuurlijk.'

'Tien minuutjes. Ik ga eerst douchen.'

Hij was voor haar klaar. Toen ze na de douche aan de bar verscheen, zat hij er, aangekleed, en naar zijn nog natte haren te oordelen had hij eveneens gedoucht. De man die hem voordien vergezelde en ook Muriël waren al vertrokken. Ze bestelden allebei een cola.

'Kunt u me morgen opnieuw een uurtje reserveren?' vroeg hij.

Ze pakte het lijstje met de reserveringen. 'Goed. 's Middags. Vier uur?'

'En overmorgen? Kan dat ook?'

'Nee. Nooit op zondag.'

'O', zei hij onzeker.

Het viel haar opnieuw op dat hij dezelfde handen had als Richard. Hij droeg geen trouwring, maar uit ervaring wist ze wel dat zoiets niets hoefde te betekenen.

'Een ogenblikje.'

Uit haar handtas diepte ze een muntstuk op. Ze liep naar het wandtoestel aan het einde van de bar en draaide het nummer van het NOC met directe doorverbinding, maar het toestel op Jakes bureau bleef bellen zonder dat er werd opgenomen. Na een poos haakte ze af en draaide zijn privé-nummer. Daar werd al bij de eerste beltoon opgenomen.

'Hallo?'

Het was de stem van een vrouw. Myriam had moeite de vraag over haar lippen te krijgen.

'Is Jake daar?'

Het meisje giechelde. 'Hij is bezig. Je raadt nooit waarmee.'

'Kan me niet schelen.'

Myriam hoorde een onderdrukt gefluister. Ze wist dat in Jakes flat aan de Rozenberg in Mol een tweede toestel naast het bed stond.

'Wie is daar?' vroeg Jake.

Myriam legde zachtjes de hoorn op de haak.

Ze wist dat ze vuurrood zag toen ze terug in de bar kwam, maar Dissie deed of hij het niet merkte. Hij was van zijn hoge barstoel af gekomen en ze stonden een poosje zwijgend naast elkaar, af en toe een slokje drinkend.

'Maandag dan?' vroeg hij.

Ze keek verward naar hem op: 'Wat maandag?'

'Een afspraakje.' Hij glimlachte verontschuldigend. 'Om te trainen, bedoel ik.'

'O ja.' Ze aarzelde. 'Misschien.' Er was iets aan deze man wat niet klopte. Ook op de baan had hij niet getoond wat hij waard was. Zijn basistechnieken en feeling waren beter dan hij voorwendde. Ze besloot het anders aan te pakken. De beste manier om iemands karakter te leren kennen was onder de stress van een competitiesituatie. 'Hebt u zin om morgen een wedstrijd voor het toernooi te spelen?' vroeg ze.

Hij aarzelde. 'Denkt u dat ik goed genoeg ben?'

Ze twijfelde er niet aan. 'We zien wel.'

Hij knikte. 'Afgesproken.' Zijn ogen dwaalden over haar gezicht. 'Zullen we nog een glaasje kopen. Eh... drinken.'

Het was duidelijk dat hij toenadering zocht, maar als er iets was waar ze op dat ogenblik geen behoefte aan had, dan was het aan contact met een man. Het minst van al met een man die twintig jaar ouder was.

'Het spijt me. Ik moet weg.' Ze zag een schaduw over zijn ogen komen en mompelde nog iets over een toneelstuk waar ze naartoe moest. Met een zwaai van haar hand nam ze afscheid.

Naar Myriams oordeel was de première een flop. Misschien kwam dat omdat ze er niet voor in de stemming was, want Muriël leek zich uitstekend te amuseren. Na de voorstelling zeulde Muriël haar mee naar een disco, in de hoop daar een man te ontmoeten op wie ze sinds een paar weken een oogje had. Toen die om middernacht nog niet verschenen was, gingen ze naar huis. Ieder had een reden om teleurgesteld te zijn, maar Myriam kon dat niet zo over zich heen laten gaan als haar vriendin.

Toen ze vijfentwintig werd – nu al een jaar geleden – was Myriam van huis weggegaan. Voor een stuk omdat ze de toegewijde verzorging van haar tante – Richards zuster, die sinds het vertrek van mama de rol van huishoudster op zich had genomen – wilde ontvluchten, maar vooral omdat ze zich – telkens als ze een nachtje niet thuis had geslapen – inbeeldde een zwijgende afkeuring te zien in Richards schijnbaar neutrale houding. Ze was toen bij Muriël ingetrokken. Die had een paar jaar eerder een flat in Antwerpen ingericht, in een mislukte poging haar toenmalige vriend vaster aan zich te binden. Het was een leuke flat, met uitzicht op het theaterplein en het pompeuze betonnen gebouw van Het Toneelhuis, een fusie van de vroegere Koninklijke Nederlandse Schouwburg en de Blauwe

Maandag Compagnie. In de flat hadden ze elk een eigen slaapkamer, maar het gebeurde wel meer dat ze in hetzelfde bed sliepen. Soms lagen ze dan nog uren te kletsen, meestal over één onderwerp: mannen.

Muriël ging nog wat tv kijken, maar Myriam had daar geen zin in. Ze waste en streek eerst nog een sportblouse en een rokje voor de wedstrijd van de volgende dag en daarna ging ze naar bed. Na een poosje kwam Muriël naast haar liggen.

'Er zit je iets dwars, nietwaar?'

Myriam zuchtte. 'Ik weet niet wat ik ervan moet denken', zei ze. Ze vertelde Muriël van het gesprek met Richard over Jake en het daarop aansluitende gesprek met Jake over Richard.

'Je vader heeft het bij het rechte eind', zei Muriël onomwonden. 'Je interesseert je alleen maar voor vreemdelingen en oudere mannen, liefst verloofd of getrouwd.'

'Onzin. Jake is een Amerikaan. Voor mij is dat geen vreemdeling. Je vergeet dat ik in de States ben opgevoed.'

Muriël lachte. 'Het is het exotische tintje dat het hem bij jou doet. Wat is hij ook weer? Een mesties?'

Myriam knikte. Het was Jake nauwelijks aan te zien. Tenzij je het wist en ging letten op zijn hoge jukbeenderen en de brede mond met de volle lippen. 'Eigenlijk is hij een terceroon. Dat is een kind van een mesties. Maar dat is niet het probleem.'

'Wat dan wel?'

'De moeilijkheden bij het NOC. Volgens Jake groeit het bestuur Richard boven het hoofd.'

'Is dat zo?'

'Soms,' zei Myriam mat, 'tenzij de oorzaak elders te zoeken is. Volgens Jake heeft Richard dwarsliggers binnen de Raad van Bestuur. Ze beschuldigen hem van racisme omdat hij er niet op gebrand is aan de Arabieren nucleaire technologie te verkopen.'

'En dat heeft hij niet?'

'Wat?'

'Racistische vooroordelen.'

'Natuurlijk niet', zei Myriam fel. 'Hij heeft niets tegen Arabieren. Hij wil voorkomen dat een kernreactor in handen komt van extreme islamitische machthebbers, zoals in Libië. Tenslotte moet hij waken over de toepassing van het NPV.'

'Hé zeg. Doe niet zo geleerd. Wat is het NPV?'

'Het non-proliferatieverdrag. Een internationaal verdrag dat de verspreiding van kernwapens moet voorkomen.'

'O. Die dingen gaan me boven m'n petje.' Muriël was verkoopster in een boetiek en deed zich graag eenvoudiger voor dan ze was. 'Gelukkig maar dat Jake aan jullie kant staat.'

Myriam grinnikte. 'Begrijp je nu waarom ik hem niet kwijt wil?'

Ze lachten allebei.

Muriël draaide zich op haar zij. 'Wat zou het leven zonder mannen probleemloos zijn.' Ze zuchtte overdreven: 'En saai.'

Ze lagen zwijgend naast elkaar.

Even later zei Myriam: 'Soms voel ik me net als Richard: een pion die heen en weer wordt geschoven. Het verschil is dat ik niet eens weet door wie.' Muriël gaf geen antwoord. Ze was als een blok in slaap gevallen.

3

Die zaterdagmiddag verscheen Dissie niet op de squashbaan met een gestreepte trui en een bermudabroek, maar droeg hij een witte korte broek, een pastelkleurig shirt en witte linnen schoenen. Met zijn getaande huid zag hij eruit als iemand die zijn leven op een zeilboot had doorgebracht. Hij reageerde op Myriams keurende blik door zich zo slank mogelijk te maken.

'Kom,' zei ze, 'vijf minuten opwarmingsoefeningen.'

Ze kregen onmiddellijk het goede ritme te pakken. De stuitende bal en de zwiepende rackets klonken als muziek. Aan het geluid en het ritme ervan hoorde Myriam dat het een goede wedstrijd zou worden. Toen ze een paar minuten bezig waren, kwam uit het luidsprekertje boven de deur de vervormde stem van de uitbater. 'Telefoon voor Myriam.'

Ze onderbrak het spel. 'Een ogenblikje.'

In het kantoortje lag de hoorn naast het toestel.

'Je weet toch dat ik geen telefoongesprekken aanneem als ik op de squashbaan ben', zei ze tegen de uitbater.

'Het is Jake Corbelle. Hij zegt dat het belangrijk is.'

Ze pakte de hoorn en probeerde haar stem vlak te houden. 'Hallo, Jake?'

Zijn stem klonk opgewekt. 'Ik wilde je bedanken, Myriam.'

'Is dat je dringende boodschap?' vroeg ze koel. 'Waarom deed je dat niet toen ik je gisteren belde? Of was je te zeer buiten adem?'

'God nee, Myriam. Dat was een flauwe grap van m'n vrouw.'

Ze werd nijdig. 'Het klonk niet als haar stem.'

'Het spijt me.'

'Goed. Tot ziens.'

'Wacht even, Myriam. Je moet me nog een keer helpen. Wil jij maandag voor mij...?'

Ze liet hem niet uitspreken. 'Vraag dat maandag. Ik heb nu geen tijd.'

Hij liet zich niet uit het veld slaan. 'Maandagmiddag vlieg ik naar Wenen. Toe nou, liefje. Al wat ik van je nodig heb, is dat je me voor m'n vertrek het originele waste-contract met Abu Dhabi even laat inkijken.'

'Waar is dat goed voor?' vroeg ze. 'Je hebt er een kopie van in je eigen archieven.'

Hij lachte schaapachtig: 'Je zult me niet geloven. Mijn kopie is verdwenen. Iemand heeft die verkeerd opgeborgen.'

'Vraag Richard of Witman om een nieuwe kopie.'

'Ik wil hen daarmee niet lastigvallen, liefje.'

Ze aarzelde. 'Ik zal er maandag met Richard over spreken.'

'Nee, liefje. Vooral dat niet. Denk erom. Je beloofde me je medewerking.'

Ze gaf toe. 'Goed. Ik zal zien.'

'Doe het, liefje. En nog iets. Het was echt m'n vrouw aan de telefoon.'

Ze werd opnieuw nijdig. 'Verdomme, Jake. Ik ben je liefje niet meer. Jij slaapt met wie je wilt. Net als ik.' Ze gooide de hoorn op de haak en liep met korte driftige pasjes terug naar de squashbaan.

Dissie stond in zijn eentje oefenballen te slaan.

Ze pakte haar racket en toste ermee. 'Jij mag serveren. Laat maar eens zien waartoe je in staat bent.'

Hij begon met een rustige lob-service. Na haar gesprek met Jake had Myriam geen zin om de man te sparen. Met een bijna dierlijke kreet sloeg ze de bal zo onverwacht hard en snel vlak boven het tin, dat hij niet meer terug te slaan was. Genadeloos bleef ze haar tegenstander afmatten en onder druk zetten. Vijftien minuten later had ze de eerste set gewonnen, zonder dat Dissie meer dan een paar punten had gescoord.

De tweede set wilde ze hem verder afmaken. Ze wist dat het onrechtvaardig was en dat ze bezig was om Jake te slaan op de rug van een ander, maar Dissie begon weerstand te bieden. Hij ging nu volleren wanneer het maar mogelijk was en ze kreeg het gevoel dat hij haar even scherp in de gaten hield als een roofdier zijn prooi. Het werd nu evenzeer een mentaal als een lichamelijk gevecht.

Omdat ze hem niet meer kon overweldigen met superieur spel, zocht ze naar zijn zwakheden met afwisselend lange, minder lange of dwarse slagen en drop shots. Maar het was Dissie die haar blinde vlek vond in de let, de onbesliste slag die een speler mag vragen als hij meent dat hij belemmerd wordt door zijn tegenstrever. Meer en meer ging hij zich zo opstellen dat ze geen goed zicht op de bal had of, als ze de bal zou slaan zoals ze wilde, hem met het racket zou raken. De referee liet begaan en Myriam had er een hekel aan haar recht op een nieuwe slag op te eisen. Zelf ging hij – bijna brutaal – naar iedere bal en als ze niet snel genoeg de baan ruimde, drukte hij haar ruw opzij. De tweede set duurde bijna een uur en bleef spannend tot het einde. Tot ze de stand van 18-18 bereikten. Toen maakte Dissie twee keer na elkaar een beoordelingsfout bij de servicereturn. Dat betekende voor hem de nederlaag, maar Myriam hield er een onbevredigd gevoel aan over.

Ze dankten de referee en schudden elkaar de hand.

'Gefeliciteerd', zei Dissie. 'Je bent te sterk voor mij.'

Myriam was daar niet van overtuigd. 'Die laatste twee returns', zei ze weifelend. 'Het leek wel of je er de brui aan gaf.'

In zijn ogen verscheen een gele glans. 'Dat doe ik nooit', zei hij fel. 'Je won omdat het de wil was van...'

'Van wie?' vroeg ze verward. 'De referee?'

'Nee, nee. Jouw wil. Je was gewoon sterker.'

Dit keer vertoonde zijn shirt donkere plekken van transpiratie en hij verspreidde een lichte, bijna dierlijke geur. De geur van een roofdier, dacht ze. Een gedachte die haar nerveus maakte.

'Zullen we eerst douchen?' vroeg ze. 'Daarna praten we er nog over.'

Hij glimlachte een brede rij tanden bloot. 'Ja. De verliezer betaalt. Dat is toch het gebruik, nee?'

Myriam bleef een hele tijd in de kleedkamer. Met de kleine handdroger had ze moeite haar lange haar helemaal droog te krijgen. Ten slotte bond ze het bijeen in een paardenstaart. Ze trok een gestreept katoenen T-shirt met rechtopstaande kraag aan, een nauwsluitend kort rokje en zwarte tricot kousen. Het waren jonge, speelse kleren.

Met zijn donkere zomerpak van Italiaanse snit viel Dissie onmiddellijk op tussen de T-shirts en de spijkerbroeken aan de bar. Hij glimlachte opgelucht. 'Gelukkig. Ik dacht dat je al weg was.'

Ze wilde hem zeggen dat het niet haar gewoonte was mensen in de steek te laten, maar deed het niet.

'Een biertje?' vroeg hij. 'Jullie maken heerlijk bier in dit lage landje.'

Dat landje irriteerde haar. 'Nee. Een kruidenthee.'

Iemand legde zijn hand op haar schouder. 'Dag Myriam. Ik zie Jake nergens.'

Geërgerd schudde ze de hand van zich af en ging aan een tafeltje zitten. Even later stond Dissie met de drankjes voor haar. 'Mag ik naast jou zitten?'

'Je kunt moeilijk blijven staan.'

Hij schoof naast haar, zorgvuldig iedere aanraking vermijdend. 'Je bent toch niet boos om die twee domme punten, ja?' vroeg hij op een toon of hij er spijt van had.

'Goeie hemel,' zei ze, 'alsof die belangrijk zijn.'

'Neenee, natuurlijk niet.' Hij pakte zijn glas en dronk met lange teugen. 'Wat denk je van maandag? Heb je dan nog een uur vrij voor mij?'

'Het spijt me. Ik geef alleen les op vrijdag en zaterdag.'

Hij keek haar vragend aan. 'Hoezo?'

'Ik heb een deeltijdse baan, van maandag tot donderdag op een onderzoekscentrum in Mol. Dat is zestig kilometer van hier.'

Hij knikte begrijpend. 'Jammer.'

Ze bestudeerde hem van opzij. Opnieuw kwam het profiel met de brede neus haar bekend voor.

'Hebben we elkaar al ontmoet?'

Hij veegde wat schuim van zijn lippen. 'Ja,' zei hij min of meer verlegen, 'ik heb jouw binnenkant gezien.'

'Binnenkant? Waar heb je het over?'

'Eh... wervelkolom.'

Opeens wist ze het. 'De norse dokter. Bij Wilfrieds. Hij noemde je Daizy.'

Hij keek nog meer verlegen. 'Het is Dissie, maar wordt eigenlijk Ditzy uitgesproken.'

'De specialist in beenmergtransplantaties. Daarvan zul je in dit *landje* niet veel opsteken.'

Hij negeerde de toespeling. 'Dat zou ik niet durven zeggen. Dokter Wilfrieds is een wijdvermaard specialist, voor wie we zelfs in de States ons hoofd ontbloten, eh... de hoed afnemen.'

'Dat verklaart meteen je accent.'

'Accent?'

'Of woordkeuze. Je bent dus Amerikaan. Waar heb je Nederlands geleerd?'

'Ik ben geen...' Hij onderbrak zichzelf. 'De universiteit van Detroit heeft een leerstoel Nederlands.'

Een groepje volleybalspelers met hun aanhang vulde de gelagzaal. Hun opgewonden stemmen brachten haar opnieuw uit haar humeur. Ze wilde weg, maar had geen zin alleen thuis te zitten.

'Ik dacht dat je me ging uitnodigen voor een etentje.'

'Etentje?' Dissie glimlachte opeens breeduit. Een aardige, sympathieke glimlach.

Met Myriams Volkswagen reden ze naar Tops, een café-restaurant aan de Scheldekade met een jong en sportief publiek. Dissie was de hele tijd aan het woord. Hij was een uitstekend causeur en toen ze het drukbezette café bereikten, had hij haar boze bui om Jake bedolven onder een stortvloed van smalltalk en anekdotes over ziekenhuizen en universiteiten. In het café hing een diffuus licht van rood-witte lampenkappen aan de wanden en flakkerende oliepitjes op de tafels. Ze zaten dicht tegenover elkaar aan een klein vierkant tafeltje, zodat hun knieën en voeten elkaar voortdurend raakten.

Dissie raadpleegde een beduimeld menu. 'We drinken champagne, ja?'

Myriam dronk zelden alcohol. Ze wilde weigeren, maar in plaats daarvan vroeg ze: 'Waarom? Wat valt er te vieren?'

'Onze kennismaking', zei hij glimlachend.

Ze zocht in zijn ogen naar scherts, maar zijn glimlach had plaatsgemaakt voor ernst.

'Goed', zei ze, zich opnieuw bewust van de dierlijke kracht die hij uitstraalde. 'Maar soms is het beter iemand niet te goed te kennen.'

Zijn mond plooide zich in een kwajongensachtige lach die hem opeens veel jonger maakte.

'Een joods spreekwoord zegt dat je elkaar beter kunt neuk... eh liefhebben, dan kennen.'

Ze lachte zonder verlegenheid. 'Je bent toch niet joods?'

'Nee, nee', zei hij hoofdschuddend. De lach verdween van zijn gezicht. 'Lijk ik op een jood?'

Ze keek verward. 'Ik zou het niet weten. Ziet een jood er anders uit?'

Hij staarde haar aan met een vreemde uitdrukking op zijn gezicht. Toen knikte hij langzaam. 'Soms wel. Soms wel.'

Ze keek hem na terwijl hij naar de tapkast liep en met de uitbater praatte. Hij kwam terug naar het tafeltje en spreidde zijn handen in een gebaar van onmacht.

'Geen champagne. Hier drinkt men bier of vin du patron.' Hij ging zitten en stootte met zijn knie tegen de hare.

'Verontschuldig me, ja?'

'Hemeltje,' zei ze, 'ga jij je iedere keer verontschuldigen als je me aanraakt?'

Zijn stem klonk verwachtingsvol: 'Aanraken?'

'Dansen, Yankee. Ik weet een leuke disco voor straks.'

Ze aten lamskoteletten, bereid met veel look, en dronken er een jonge koppige landwijn bij. De rook in het café was om te snijden en de stemmen rondom hen werden luider. Myriam kwam in de ban van de vreemde verteltrant van Dissie, waarin zinnen zich voortdurend ritmisch herhaalden en ze was zich intens bewust van zijn sterke, bewegende handen. Haar omgeving vervaagde en haar waarnemingsveld spitste zich toe op zijn ogen, die een hypnotiserende invloed op haar gingen uitoefenen.

Het was halftwaalf toen ze het café verlieten. Door de koele nachtlucht voelde ze zich wat duizelig worden en ze overhandigde hem haar contactsleutel. 'Wil jij rijden?' vroeg ze, steunend op zijn arm. 'Ik ben niet gewend wijn te drinken.'

In een lichte trance ging ze naast hem zitten en sloot haar ogen. Zijn woorden hadden een therapeutische uitwerking op haar gehad en alle hinderlijke gedachten of herinneringen weggewerkt.

Ze hoorde hem de auto starten en wegrijden, zonder haar de weg naar de disco te vragen. Dissie was een fascinerend man, hij gedroeg zich hoffelijk, discussieerde zonder enige terughoudendheid over cultuur en politiek en wist zich gelijktijdig te omringen met een mystiek die ze niet onder woorden kon brengen. Hij was een man van wie ze beslist meer wilde weten, al was het maar omdat het haar de episode met Jake zou doen vergeten. Ze opende haar ogen.

'Ben je moe?' vroeg hij bezorgd. 'Wil je naar huis?'

Ze lachte. 'Nee hoor. Wie weet wat voor verrassingen de nacht nog inhoudt.'

Hij stuurde de wagen de Quinten Matsijslei op en stopte voor een luxueus flatgebouw. 'Ik heb hier een flat', zei hij. 'Van Dr. Wilfrieds, maar ik mag hem hebben voor de duur van m'n verblijf.'

Zonder te antwoorden stapte Myriam uit de auto en bleef onder de luifel op Dissie staan wachten.

Ze stond in het donker bij het raam en zag diep beneden haar de lichten van de lantaarns weerkaatsen in de vijver van het stadspark. Ze hoorde hem uit de badkamer komen, maar draaide zich niet om. Hij stak zijn hand uit en maakte de sluiting van haar beha los.

'Je bent mooi, Myriam,' fluisterde hij, 'God, wat ben je mooi.'

Hij draaide haar om en trok haar naar zich toe. De haren op zijn borst raakten haar tepels. Het gaf haar een kriebelig gevoel.

Opeens wilde ze het uitstellen. 'Nee!' Met haar handen duwde ze tegen zijn borst om van hem vandaan te komen. Hij greep haar ruw vast en drukte haar omlaag zodat ze languit op het tapijt viel. Hij liet haar niet overeind komen, maar hield haar gevangen onder zijn gewicht. Ze schreeuwde het uit, beangstigd door de hitte die hij uitstraalde en die zich nu ook – op een wijze die ze nooit had gekend – van haar lendenen meester maakte.

Toen ze zich weer van haar omgeving bewust werd, lag ze alleen. Haar lichaam voelde pijnlijk aan en haar ademhaling ging gejaagd, maar stilaan werd die rustiger en een diep gevoel van welbehagen maakte zich van haar meester. Achter haar hoorde ze hem bewegen en ze keerde zich om. In het halfduister leek hij veel jonger. Hij stond met gespreide benen en keek op haar neer.

'Was het lekker?' vroeg hij.

'Het was anders', zei ze met een vreemd soort eerbied in haar stem. Toen sperde ze haar ogen wijd open. 'Wel allemachtig! Hoewel je geen jood bent, heb je toch iets dat er sterk aan doet denken.'

Ze lagen op het bed, de lakens teruggeslagen. Myriam draaide zich op haar zij. In het licht van de bedlamp zag ze dat de haren op zijn borst grijs waren. Met haar hand streelde ze het kale deel van zijn schedel.

'Vind je het erg?' vroeg hij.

'Wat?'

'Dat ik m'n haar verlies.'

'Goeie genade, nee. Het windt me op.'

Zijn witte tanden blonken in het schemerlicht.

'Hoe oud ben je?' vroeg ze.

'Achtenveertig.'

'Schaam je. Misbruik maken van mijn jeugd.'

Hij keek haar aan met een dromerige, tevreden glimlach. 'Mohammed zei: De vrouwen zijn uw akker; gaat op uw akker hoe en wanneer gij wilt.'

'Ik ben baas in eigen buik, vreemdeling.'

Hij trok een plechtig gezicht. 'Helemaal niet, dame. Lees de koran. De tweede soera. Dat is het tweede hoofdstuk. Daarin geeft hij de mannen onbeperkte beschikkingsmacht over het lichaam van de vrouwen.'

Ze lachte. 'Dat was vóór ik geboren werd.'

De telefoon rinkelde. Hij slingerde zijn benen uit het bed en liep naar de aangrenzende kamer. Zijn bewegingen deden haar opnieuw aan een roofdier denken.

Ze hoorde hem praten door de gesloten deur. '*Yes... No... NOT NOW!*' Daarna dempte hij zijn stem en ging over in een taal met vreemde keelklanken.

Toen hij binnenkwam, ging ze rechtop zitten. 'Wie ben jij eigenlijk?' vroeg ze. 'Je bent besneden als een jood en je spreekt als een moslim.'

Zijn lichte ogen stonden kalm toen hij zijn blik op haar vestigde.

'Mijn naam is Arafat bin Moestafa Dissie', zei hij en zijn stem klonk rustig. 'Bin betekent zoon van. Ik heet dus Arafat zoon van Moestafa Dissie.'

Zonder haar antwoord af te wachten draaide hij zich om en liep de kamer uit.

Ze staarde hem na.

Arafat?

Het was gewoon belachelijk.

Ze begon bijna te lachen, maar in plaats daarvan voelde ze tranen in haar ogen opwellen.

Godallemachtig, een Arabier!

Wie werd er nou verliefd op een Arabier?

4

In de badkamer draaide ze de kraan van de douche wijd open en met opgeheven hoofd liet ze het water een hele tijd over haar gezicht stromen. Toen ze ten slotte in de salon terugkeerde, had ze zichzelf weer in de hand. Dissie had zich nog niet aangekleed, maar droeg een korte badjas die zijn behaarde dijen nauwelijks bedekte. Hij had thee gezet en zodra ze in een fauteuil was gaan zitten, schonk hij in zonder haar te vragen of ze thee wilde.

'Ben je Amerikaan?' vroeg ze tegen beter weten in. 'Een Amerikaan van Arabische afkomst misschien?'

Hij keek haar recht in de ogen. 'Nee. Ik ben Palestijn, afkomstig uit oostelijk Jeruzalem, de oude stad. Ik verblijf sinds 1967 in het Emiraat Abu Dhabi.'

'Een Palestijn?' echode ze. 'Hoe...? In Abu Dhabi?'

'Toen de Zesdaagse Oorlog uitbrak, werkte ik als arts in Al Ain. Dat was toen nog een kleine nederzetting in de woestijn. Ik ben er gebleven.'

'Dus woon je in de woestijn? In een tent?'

Hij schudde zijn hoofd. 'Al Ain is intussen uitgegroeid tot een groene universiteitsstad met een bevolking van bijna tweehonderdduizend inwoners.'

Ze hoorde aan zijn stem dat ze hem had gekwetst. 'Het spijt me.'

'Laa tahtamm.'

'Wat zeg je?'

'*Never mind.* Het geeft niet.'

Hij zweeg.

Ze wilde van haar thee drinken, maar die was nog te heet. Om de stilte te verbreken vroeg ze: 'Ik neem aan dat je doceert aan de universiteit van Al Ain?'

Hij aarzelde. 'Nee. Ik werk als chirurg in het Mafraq Hospital. Dat is een ultramodern ziekenhuis in Abu Dhabi.'

'Je zegt het op een toon of je dat niet voldoende is?'

'Ik heb misschien ook *La mémoire tatouée*, zoals Abdel Kebir Khatibi schreef. Voor mij is *Al Fatah* meer dan de erkenning van de Palestijnse identiteit. Het is een nostalgisch verlangen naar mijn geboortestad. Wist je dat Mohammed aanvankelijk bad, neerbuigend in de richting van Jeruzalem?'

Ze keek hem nieuwsgierig aan. 'Zou je naar je geboortestad terugkeren als je dat kon?'

Zijn sombere bui was voorbij. 'Waarschijnlijk niet', lachte hij. 'In Abu Dhabi kunnen ze me niet meer missen. Ik ben hun beste chirurg.'

Zijn lach werkte aanstekelijk.

'Of de enige?'

Ze werden opnieuw ernstig.

Myriam dronk van haar thee. 'Wat doe je hier eigenlijk? Ben je hier als toerist of om andere redenen?'

Hij liet zich in de stoel naast haar zakken. 'Als orthopedisch chirurg ben ik me gaan toeleggen op beenmergtransplantatie. Daarvoor loop ik jaarlijks een paar maanden stage in een of ander gespecialiseerd ziekenhuis. Amerika. Engeland. Dit jaar bij dokter Wilfrieds in het Universitaire Ziekenhuis van Leuven.'

'Is beenmerg niet de aanmaakplaats van de rode bloedlichaampjes?' vroeg ze.

Hij grijnsde. 'Precies. Zoals je wellicht weet, heeft radioactieve straling daarop geen heilzame uitwerking. Daarom werk ik ook mee als buitenlands stagiair aan een biomedisch onderzoeksprogramma over radio-immunologie en radiotherapie bij het NOC.'

Dat verraste haar. Ze wist dat hij met dokter Wilfrieds samenwerkte, maar had niet het verband gelegd dat hij een van de buitenlandse stagiairs zou zijn die bij het NOC verwacht werden. Hij merkte dat ze het begrepen had. 'Jaja', zei hij. 'Ook bij het NOC. Afwisselend bij dokter Wilfrieds en bij het NOC. Het maakt deel uit van het verdrag tussen het ADAD en het NOC.' Hij lachte. 'Je bent me dus nog niet kwijt.'

Ze vond het prettig dat te horen. 'Waarom heb je dat niet eerder gezegd?'

'Ik wilde je ermee verrassen.'

Daarin was hij beter geslaagd dan hij misschien wel vermoedde. Toen fronste ze haar wenkbrauwen. 'Maar... het contract met de Emiraten werd pas gisteren door Richard ondertekend.'

Hij spreidde zijn handen, handpalmen omhoog. 'Ach. Politiek getouw, eh... touwtrekken. Ja?'

Ze keek peinzend voor zich uit. 'Er is iets dat ik niet begrijp', zei ze. 'Als je maar voor een paar maanden hier blijft, was het dan nodig Nederlands te leren? De voertaal bij het biomedisch onderzoek is immers Engels?'

Hij keek haar aan met iets raadselachtigs in zijn ogen. 'O, maar ik ben van plan hier geregeld terug te komen.'

Onverwacht voelde Myriam haar hartslag versnellen. Met een ruk kwam ze overeind. Ze ging zich niet opnieuw in een uitzichtloos avontuur storten. 'Ik moet naar huis', zei ze vlug.

Werktuiglijk stond hij mee op. Ze zag dat hij wilde protesteren.

'Ik kom er wel uit', zei ze.

Hij liep mee naar de deur. 'Wanneer zie ik je weer?'

Ze aarzelde. 'Volgende week. Bij het NOC, neem ik aan. De sociale voorzieningen voor stagiairs behoren tot mijn taken.'

Hij wilde haar op haar mond kussen, maar ze trok de deur open en liep naar buiten. Ze had geen zin om op de lift te wachten en liep als verdwaasd de twaalf verdiepingen naar beneden. Terwijl ze de trap afliep, realiseerde ze zich dat ze voor iets op de loop ging. Maar ze wist niet precies waarvoor.

Ze werd vroeg wakker, maar bleef in bed liggen nadenken. Muriël was die nacht niet thuisgekomen. Dat gebeurde wel meer, maar juist nu had ze behoefte aan de luchthartige manier waarop haar vriendin de gecompliceerde relatie tussen een man en een vrouw kon herleiden tot de primaire behoeften van werk, eten en seks. Vooral seks.

Wat was het in de houding van Dissie dat haar zo aantrok? Geciviliseerde barbaarsheid? Of de op een verkrachting gelijkende manier waarop hij haar had genomen?

Nee. Hij kon ook lief en romantisch zijn, al zou hij heel zeker nooit een plaats krijgen op het lijstje huwelijkskandidaten van haar vader. In gedachten hoorde ze hoe Richard zou tekeergaan als hij zou vernemen dat ze een verhouding had met een Arabier. Het idee alleen al maakte haar opstandig. Op dat punt had ze nooit kritiek van hem kunnen verdragen; misschien was dat omdat ze hem zijn eigen mislukte huwelijk met mama kwalijk nam. Of was het omdat ze hem als adoptievader het recht op kritiek ontkende? Ook niet. Alle vaders waren waarschijnlijk te ouderwets om onderscheid te kunnen maken tussen een minnaar en een vaste relatie. Toch nam ze zich voor het bij die ene nacht met Dissie te laten.

Ze was zo in gedachten verzonken dat de deurbel al een tweede keer had gerinkeld voor het tot haar doordrong. Lenig als een kat sprong ze uit het bed en gluurde tussen de gordijnen door. Dissie stond op het trottoir en keek omhoog. Hij wuifde vrolijk. 'Hallo daar!'

Ze opende het raam op een kier. 'Wat is er? Het is pas acht uur.'

Hij lachte. 'We gaan naar zee. Het wordt een stralende zomerdag.'

Achter hem stond een open sportwagen dubbel geparkeerd. Ze aarzelde. Waarom ook niet? Ze konden vrienden blijven, ook al wilde ze niet meer met hem naar bed.

Met de huurauto reden ze naar Knokke. Onderweg vertelde hij dat hij de dag van hun ontmoeting naar de squashclub was gekomen om met een van de NOC-stagiairs een partijtje te spelen. Er was geen baan vrij geweest. Zo kwam het dat hij haar van de galerij af had gadegeslagen terwijl ze aan het squashen was. Haar knappe uiterlijk en het enthousiasme waarmee ze zich aan het spel overgaf hadden hem zo geboeid dat hij zich had laten inschrijven op haar trainingsprogramma. Toen al wist hij dat er onder die gladde, blanke huid van haar een hartstochtelijke vrouw schuilging en hij was verliefd geworden. Pas later was hij erachter gekomen dat ze de dochter was van de directeur-generaal van het NOC. Op de ledenlijst van de squashclub had hij haar adres gevonden. Met een stem zwaar van emotie verzekerde hij haar dat ze de enige vrouw was die iets in zijn leven betekende. Zijn taal en stijl klonken als een oosters gebed met voortdurende herhalingen, een vorm van prediking die zo'n grote uitwerking op haar had dat ze, tegen haar wil, opnieuw onder de betovering kwam van deze vreemde man.

Ze bleven de hele dag op het strand. Van een venter kochten ze broodjes en verse, ongepelde garnalen. Ze aten en praatten of lagen zwijgend naast elkaar en keken naar spelende kinderen. Ze lag op haar buik in het zand en hij wreef haar rug in met zonnebrandolie toen ze vroeg: 'Ben je getrouwd?'

Hij ging rustig voort met masseren. 'Nee.'

Ze draaide zich om en ging zitten. 'Weet je het zeker?'

Er kwam een uitdrukking in zijn ogen die haar duidelijk maakte dat hij ook meende wat hij zei. 'Een vrouw als jij is in de Emiraten onbetaalbaar.'

'In het Westen ook', spotte ze.

Hij bleef ernstig. 'Door de vele buitenlanders zijn er in de VAE voor iedere vrouw vijf mannen. Daarbij heeft de olierijkdom de prijzen van de bruidsschat zo opgedreven, dat zij voor de gewone man onbetaalbaar is.'

Ze dacht erover na. 'Wat zou je voor mij moeten betalen?'

Hij keek taxerend: 'Zeg maar een half miljoen dirham.'

Ze ging opnieuw liggen.

'Hoeveel is dat?'

'Bijna tweehonderdduizend dollar.'

Ze floot. 'Daar zal Richard blij mee zijn!'

Hij gaf haar een klap op haar billen. 'Met dat dikke kontje van jou ben je vast een miljoen dirhams waard, ja?'

Ze verlieten het strand pas een uur nadat de zon was ondergegaan. Tijdens de terugrit praatte hij weinig over zichzelf of over het land waar hij vandaan kwam, maar vroeg honderduit over haar leven, over Richard Dachner, over het NOC en alles wat ermee te maken had.

Toen ze Antwerpen bereikten, reed hij rechtstreeks naar de Quinten Matsijslei. Ze stond op het punt te zeggen dat ze niet meer met hem naar bed wilde, maar veranderde van mening. Het probleem zou zich deze keer vanzelf oplossen zodra hij naar zijn olielandje terug moest.

Bij het eerste ochtendlicht werd ze wakker. Ze opende haar ogen en zag dat hij naar haar lag te kijken.

'Goeiemorgen', zei ze.

Hij glimlachte. 'Spreek het uit. Nu. Het zal toch een keer moeten gebeuren.'

Ze knipperde met haar ogen.

'Mijn naam', zei hij. 'Je hebt me nog geen enkele keer bij m'n voornaam genoemd.'

'Arie?'

'Nee. Arafat!'

'Ara...' Ze kon de naam niet over haar lippen krijgen.

Hij rolde boven op haar. Ze hief haar armen en sloeg ze om zijn nek. Hij kuste haar hartstochtelijk.

'Zeg het!'

'Arafat', fluisterde ze.

'Luider.'

'Arafat!' schreeuwde ze. *'Arafat. Arafat!'*

5

In het Nucleaire Onderzoekscentrum werden glijdende werktijden gehanteerd. Myriam was dus nog behoorlijk op tijd toen ze om kwart over negen de uitgestrekte terreinen in het noordoosten van de provincie Antwerpen bereikte. De kantoorgebouwen, laboratoria en nucleaire reactoren, waarin meer dan duizend technici en academici werden tewerkgesteld, lagen verspreid tussen de dennenbossen van een zevenhonderd zestig hectaren groot voormalig koninklijk domein. Toen ze de met slagbomen afgesloten dubbele toegangspoort wilde doorrijden, opende de portier het loket. 'Meneer Dachner belde net om te vragen of u al gearriveerd was.'

Ze zwaaide ten teken dat ze hem had begrepen en spoedde zich naar haar kantoor. Ze ging direct aan de slag. Zoals iedere maandagochtend had ze het behoorlijk druk om alles weg te werken wat zich sinds donderdagmiddag op haar bureau had opgestapeld. Dat was het nadeel van een deeltijdse baan.

Even later belde Richard. Of ze om elf uur bij hem wilde komen.

Een paar minuten voor elf was ze op weg naar haar vaders kantoor. In de gang liep ze Jake tegen het lijf.

Hij glimlachte opgelucht. 'Dag Myriam. Ik heb je net op tijd te pakken. Heb je het waste-contract al uit de safe gehaald?'

'Er ligt een fotokopie klaar op mijn bureau.'

'Neenee. Geen fotokopie. Ik wil het origineel zien.'

'Later. Ik moet nu naar Richard.'

Zijn gezicht verstrakte. 'Alsjeblieft, Myriam. Over een uurtje vertrek ik naar Wenen.'

'Het spijt me.'
Ze wilde doorlopen.

Hij pakte haar bij de elleboog. 'Toe nou. Het is een kleine inspanning.'

Ze las de oprechte bezorgdheid in zijn ogen.

'Ik snap er geen jota van', zei ze hoofdschuddend. 'Origineel of kopie, wat maakt het voor de drommel uit?'

'Toe nou, liefje.'

Myriam berustte. Met de lift gingen ze naar de archiefkamers in de kelder, waar de originelen van belangrijke documenten in brandvrije kasten werden bewaard. In de regel mochten die alleen worden geraadpleegd na overlegging van een toestemming, geparafeerd door Richard of door twee directeuren. Officieus werd er voor Myriam een uitzondering gemaakt.

Een paar minuten later overhandigde ze Jake het contract. 'Je kunt het niet meenemen', zei ze. 'Als je ermee klaar bent, zal de archivaris het wel opbergen.'

Hij greep haar hand en hield die langer vast dan nodig was. 'Bedankt, Myriam.'

Ze probeerde niet haar hand uit de zijne los te maken. Sinds ze Arafat had leren kennen, waren haar gevoelens voor Jake niet meer dezelfde. Nu was het vooral belangrijk dat ze vrienden zouden blijven. In een studiecentrum, waarin de wetenschappelijke doelstellingen werden verdrongen door politieke en commerciële intriges, had ze – om Richard terzijde te staan – een bondgenoot nodig. Jake had een opleiding economie genoten in Harvard, de oudste universiteit van de Verenigde Staten. Hij was doctor in het een of ander en voor zover het niets met vrouwen te maken had, was hij bekwaam en betrouwbaar.

Jake glimlachte tevreden. 'Later zal ik het allemaal uitleggen.' Met een kneepje liet hij haar hand los en liep haastig weg.

'Zo. Daar ben je.'

Myriam voelde dat ze een kleur kreeg. Ze hoorde aan Richards toon dat hij ontstemd was over haar laatkomen. Aan zijn bureau zaten twee bezoekers, de rug naar haar toegekeerd. Ze herkende Arafat aan het kroeshaar op zijn achterhoofd.

Richard Dachner stelde hen aan elkaar voor: 'Myriam Dachner is onze *public relations officer*', zei hij in het Engels. 'Dokter Dissie en ingenieur Al Fahim zijn vorsers van het Atomic Department of Abu Dhabi die hier stage komen lopen.'

De twee mannen kwamen beleefd overeind.

'Juffrouw Dachner zorgt ook voor het sociale welzijn van onze buitenlandse gasten.' Richard zei er niet bij dat ze zijn dochter was.

Arafat toonde haar een nietszeggende glimlach. 'Arafat bin Moestafa Dissie', zei hij met de nadruk op Arafat toen hij haar de hand schudde.

Zijn metgezel herkende Myriam als de man met wie Arafat in de squashclub had gepraat. Een korte, gedrongen man met een vettige huid en donkere ogen, die haar vrijpostig van top tot teen monsterden.

'Abbas Al Fahim', mompelde hij.

Zijn hand voelde warm en klam aan. Vanaf het eerste ogenblik had Myriam een hekel aan hem. Op een teken van Richard gingen ze allemaal weer zitten.

Richard Dachner richtte zich tot Al Fahim. 'Ik begrijp niet hoe u vanmorgen al hier kon zijn. De Raad van Bestuur van het NOC heeft pas vorige vrijdag de aanvullende clausules bekrachtigd.'

'Daar hebben we niet op gewacht', zei Al Fahim. 'Wat kon u anders doen dan tekenen? Trouwens, het Atoomenergieagentschap in Wenen was het ermee eens.'

Myriam zag hoe Richard geërgerd de wenkbrauwen optrok.

'Wij bepalen nog altijd zelf aan wie we hier toegang verlenen, meneer Al Fahim', zei hij nors.

'Als u het zegt', zei Al Fahim op een toon of hij niet zo'n hoge dunk had van Dachners heerschappij.

Dachner keek kwaad voor zich uit, maar wist zich te beheersen. 'Wanneer komen de vier anderen?' vroeg hij.

'Over een paar dagen', antwoordde Al Fahim. 'Ze werkten allen in het onderzoekslaboratorium van de universiteit van Al Ain. Daar hebben ze zopas de laatste hand gelegd aan een experiment om met gewoon zeewater een zogenaamde koude kernfusie te bereiken.'

'Koude kernfusie? Met zeewater?' Dachner deed geen moeite om zijn scepticisme te verbergen.

'Daar kijkt u van op, hè?'

Dachner trok zijn gezicht in een strakke plooi. 'Dat is zacht uitgedrukt. Alleen begrijp ik niet wat uw geleerden hier nog denken op te steken als ze zo'n niveau hebben bereikt.'

'Ervaring, meneer Dachner', zei Al Fahim, min of meer neerbuigend. 'We missen ervaring met echte kernreactoren. Zoals de BR2 van het NOC.'

'Ik begrijp u, meneer Al Fahim. Uw koude kernfusie bestaat alleen op papier.'

Al Fahim keek een beetje verontwaardigd, maar voor hij iets kon zeggen richtte Richard het woord tot Arafat: 'En u, dokter Dissie? Denkt u ook ervaring met kernreactoren op te doen?'

'Integendeel, meneer Dachner', antwoordde Arafat beleefd. 'Zoals u wellicht weet, specialiseer ik me in de behandeling van slachtoffers van radioactieve straling. Strikt genomen werk ik niet voor het ADAD, zoals meneer Al Fahim, maar voor het *Ministry of Health.*'

Dachner knikte goedkeurend. 'Precies. Uw medewerking aan ons biomedisch onderzoeksprogramma wordt bijzonder op prijs gesteld.' Hij opende een lade en haalde twee mappen tevoorschijn. 'Hierin vindt u alle nuttige informatie over splijtstofcyclussen en over de conferenties die door het NOC-personeel of gastsprekers over stralingsbescherming zullen worden gehouden.' Hij schoof naar elk een map over het bureaublad. 'De praktische oefeningen in het kader van de opleidingsstages zullen volgende week in de BR1-reactor aanvangen.'

'O nee!' riep Abbas Al Fahim ontevreden uit. 'Niet die antieke onderzoeksreactor! Die moet zo onderhand vijfendertig jaar in bedrijf zijn. We zijn hierheen gekomen om de configuraties en de experimentele programma's van de BR2-reactor te leren kennen.'

Richard Dachner keek beledigd, opende zijn mond om de ander af te snauwen, maar wist zich opnieuw te beheersen. 'Laten we maar met de BR1-programma's aanvangen', zei hij koel. 'Het is een goede training voor uw mensen. Daarna kunnen we nog zien.'

Abbas Al Fahim trok een lang gezicht, maar zweeg.

'Dat is dan geregeld.' Richard stond op en de anderen kwamen mee overeind. 'Juffrouw Dachner zal u verder wegwijs maken. Voor alle niet-technische problemen kunt u altijd bij haar terecht.' Hij liep met hen mee naar de deur. Net toen Myriam die opende, verscheen Jake in de deuropening.

'Ik kom even afscheid nemen', zei hij vlug. 'Ik vertrek zo dadelijk naar Wenen voor de Euratomconferentie.'

'Dit zijn de mensen van het ADAD', zei Richard.

'Natuurlijk', zei Jake. 'We kennen elkaar van in Abu Dhabi.' Hij keek met een onderzoekende blik van Myriam naar Arafat. 'Ik weet zeker dat de verstandhouding niets te wensen zal overlaten.'

Ze had niet gedacht dat het zo op haar gezicht te lezen was. Het gaf haar een vreemd gevoel zoals ze de twee mannen naast elkaar zag staan. De zelfbewuste Jake, die er jonger uitzag dan hij werkelijk was, met zijn bronskleurige gezicht en zijn dikke, altijd licht verwarde haardos, naast de door zijn haar groeiende Arafat, een heimatloze Palestijn, die er niet eens zoveel jonger uitzag dan haar vader.

Met een schok drong het tot haar door dat ze – hoe verschillend ze uiterlijk ook waren – één eigenschap gemeen hadden: achter de façade van beleefde onverschilligheid verbeeldde ze zich bij allebei een intrigante eerzucht. Het waren allebei mannen voor wie het doel de middelen heiligde. En opnieuw had ze het gevoel dat ze een pion was in een schaakspel, dat alleen door mannen werd gespeeld.

Nadat ze afscheid hadden genomen, nam ze Arafat en Abbas Al Fahim mee naar haar kantoor. De fotokopie die ze van het waste-contract had gemaakt, was van haar bureau verdwenen, dus had Jake die toch meegenomen. Ze vond nog een tweede kopie in het bakje van het kopieerapparaat en borg die voorlopig in een lade.

Geruime tijd was ze druk in de weer met allerlei administratieve formaliteiten in verband met de arriverende buitenlandse medewerkers. Toen hun huisvesting ter sprake kwam, zei ze: 'Het NOC beschikt over een gebouw met gerieflijke flats voor stagiairs en andere bezoekers. Het is buiten het domein gelegen, op amper een paar kilometer van het stadscentrum. Lunch en diner kunt u in het bedrijfsrestaurant van het NOC gebruiken.'

'Voor mij hoeft het niet', zei Arafat. 'Ik heb een flat in Antwerpen.'

'Voor mij evenmin. Het ADAD heeft me een suite in de Hyatt Regency in Brussel gereserveerd', zei Abbas Al Fahim.

Het klonk aanmatigend. 'Het is een heel eind, meneer Al Fahim. Dagelijks zestig kilometer heen en terug.'

'Er is gezorgd voor een wagen met chauffeur', zei Al Fahim nogal pretentieus.

'O', zei Myriam. Ze keek aarzelend van Arafat naar Al Fahim. 'En dokter Dissie? Komt die met u mee?'

Al Fahim wendde ostentatief het hoofd af.

'Ik vind m'n weg wel', zei Arafat. 'Ik kom niet alle dagen naar het NOC, begrijpt u?'

Het werd haar duidelijk dat de twee, hoewel landgenoten, niet bepaald boezemvrienden waren.

Ze werkte de papierwinkel af. Daarna nam ze de beide mannen mee voor een rondgang door de verschillende afdelingen van het bedrijf en stelde hen voor aan de mensen met wie ze zouden samenwerken. Ze gaf uitleg over de diverse domeinen waarin het NOC technische successen had geboekt, maar Abbas Al Fahim liep de hele tijd met een wrokkig gezicht achter hen aan. Toen ze naar de diepe kleilagen van het ondergrondse laboratorium wilden afdalen, bleef hij opeens staan.

'Opslag van kernafval interesseert mij niet', zei hij stug. 'Ik heb liever dat u mij de infrastructuur toont van de BR2-reactor.'

'Het is een zone waarin met radioactiviteit wordt gewerkt, meneer Al Fahim.'

'Alsof ik dat niet wist.'

'Niemand wordt in de onmiddellijke nabijheid van de reactoren toegelaten zonder badge met foto. Voor de badge hebt u voorafgaande schriftelijke toestemming nodig.'

'Zorg er dan voor.'

'Voor de BR2-reactor zal dat even duren.'

'Waarom?'

‘Veiligheidsmaatregelen, meneer Al Fahim.’

‘Weet u zeker dat het geen maatregelen zijn die speciaal mensen van Arabische afkomst treffen?’ vroeg Al Fahim zichtbaar beledigd.

‘Helemaal niet’, antwoordde Myriam. ‘Ik weet zeker dat u later toestemming zult krijgen.’

‘Reken maar dat ik daar niet lang op zal wachten.’

Al Fahim maakte rechtsomkeert en liep boos weg.

‘Wat bezielt die man?’ vroeg Myriam.

‘Hij behoort tot een clan die sinds de achttiende eeuw de heersers van het emiraat Abu Dhabi heeft geleverd’, antwoordde Arafat. ‘Het zijn mensen die gewoon zijn hun zin te krijgen.’

‘Dat zal hem hier niet meevallen.’

Ze liepen naar het gebouw voor stralingsbescherming, waar Myriam Arafat overdroeg aan de dokter die de biomedische studies leidde. Toen ze wegging, kwam Arafat mee tot op het bordes.

‘Vanavond rijd ik met jou mee naar Antwerpen. Ja?’ vroeg hij.

Ze overwoog haar antwoord heel serieus. Als ze ja zei, zou het moeilijk worden om zich van hem los te maken. Het zou beter zijn meteen nee te zeggen.

Hij keek haar lang en strak aan. Zag hoe ze met haar antwoord worstelde.

‘Ja’, zei ze.

Hij keerde zich om en duwde de deur open. Voor hij naar binnen liep, keek hij nog even achterom. ‘Vanavond. Zes uur. Ja?’

‘Goed. Waar?’

‘Hier.’

In gedachten verzonken wandelde ze terug naar het directiegebouw. Haar vader had niet helemaal ongelijk. Ze was een trotse vrouw, die het niet pikte dat iemand haar in haar waardigheid aantastte. Maar zodra ze verliefd werd, legde ze die trots af en liet ze zich zonder opstandigheid manipuleren. De enige emotie die Arafats aanmatigende toon had opgewekt, was een verlangen om zich nog meer aan hem te onderwerpen.

Tegen de tijd dat ze haar kantoor bereikte zag ze het allemaal nuchter voor zich. Ze wist nu dat wat ze voor Arafat voelde geen liefde was. Hooguit nieuwsgierigheid. Daaraan was nu voldaan. Daarom zou ze hem straks niet afhalen en hun verdere omgang zou zich beperken tot beroepsmatige contacten. Daarmee uit.

Om zes uur twijfelde ze aan de juistheid van haar beslissing.

Om vijf over zes had ze er spijt van en toen Arafat om tien over zes haar kantoor binnenkwam, werden haar ogen vochtig van blijdschap.

Toen ze in Antwerpen arriveerden, reed ze zonder vragen naar zijn flat aan de Quinten Matsijslei.

De volgende dagen waren de meest romantische in haar leven. Ze nam hem mee naar de squashclub, de bioscoop en het theater en een keer naar een huwelijksreceptie van een schoolvriendin. Binnen twee weken wist iedereen dat Myriam een verhouding had met Arafat.

Iedereen, behalve haar vader.

Toen ze op een avond gingen slapen, bleef ze op de rand van het bed zitten.

'Het is zondag vaders verjaardag', zei ze. 'Ik moet nog een cadeau voor hem kopen.'

'Koop hem een kleinkind. Dan moeten we wel direct aan de slag. Ja?'

Ze keek hem vol adoratie aan. 'Ik wil dat je meegaat naar zijn verjaardagsfeestje', zei ze. 'Hij heeft het recht het te weten.'

Hij kwam naast haar zitten.

'Zou je dat wel doen?'

'Ja. Liever open kaart spelen dan dat hij het van anderen hoort.'

Hij keek bedenkelijk. 'Je vader zal er niet gelukkig mee zijn.'

'Waarom?'

'Hij heeft zich een nogal negatief beeld van de moslims gevormd.'

'Kletskoek, Arafat. Richard beoordeelt mensen naar hun gedrag. Nooit naar afkomst, ras of geloof. Daarin is hij honderd procent eerlijk.'

Arafat stond op. In zijn stem klonk iets van ongeduld. 'Er bestaat niet zoiets als totale eerlijkheid, Myriam. Alleen Allah is volkomen.'

Ze keek verrast naar hem op. Voor het eerst drong het tot haar door dat hij tot een andere cultuur behoorde.

6

Het was warm en lawaaierig in de auto. Omdat ze zijn vraag niet had verstaan, zwengelde ze de zijruit dicht. 'Wat zei je?'

'Ik zei dat je tot nu toe weinig over je moeder hebt gesproken.'

Hij had gelijk. Toen mammie Richard had verlaten om met een diplomaat te kunnen trouwen, was ze bij haar vader gebleven. Niet omdat ze het mammie kwalijk nam dat ze bij een andere man haar geluk was gaan zoeken, maar omdat ze geen kind met twee vaders wilde zijn. Toen de twee uit elkaar gingen, had ze zich nog maar nauwelijks hersteld van de wetenschap dat ook Richard niet haar echte vader was, maar haar zijn naam had gegeven nadat hij met mammie, een jonge weduwe met een tweejarig dochtertje, was getrouwd. Daardoor voelde ze zich onverbrekelijk met Richard verbonden.

'Ach', zei ze. 'Ze leven gescheiden. Maar ze zou je wel bevallen.' Ze herinnerde zich dat mammie er de laatste keer, zoals altijd, niet naar haar leeftijd had uitgezien. Haar gezicht was niet direct mooi te noemen – knap was een beter woord – maar ze had een goed figuur. Myriam had dezelfde brede schouders, smalle taille en fraaie boezem. En bovenal dezelfde diepblauwe ogen. 'We zijn als twee druppels water en we hebben over alles dezelfde opvatting.'

Ze reden zwijgend voort, maar ze voelde de onderzoekende blik waarmee hij haar van opzij aankeek.

'En je vader?'

'Wat bedoel je?'

'Heeft hij ook over alles dezelfde opvatting als jij?'

Ze overlegde haar antwoord. Richard beoordeelde de dingen met zijn verstand, zij met haar gevoel, zodat ze zelden tot hetzelfde besluit kwamen.

'Niet altijd', zei ze. 'Maar als het belangrijk is trekken we aan één touw.'

Ze zag dat haar antwoord hem tevredenstelde. 'Ik wil dat je hem van gedachten doet veranderen.'

'Waarover?'

'Hij moet Abbas Al Fahim en zijn stagiairs tot de BR2-reactor toelaten.'

'Waarom? Ik dacht niet dat jullie zulke goede vrienden waren.'

'Doe wat ik verlang', zei Arafat bazig. 'Ik weet dat het ingewikkeld lijkt.'

'Te ingewikkeld om het aan een vrouw uit te leggen, bedoel je?'

'Neenee.' Hij zat een poos broedend door de voorruit te staren. 'Luister. In de BR2-reactor wordt geëxperimenteerd met gecontroleerde kernfusie. Als de fusie van deuterium uit zeewater lukt, beschikt men over een onuitputtelijke energiebron.'

'En ik moet helpen die kennis in Al Fahims handen te spelen?'

'Ach nee. De commercialisering ervan kan nog een halve eeuw duren. Als hij toegang krijgt tot de BR2, kan hij daarmee in Abu Dhabi de grote Jan uithangen.'

'En als hij geen toegang krijgt?'

'Hij zou zich beledigd achten. Het zou nare gevolgen kunnen hebben.'

Ze keek vragend naar opzij. 'Zoals?'

'Hij zou het ADAD ertoe kunnen bewegen het contract met het NOC te verbreken. Wat mij betreft is het daar nog te vroeg voor.'

'Te vroeg? Hoezo?'

'Het NOC zou met zijn waste opgescheept blijven zitten en wij zouden naar huis weerkeren.'

'Terug naar Abu Dhabi? Jij ook?' Myriam schrok zo van dat idee dat ze bijna van de weg afreed. Ze herstelde zich.

'Ik ook', zei hij. 'Het zou m'n plannen dwarsbomen.'
Ze keek hem aan met een vragende blik, maar hij verklaarde zich niet nader.
Dus lachte ze maar eens. 'Het zal zo'n vaart niet lopen.'
Zijn stem klonk vlak: 'Zorg jij maar dat je vader zich niet als een Don Quichot gedraagt.'
'Ik zal mijn best doen.' Myriam ging wat makkelijker zitten. Het was allemaal niet zo erg als hij liet uitschijnen.

In Geel verliet Myriam de autosnelweg. Richard woonde in een villa in Westerlo, die eigendom was van het NOC. Op de oprijlaan dacht ze er nog net aan Arafat erover in te lichten dat de verzorgde tuin het werk was van tante Louise.
Ze stelde Arafat aan hen voor als een vriend. Vanaf het eerste ogenblik had tante Louise de ware toedracht doorzien, een subtiliteit die niet tot Richard doordrong.
'Wat hebben jullie prachtige bloemen in de tuin, ja?' lachte Arafat, toen hij tante Louise de hand schudde. Meer was er voor haar niet nodig om het ijs te breken. Ze koos resoluut Arafats zijde. Kleur, ras of leeftijd: het maakte allemaal niets voor haar uit, zolang de gegadigde een geschikte man was voor Myriam.
Het werd een gezellig diner. Opnieuw bleek Arafat een charmante causeur te zijn en het gesprek draaide hoofdzakelijk om zijn ervaringen aan Amerikaanse universiteiten. Richard liet hem praten, stelde slechts af en toe een vraag en luisterde.
Na het diner ging Myriam tante Louise helpen met de afwas. Ze praatten honderduit en toen de luidruchtige conversatie even stokte, maakte tante Louise van de stilte gebruik.
'Is hij getrouwd?' vroeg ze.
Myriam aarzelde. 'Nee. Maar dat betekent niets.'
Tante Louise keek naar haar op en Myriam zag in haar ogen een plotselinge blik van bezorgdheid, die even snel plaats maakte voor berusting.
Ook in de woonkamer was het stil.
'Ga liever de mannen gezelschap houden', zei tante Louise met een lachje. 'Ik heb zo'n gevoel dat het daar een stilte voor de storm is.'

De mannen zaten zwijgend tegenover elkaar in de salon. Ze hadden een sigaar opgestoken. Het was de eerste keer dat ze Arafat zag roken.

'Is de huisvesting bij het NOC naar je zin?' vroeg Richard.

Myriam antwoordde in Arafats plaats. 'Hij woont niet in een van de flats van het NOC.'

'O nee? Waar dan wel?'

Ze wond er geen doekjes om. 'We wonen samen. In Antwerpen. Een leuke flat aan het stadspark. Met uitzicht op de vijver.'

Het gezicht van Richard Dachner werd een tint donkerder toen de betekenis van haar woorden tot hem doordrong. Hij keek haar strak in de ogen.

'Ik hoop dat je beseft waarmee je begonnen bent.'

'Ik ben geen kind meer, Richard.'

'Veel mensen zullen op je neerkijken. Vrienden zullen je laten vallen.'

Er heerste een onbehaaglijke stilte.

Arafat schraapte zijn keel.

'Omdat ik een Palestijn ben?'

Richard knikte grimmig. 'Het is discriminerend, en dat spijt me. Maar het is ook de prijs die een volk betaalt om terrorisme te legaliseren.'

'Met alle respect, meneer Dachner, de *intifata* is geen staatsterrorisme. Het is een vrijheidsstrijd.' Arafat wond zich op. 'De Palestijnen hebben, zoals ieder volk dat een bezetter wil verdrijven, hun jeugd ingezet. Die vechten met de wapens waarover ze beschikken. Stenen. Dat is heel wat minder bloeddorstig dan het opblazen van het King David Hotel in Jeruzalem, zoals de Hagannah destijds deed om de Britten te verjagen.'

'Dat was een militair objectief', antwoordde Richard scherp. 'En er zijn andere aanslagen. Of ben jij het eens met München en Loth en de moordpartijen door de groep Aboe Nidal?'

'Niemand is het daarmee eens.' Arafat zweeg even en vervolgde toen rustiger: 'Soms voel ik me een gezichtsloze. Zo noemde men de Romeinse slaven. De Romeinen keken erdoorheen omdat ze hun geen recht op identiteit toekenden.'

'De Palestijnen hebben in de Emiraten meer welstand dan

ze ooit in hun land van oorsprong hadden', weerlegde Richard.

'Zelfs in een Arabisch land kan een Palestijn als een vreemdeling behandeld worden, meneer Dachner.'

Myriam keek Arafat nieuwsgierig aan. 'Na al die jaren?'

'Ja, Myriam. Ik blijf een niet-ingezetene. Ik heb niet eens het recht onroerend goed te kopen. Wist je dat de immigranten er de inheemse bevolking overtreffen in een verhouding van vier tot één? Vooral de Palestijnen zijn er niet altijd even geliefd.'

'Waarom niet?'

Hij toonde een zwak glimlachje: 'Omdat die in de ogen van de heersende elite een risicofactor zijn. Zij verdenken hen al vlug van betrokkenheid met radicale bewegingen.'

'Dat heb je aan de terroristen te danken.'

'Nee, meneer Dachner', zei hij zacht. 'Dat is omdat we geen land hebben waar we in vrijheid kunnen leven.'

Voor Richard kon antwoorden, zei Myriam: 'Wat zijn jullie zwaar op de hand. En dat op een verjaardagsfeestje.'

'Je hebt gelijk.'

Richard liep naar het barmeubel: 'Een cognac?'

'Nee. Dank u wel, meneer Dachner.'

'O ja. Moslims drinken geen alcohol.'

'In principe niet, nee', zei Arafat met een zijdelingse blik naar Myriam.

Richard vulde een ballonglas. Met het glas in de palm van zijn hand keek hij met lichte achterdocht op Arafat neer.

'Ik neem aan dat je in Abu Dhabi blijft wonen?'

Arafat blies wat rook naar het plafond en keek die peinzend achterna. 'Liefst wel. Of denkt u dat ik hier een verblijfsvergunning zou kunnen krijgen?'

'Dat lijkt me weinig waarschijnlijk.'

Arafats stem klonk wat uitdagend. 'Ook niet met wat smeergeld op de juiste plaats?'

Richard Dachner zette zijn glas met een klap op de salontafel. 'Wat bedoel je daarmee, kerel? Is dit een insinuatie op het NOC of op mij?'

Op dat moment kwam tante Louise binnen. Ze droeg een blad met een sierlijk porseleinen koffieservies, room en suiker.

'Ik dacht dat jullie dit best konden gebruiken', zei ze monter. 'Aan de stemmen te horen stijgt de cognac jullie naar het hoofd.'

Dissie drukte zijn sigaar uit in de asbak en trok een nietszeggend gezicht: 'Het spijt me, meneer Dachner. Ik heb me verkeerd uitgedrukt. Ja?'

Richard knikte. 'Ik begrijp het. Ik wilde alleen naar je toekomstplannen informeren.'

'Een Palestijn heeft geen toekomst, meneer Dachner.'

'Daarom maak ik me zorgen over mijn dochter.'

'Ik zal uw dochter nooit een haar krenken, meneer Dachner. Zij is het beste dat me is overkomen.'

Richard Dachner staarde Arafat een paar seconden doordringend aan. Toen verzachtte zijn blik. 'Ik geloof je', zei hij.

Ze dronken van hun koffie.

Toen Arafat even later een vluchtige blik op Myriam wierp, herkende ze in zijn ogen de gele glans. Om een plotseling opkomende neerslachtigheid te onderdrukken, zocht ze een cd uit en ze luisterden naar de innemende, bescheiden virtuoos Yehudi Menuhin, die een vioolconcerto vertolkte.

Maar de stemming was gebroken.

Twintig minuten later waren ze onderweg naar huis.

7

Er was weinig verkeer, zodat het leek of ze de weg voor zich alleen hadden. Myriam wachtte tot ze een eind onderweg waren voor ze hem de vraag stelde.

'Waarom reageerde Richard zo heftig op jouw opmerking over smeergeld?'

'Misschien had hij er zijn redenen voor', zei Arafat voorzichtig.

Myriam vroeg geprikkeld: 'Wat probeer je hem in de schoenen te schuiven?'

'Niets. Ik wilde enkel zijn reactie peilen.'

'Wie geeft jou dat recht? Een paar weken geleden was je nog in het Midden-Oosten. In een nest als Abu Dhabi nog wel.' De laatste woorden klonken uitermate geringschattend.

'Dat klopt', zei Arafat rustig. 'Twintig jaar geleden was Abu Dhabi een onbetekenend stadje van vissers en bedoeïenen. Nu heeft het een bevolking van driekwart miljoen met het hoogste inkomen per hoofd. Weet je waaraan die vooruitgang te danken is?'

'De oliewinning natuurlijk.'

'Zeker. Maar ook de komst van de Palestijnen.' Hij zei het met een zekere trots. 'Die zorgden voor onderwijzers, artsen en technici. Op een dag behandelde ik een vriend die voor *Aboo Alhawl* werkt...'

Ze liet hem niet uitspreken. 'Ik vroeg niet naar fabels. Ik wil weten waarvan je mijn vader beschuldigt.'

Arafat staarde haar een paar seconden onderzoekend van opzij aan. Ze keek geconcentreerd naar de weg en deed of ze het niet merkte. Ten slotte zei hij: 'Een vriend in Abu Dhabi werkt voor een Palestijnse inlichtingendienst. Hij beweert dat er behoorlijk gezwendeld wordt tussen het ADAD en het NOC. Iemand van de directie bij het NOC zou op die manier niet onbelangrijke commissielonen in de wacht slepen.'

Ze dacht aan Jakes verhaal over de illegale waste-voorraad en vroeg zich af of dezelfde bedrieger een nieuwe bron had aangeboord. Maar daarom hoefde Arafat Richards integriteit niet in twijfel te trekken. Ze snoof luid. 'Lasterpraat!'

Hij legde kalmerend zijn hand op haar knie. 'Niet uitgesloten. Maar er zijn aanwijzingen dat je vader erbij betrokken is.'

Ze keek onheilspellend. 'Hoezo?'

'Hij zou zich een tijdje geleden al eens door een Duits kernstudiecentrum hebben laten betalen.'

'Je liegt!' Ze duwde zijn hand weg. 'En blijf van m'n lijf.'

Ze was te ver gegaan. Arafat leunde tegen het portier en zweeg verbolgen.

'Het spijt me', zei ze.

'Vergeet het, ja', zei hij.

Ze begreep dat ze hem in zijn eer had gekrenkt en daarop was hij in hoge mate gesteld. Een Arabier zal liever eervol sterven dan met schande leven, had hij eens gezegd.

Arafat was nu in een rothumeur en dus zei ze niets meer. Hij zorgde er angstvallig voor dat ze elkaar niet raakten in de nauwe ruimte van haar Volkswagen. Na enige tijd kon ze de stilte niet langer verdragen.

'Waarom ben je kwaad?' vroeg ze.

Het duurde lang voor hij antwoordde.

'Ik ben niet kwaad,' gromde hij ten slotte, 'maar ik pik het niet om als ongeschoolde Baluchi behandeld te worden. Niet door jouw vader en nog minder door een vrouw.'

'Nu overdrijf je.'

'Dat zeggen jullie altijd. Intussen zien jullie in iedere verbannen Palestijn een terrorist.'

'*Jullie?* Is dat niet wat onrechtvaardig?'

Hij mompelde iets in het Arabisch, dat ze niet verstond. Het irriteerde haar enorm, maar ze wist zich te beheersen. Wees voorzichtig met wat je zegt, dacht ze, hij is een moslim.

Omdat ze niets meer zei, werd hij nog bozer.

'Door jouw schuld liep het gesprek met je vader uit de hand. Hij hoefde niet te weten dat we samenwonen.'

'Waarom niet? Ik schaam me er niet voor.'

'Jij niet, maar hij wel.'

'Ja. En jij schaamt je om toe te geven dat je af en toe een glas bier drinkt.'

'Zwijg, vrouw. Je begrijpt er niets van.'

Zijn woede verbijsterde haar, maar opnieuw beheerste ze zich en probeerde hem te begrijpen. Arafat had niet helemaal ongelijk als hij erover klaagde dat zijn lotgenoten de laatste jaren in Europa een discriminerende behandeling ondergingen. De vroegere stereotypen als 'alle Arabieren zijn ongeletterde kameeldrijvers of oliesjeiks met tien Rolls-Royces', hadden sinds München 1972 plaatsgemaakt voor de associatie met terrorisme.

Maar Richard behoorde niet tot de onkundigen die met zulke karikaturen werken. Er moest een andere verklaring zijn voor zijn houding.

Tenzij de schuld niet bij hem, maar bij Arafat te zoeken was?

De rest van de rit zat ze naast een in zichzelf gekeerde Arafat, gefrustreerd door de gedachte dat de onbelangrijke woordenwisseling van daarstraks tot een breuk zou kunnen leiden.

Hoewel het nog vroeg was toen ze zijn flat bereikten, kleedde ze zich uit en ging naar bed. Het nachtlampje liet ze uitnodigend branden. Ze hoorde hem rondlopen en een colablikje opentrekken. Na enige tijd hoorde ze hem in het Arabisch en daarna in het Engels telefoneren en ze vroeg zich af met wie. Het liefst was ze opgestaan om hem gezelschap te houden en haar belangstelling te tonen, maar hij dempte zijn stem en ze begreep dat ze beter in bed bleef. We doen of we nooit meer tegen elkaar zullen praten, dacht ze. Dit is al te belachelijk.

Ze was ingedommeld toen hij naar bed kwam. Ze kon zo direct niets bedenken dat neutraal genoeg was, dus bleef ze zwijgend liggen luisteren naar zijn ademhaling.

Opeens liet hij zich boven op haar rollen en met zijn handen op haar schouders liet hij zijn volle gewicht op haar neerdrukken. Zijn ogen hadden weer die gele glans, de glans van de ogen van een roofdier, waarvan ze voor zichzelf nog niet had kunnen uitmaken of die haar opwond of bang maakte.

'Arafat?'

'Hou je mond', zei hij woest.

Ze zweeg geschrokken.

Met zijn knie wrong hij haar dijen uit elkaar. Ze werd helemaal week vanbinnen.

Met zijn lippen in haar hals mompelde hij: 'Je moet de koran lezen. Dan leer je hoe vrouwen zich horen te...'

Ze liet hem niet uitspreken.

'Lieve hemel, Arafat', steunde ze. 'Hou jij nu ook maar je mond.'

De maandagochtend was fris met de belofte van een warme dag. Myriam reed in haar eentje naar het Studiecentrum, want Arafat was al vroeg met de leden van het medisch onderzoeksteam vertrokken voor een bezoek aan de kerncentrale Pruisen Electra in Duitsland. De hele weg dacht ze aan wat Arafat over geknoei bij het NOC had gezegd en ze vroeg zich af hoe ze het aan Richard zou kunnen uitleggen zonder de toch al broze verstandhouding tussen de twee te zien teloorgaan. Opeens schoot haar het vreemde gedrag van Jake Corbelle met het waste-contract te binnen en ze vroeg zich af of dat verband hield met de mogelijke zwendel. Misschien zou ze er toch maar beter eerst met Werner Witman over praten.

Toevallig arriveerde ze gelijktijdig met Witman op het NOC en ze parkeerde haar auto naast die van hem. Hij was zwaargebouwd, vooraan in de vijftig, met zachte ronde kinderogen in een blozend gezicht. Eens was hij een opgewekt en vriendelijk man geweest, maar de laatste tijd zat hij in de hoek waar de slagen vielen. Een paar jaar geleden had hij zijn vrouw verloren als gevolg van een onschuldige heelkundige ingreep, waarbij de chirurg niet helemaal vrijuit ging. Die dramatische gebeurtenis had geen goed gedaan aan de kwaal die hem langzaam maar zeker zijn gehoor ontnam. Daardoor leefde hij meer en meer teruggetrokken en Myriam was zowat de enige met wie hij nog nauwe vriendschapsbanden onderhield. Ze liepen samen naar binnen. Myriam was blij hem te zien en zag dat het gevoel wederkerig was.

In de lift pakte ze hem bij de arm zodat hij naar haar gezicht moest kijken terwijl ze sprak. 'Ik wilde je wat vragen, Werner.'

Zijn ogen tastten haar gezicht af. Hij knikte alleen maar.

'Heb jij er enig idee van waarvoor Jake Corbelle het originele waste-contract nodig had?'

Witman knipperde in verwarring met zijn ogen. 'Corbelle?'

De deuren van de lift gingen open. Myriam begreep dat het geen zin had met Witman in de gang een gesprek te beginnen. Zeker niet over zo'n delicaat onderwerp. Ze gaf hem een vluchtige kus op zijn wang. 'Ik kom straks wel even bij je langs.'

Een kwartier later ging ze Richard opzoeken. Hij zat over de telefoon gebogen en aan zijn gezicht zag ze dat hij zich ernstig zorgen maakte.

'Nee, Corbelle neemt de telefoon niet op', snauwde hij in de telefoon. 'Zoek hem en stuur hem hiernaartoe. Meteen!'

Hij legde neer en keek Myriam met gefronste wenkbrauwen aan.

'Zijn vrienden zijn bezig hier de boel op stelten te zetten.'

'Vrienden van wie?' vroeg ze verbaasd. 'Van Corbelle?'

'Nee. Van jouw minnaar.'

Ze werd rood van woede om de duidelijke minachting waarmee hij minnaar zei. 'Hoezo?'

'Vannacht werd ik opgebeld namens een organisatie die zich *Murtadd* noemt. Dat is het Arabische woord voor het ter dood brengen van een verrader.'

'O nee', zei Myriam geschrokken. Ze dacht aan de geheimzinnige telefoontjes die Arafat na hun thuiskomst had gevoerd.

Richard zei: 'Ze dreigen met harde acties als ik de islamitische vorsers geen toegang tot de BR2-reactor verschaf.'

'En omdat dokter Dissie van Palestijnse afkomst is, acht jij hem daarbij betrokken?' vroeg ze spinnijdig.

'Ach nee. Zo bedoelde ik het nu ook weer niet.' Richard wreef zich met een zakdoek het zweet van zijn voorhoofd. 'Het vreemde is dat ik vorige vrijdag had bekendgemaakt dat ze wél toegang kregen.'

Ze ging op een stoel zitten. 'Het is te gek om los te lopen.'

Richard liep naar het raam en gooide het open. 'Zie je nu hoe gevaarlijk het is met de landen van het Midden-Oosten? Er loopt altijd wel een of andere extremist tussen.'

'Nu moet je geen voorbarige conclusies trekken, Richard. Trouwens, er is geen bedreiging meer, aangezien aan de eis bij voorbaat werd voldaan.'

Hij knikte somber. 'Je hebt gelijk. Luister. Ik heb het toezicht laten verscherpen, maar je houdt je mond over Murtadd. Als de pers er lucht van krijgt...' Hij werd onderbroken door de zoemer van de intercom en drukte de knop in. 'Ja?'

'Mijnheer Corbelle is naar Posenuklear in Keulen. Hij zal niet voor zes uur vanmiddag terug zijn', zei de secretaresse.

Richard sloot af en staarde bedrukt voor zich uit.

'Wat verwachtte je van Jake?' vroeg Myriam.

'Ach, ik weet het niet', zei hij min of meer terneergeslagen. 'Corbelle is van dit soort zaken zoveel beter op de hoogte.'

Myriam vond dat haar vader zich wat al te veel door Jake Corbelle liet leiden. Ze dacht aan het waste-contract. Hoewel ze Jake aan de telefoon had beloofd het er niet met Richard over te hebben, kon ze evenmin tegen haar geweten handelen.

'Luister eens, Richard', zei ze. 'Jake vroeg me enige tijd geleden het originele waste-contract uit de archieven te lichten. Weet jij soms waarvoor?'

'Het originele contract met het ADAD?' vroeg hij afwezig.

'Ja.'

Hij bewoog wat met zijn schouders. 'Origineel of kopie. Hij zal wel een goede reden hebben gehad.'

Zijn onverschilligheid stelde haar gerust. Of was Richard *te* onverschillig?

'Jake maakte zich ook ernstig zorgen over de boekhouding van het NOC', zei ze.

Hij trommelde nerveus met zijn vingers op de rand van zijn bureaublad. 'Ik geef toe dat Witman een probleem is, Myriam. Maar met een financieel directeur die het gras kan horen groeien, zouden we evenmin op rozen zitten.' Hij pakte een potlood uit een pennenbakje en wees ermee. 'Wat wil je dat ik doe? Witman aan de deur zetten omdat hij slecht hoort?'

'Ach nee, Richard. De arme man zou het niet overleven.'

'Nou dan.'
Ze zwegen.
Myriam vroeg: 'Hoe is het zover kunnen komen?'
Dachner keek fronsend voor zich uit. 'Besturen is niet eenvoudig. Bij het NOC leidde iedere afdeling een zelfstandig bestaan. Toen Corbelle hier kwam, ontdekte hij dat sommige afdelingshoofden zich door Posenuklear geld in de handen hadden laten stoppen voor verwerking van Duits hoogradioactief afval van categorie B.'
Myriam was onder de indruk. 'Categorie B? Het NOC heeft geen installaties om dat te verwerken. Het is waste waarvan het risico pas na duizenden jaren verdwijnt.'
'Alsof ik dat niet weet', zuchtte Richard. 'Toen Corbelle erachter kwam, was het te laat. Ik had de keuze: aangifte doen bij de autoriteiten en daarbij als directeur-generaal mezelf de das omdoen of proberen het illegale afval kwijt te raken.' Hij smeet het potlood in het bakje en pakte een ander. 'Omdat Corbelle een oplossing in petto had, koos ik voor het tweede.'
'Berging op grote diepte?'
'De diepe geologische berging is nog in het stadium van onderzoek. Nee. Hij dwong Posenuklear de kosten op zich te nemen om het kernafval te kunnen bergen in *mausolea.* Dat is ondiepe berging in ingegraven kelders en het is veel goedkoper.'
Myriam keek haar vader verwijtend aan. 'Hoe kun je je zo laten bedonderen, Richard? In heel West-Europa is geen plaats waar je kernafval op die manier kwijt kunt. Wettelijk bedoel ik.'
Hij schudde treurig zijn hoofd. 'Precies. Maar wel in de grootste en meest ontoegankelijke woestijn van de wereld.'
'Waar is dat?' vroeg ze.
'De Rub'al-Chali,' zei hij, 'het westelijke woestijngebied waarvan een belangrijk deel zich over de Verenigde Arabische Emiraten uitstrekt. De uitgedroogde *sebkha's* of zoutvlakten zijn om zo te zeggen natuurlijke bergplaatsen.'
Ze zat er een beetje overdonderd bij.
'Corbelle sloot met het Atomic Departement of Abu Dhabi een overeenkomst om op onze kosten, eigenlijk met het geld van Posenuklear, een mausoleum te bouwen waarin we al de Europese waste kwijt zouden kunnen', vervolgde Richard. 'Het

zou het NOC nieuw leven inblazen. In één klap zouden zowel onze financiële als onze afvalproblemen opgelost zijn.'

'Maar dat is schitterend', zei Myriam.

Dachner stond op en ging bij het open raam staan. Hij haalde diep adem. 'Dat dacht ik ook. Maar toen kwam Abbas Al Fahim zich ermee bemoeien. Hij eiste de bouw van een kernreactor en de opleiding van stagiairs. Zoals je weet was ik het vooral met dat laatste niet eens.'

Myriam dacht: en daar gaat het nu om. De stagiairs. Het verwonderde haar dat Richard de ongeoorloofde opslag van radioactief afval bij het NOC – een wetsovertreding die tot een milieuschandaal kon leiden – geprefereerd had boven het verschaffen van wetenschappelijke opleiding in de splijtstofcyclus aan Arabische vorsers. Tenzij er andere gevoelens meespeelden. Ze besloot het hem op de man af te vragen.

'Weet je zeker, Richard,' vroeg ze omzichtig, 'dat je wantrouwen tegenover de Arabische stagiairs niets te maken had met je..., eh... joodse afkomst?'

Hij keek haar streng aan. 'Je zou beter moeten weten, Myriam. Als Dachner geen naam van joodse origine was, zou ik niet eens weten dat we joodse voorouders hebben.'

Ze knikte.

'Wie deed je van gedachte veranderen?' vroeg ze.

Hij liep weg van het raam en ging zitten. 'Witman, Corbelle, jij. En de waste-voorraad die alsmaar groter werd.'

Iedereen had de arme Richard op de huid gezeten. Toen herinnerde ze zich de bewering van Arafat dat ook de betrekkingen met het ADAD niet zuiver op de graat waren.

Terloops vroeg ze: 'Er zijn geruchten dat er ook met het ADAD gezwendeld wordt.'

Hij was onmiddellijk op zijn hoede. 'Wie zegt dat?'

'Ach,' zei ze, 'het zijn maar geruchten.'

Hij keek haar strak in de ogen. 'Wat mij betreft zijn het valse geruchten.'

'Goed', zei Myriam gerustgesteld. 'Dus kan niemand jou eigen winstbejag verwijten.'

Hij bestudeerde zijn vingernagels. Na enige tijd keek hij op en er lag een schuldbewuste blik in zijn ogen. 'Nee,' zei hij 'hoewel...' Hij aarzelde. 'Het enige wat me ooit ten laste kan worden gelegd, is dat ik een paar jaar geleden voor Posenuklear een studie over snelle reactoren heb gemaakt en me daarvoor op een bankrekening in Nederland heb laten betalen.'

'Zwart, bedoel je?' vroeg Myriam een beetje geschokt.

'Zo kun je het noemen.'

Dus had Arafat gelijk. Myriam was teleurgesteld, maar was te beleefd om iets te zeggen. Richard zag haar ontgoocheling. 'Het geld werd door Witman gebruikt om sociale bijstand aan personeelsleden te verlenen', zei hij verdedigend. 'Omdat ik er geen enkel voordeel bij had, dacht ik dat het mocht.'

Ze geloofde hem.

Ze geloofde Richard altijd.

8

Daarna leek alles op wieltjes te lopen.

Arafat ging ervan uit dat het dankzij Myriams tussenkomst was, dat de Arabische vorsers toegelaten werden tot de experimentele onderzoeksprogramma's van de BR2-reactor. Hij overstelpte haar met zijn opgewekte charme en vrijde iedere avond deskundig met haar waarna ze zich in zijn armen nestelde en gelukkig in slaap viel. Haar verlangen naar Arafat werd alsmaar heviger en vaak maakte het haar bang omdat ze wel wist dat deze opwindende ervaring de natuurlijke aanloop was tot een steeds groeiende liefde.

Een paar weken later eindigde die periode van bijna volmaakt geluk abrupt.

Ze was de hele middag druk in de weer geweest met de voorbereidingen voor een conferentie over stralingseffecten en het was bijna zes uur toen ze terugkeerde van een rondleiding met de gastspreker. Tot haar verbazing zag ze Arafat uit het directiegebouw komen en in een wachtende taxi stappen. Hij kwam zelden in het hoofdgebouw en ze vermoedde dat hij haar was komen zoeken.

De taxi reed onmiddellijk weg. Arafat zat met een strak gezicht naast de chauffeur. Ze wuifde blij, maar hoewel hij haar moest gezien hebben, gaf hij geen teken van herkenning.

Ze was wat uit het veld geslagen en maakte zich zo vlug mogelijk vrij van de gastspreker. Op weg naar haar kantoor liep ze Witman tegen het lijf. Hij zag dat ze wat overstuur was en bleef staan. 'Alles goed met jou?'

Ze knikte alleen maar.

Met zijn zachte ogen keek hij haar onderzoekend aan. 'Zoek je dokter Dissie?' vroeg hij. 'Ik zag hem daarnet uit de kamer van meneer Dachner komen.'

Ze gaf hem dankbaar een kneepje in zijn arm en liep voort, nieuwsgierig om te weten wat er aan de hand was.

Ze klopte aan Richards deur en toen ze die opende, hoorde ze hem schreeuwen. 'Het kan me niet schélen of dat me m'n kop kost, Corbelle. Ik zeg dat ze er níét meer inkomen.'

Hij stond wat van de deur afgewend en klemde de hoorn van de telefoon zo hevig vast dat ze de knokkels van zijn hand wit zag worden. Toen ze dichterbij kwam hoorde ze de sussende klanken van Jakes stem.

'Omdat het geclassificeerde informatie blijft,' zei Richard nu wat minder opgewonden, 'tot de grens tussen informatie van *civiele* en van *militaire* aard duidelijker is afgebakend!'

Hij draaide zich om en zag Myriam staan. Ze hoorde het verre onverstaanbare antwoord van Jake en zag Richards grijze ogen donker worden van woede. 'Met een terrorist neem ik geen risico!'

Hij luisterde.

'Verdomme Corbelle, ik ben nog altijd de baas!' snauwde hij. 'Mijn beslissing hoef ik niet te verantwoorden.'

Hij smeet de hoorn neer.

'Wat doe jij hier?' vroeg hij geprikkeld.

Ze voelde zich niet op haar gemak. 'Ik vernam dat Arafat hier is geweest. Is er iets?'

'Ja', zei hij bruusk.

Ze zag dat hij moeite deed zich te beheersen.

'Ik heb de Arabieren de toegang tot de BR2-reactor ontzegd.' Zijn stem was nu kalm en afgemeten.

'Mijn God!' zei Myriam.

'Maak je geen zorgen. Het verbod geldt niet voor jouw minnaar.'

'Waarom? Wat hebben de anderen misdaan?'

'Dat hoef je niet te weten.'

'Wacht', zei Myriam. 'Je móét het me vertellen. Anders zal Arafat...'

'Ik moet niets', viel hij haar in de rede. In zijn ogen verscheen een harde, maniakale glans. 'Jouw Arafat interesseert me niet. Voor mij telt alleen de veiligheid bij het NOC.'

Zijn uitbarsting overrompelde haar. Ze liep naar de deur. 'Zoals je wilt', zei ze met samengeknepen lippen. 'Als je maar weet dat Arafat me meer waard is dan heel het NOC bij elkaar.'

Het was over achten toen ze Jake aan de telefoon kreeg.

'Ik kom net van Richard', zei ze. 'Waar doet hij zo opgewonden over?'

'Niet door de telefoon, liefje.'

'Blijf je in het waste-gebouw? Dan kom ik naar je toe.'

'Over een halfuur, Myriam. Ik heb nog wat dringend werk af te maken.'

'Goed. Dan maak ik er een wandeling van.'

Ze doofde de lichten en verliet haar kantoor. Toen ze de buitendeur van het kantoorgebouw openduwde, zag ze dat Abbas Al Fahim op het bordes stond in een houding of hij haar opwachtte.

'Good evening, miss Dachner.'

Hij stak zijn hand uit en werktuiglijk schudde ze die. Zijn vingers voelden aan alsof ze een handvol slappe bananen vastpakte.

Ze huiverde.

'U heeft met meneer Dachner gesproken over ons probleem?' vroeg hij.

'Ons probleem?'

Hij hoorde de nadruk op 'ons' en glimlachte onbewogen. 'Zeker. Als ik dokter Dissie goed begrepen heb, had u ervoor gezorgd dat ik met mijn vorsers aan het BR2-programma kon deelnemen.'

'Dat klopt.'

Zijn glimlach kreeg iets kils en onaangenaams. 'Kunt u me dan uitleggen vanwaar die plotselinge ommekeer komt?'

Ze keek ontstemd. 'Ik hoef u níéts uit te leggen, meneer Al Fahim.'

'O nee?' vroeg hij op gevaarlijke toon. 'Weet dat het u zal berouwen, als meneer Dachner zijn standpunt niet herziet.'

Ze keek hem sprakeloos aan. Wat haalde die kerel zich in het hoofd?

‘Alleen al om die woorden vind ik dat mijn vader het bij het rechte eind had, meneer’, zei ze met samengeknepen lippen.

Zijn gezicht vertrok van woede. ‘Is dat wat Dissie met u heeft bereikt? Hij zal u moeten leren u te gedragen als hij...’

Er was niets waaraan Myriam zich zo kon ergeren als aan kleine mannen die zich superieur opstelden. Ze had moeite om haar stem in bedwang te houden toen ze hem in de rede viel. ‘Hier kunt u vrouwen niet dresseren als paarden, meneer Abbas Al Fahim. Misschien keert u daarvoor beter naar huis terug.’

Ze wilde hem voorbijlopen, maar hij greep haar bij de arm en spatte vol venijn een paar Arabische woorden in haar gezicht. Ze wist niet wat ze betekenden, maar door de onmiskenbare verachting in zijn stem verloor ze haar zelfbeheersing. Ze rukte zich los en duwde hem met de vlakke hand van zich af. Daarbij raakte ze hem pal op zijn neus. Al Fahim verloor zijn evenwicht, deed een stap achteruit en sloeg struikelend het bordes af. Met een klap kwam hij een trede lager op zijn achterwerk terecht.

Hij brulde, meer van verontwaardiging dan van pijn.

Myriam dacht: O God, hoe heb ik zoiets kunnen doen?

Een passerende nachtwaker kwam toegelopen en hielp Al Fahim overeind.

Ze draaide zich om; tenslotte had hij het aan zichzelf te wijten.

Met het ellendige gevoel dat ze niets goed kon doen, liep ze naar de garage achter het hoofdgebouw, waar een paar fietsen en een motorfiets stonden die door het personeel werden gebruikt voor verplaatsingen tussen de verspreid liggende gebouwen en laboratoria. Ze rolde de 250cc-Yamaha naar buiten en startte de motor. Door het incident was ze niet meer in de stemming om te wandelen en ze wilde vermijden dat Al Fahim haar achterna zou komen. Het was ook een daad van opstandigheid tegen Richard, die ertegen gekant was dat ze af en toe de motor gebruikte. Ze kon er vrij behoorlijk mee omgaan en zodra ze onderweg was, voelde ze zich beter. Het was een warme zomeravond, de wind speelde door haar haren en door het verfrissende effect drong met een plotselinge flits tot haar door waarom Richard zo was uitgevaren tegen Corbelle.

Iemand was er met geclassificeerde informatie vandoor.

Ze twijfelde er niet aan dat het om Abbas Al Fahim ging. En al hechtte ze niet noodzakelijk geloof aan die verdenking, het verklaarde wel Richards houding.

In gedachten hoorde ze opnieuw de woorden van Al Fahim: *Is dat wat Dissie met jou heeft bereikt?*

Had Arafat haar proberen te gebruiken om Al Fahims snode plannen te doen slagen? Het was mogelijk, al hield ze het niet voor waarschijnlijk.

Het zou inhouden dat zijn liefde voor haar komedie was.

De gedachte was zo overweldigend, dat ze langzamer ging rijden.

Nee. Arafat was dokter én chirurg, geen anarchist of militaire spion. Hij was een man die zijn wetenschappelijke kennis in dienst stelde van de mensheid en ze niet gebruikte om mensen te doden.

Maar waarom had hij per se gewild dat ze druk op Richard uitoefende ten gunste van zijn onhebbelijke landgenoot? Was het – zoals hij vaag had laten verstaan – omdat hijzelf onder druk werd gezet door Al Fahim en vreesde naar huis te worden teruggeroepen? Weg van haar en van het wetenschappelijk onderzoek, waar hij zoveel belang aan hechtte?

Een opwelling van tederheid maakte haar ogen vochtig. Ze wist met zekerheid dat Arafats liefde niet geveinsd was.

Een gesloten bestelwagen passeerde haar op de brug over het Kempisch Kanaal. Ze lette er nauwelijks op, vroeg zich af met wie ze haar probleem kon uitpraten. Niet met Richard; als die zijn wenkbrauwen fronste klapte ze al dicht. En Muriël was te oppervlakkig. Met een gevoel van opluchting dacht ze aan Jake. Jake was betrouwbaar.

Het begon te schemeren. Onder de dennenbomen van het NOC-domein werd het vroeg donker. De bestelwagen stond geparkeerd aan de rechterkant van de smalle weg. Ze week uit naar het linkerdeel.

Toen ze tot op een paar meter genaderd was, zag ze zijn gezicht in de zijspiegel. Ze herkende zijn donkere ogen en verbeeldde zich dat die gloeiden van haat. In een flits meende ze te begrijpen wat hij van plan was.

Ze wierp zich opzij, draaide de gashendel wijd open en probeerde hem te vlug af te zijn.

Het lukte bijna.

Ze was hem op een haar na gepasseerd toen Al Fahim het portier openzwaaide. De portierrand raakte nog net even de achtervelg, het was nauwelijks voelbaar, maar voldoende om de motor uit evenwicht te brengen. Myriam gaf tegenstuur – vocht met al de kracht van haar armen en dijen om de machine overeind te houden, voelde het spinnende achterwiel onderuit gaan en wist dat ze geen schijn van kans had. *Als je motor onderuit gaat,* had de instructeur gezegd, *zorg dan dat hij niet boven op je terechtkomt.* Ze liet los, weg van de moordende machine, schoof wervelend over het wegdek, wist zich als een kat op te rollen om haar hoofd te beschermen en eindigde haar dolle vlucht in de greppel langs de wegkant. Ze zag Al Fahim behoedzaam naderbij komen en ze schreeuwde hem toe: 'Maak dat je wegkomt!' Hij bleef weifelend staan, draaide zich om en liep weg. Ze hoorde het portier dichtslaan en de bestelauto wegrijden.

Als een bittere bal welde de misselijkheid in haar keel omhoog. Min of meer buiten kennis zeeg ze neer op de modderige bodem van de greppel.

De pijn in haar rug deed haar bijkomen. *Echte* pijn. Ze bleef stil liggen, bang om zich te bewegen. Toen rook ze benzine. Ze zei hardop: 'Ik moet hier weg.'

Op handen en voeten kroop ze uit de ondiepe greppel. De motor lag een paar meter van haar vandaan en ze zag dat zich onder de brandstoftank een plas vormde van wegvloeiende benzine.

Ik mag niet in paniek raken.

Ze dwong zichzelf om overeind te komen en liep strompelend een paar meter verder.

De benzine vloog met een zachte, haast onhoorbare plof in brand. Het ene ogenblik een klein onschuldig vlammetje, een oogwenk later een laaiende, allesverterende vuurbal.

Myriam gilde.

De hitte in haar rug joeg haar voort. Een tiental meter verder zakte ze uitgeput in elkaar. De angst deed haar in tranen uitbarsten.

De schemering veranderde in avondlijke duisternis, die nauwelijks onderbroken werd door het naargeestige gele licht van de verspreid staande straatlantaarns. Tussen de boomstammen door zag ze in de verte de lichtbundels van een naderende auto.

Myriam dacht: godzijdank.

Toen bedacht ze dat het net zo goed Abbas Al Fahim kon zijn, die terugkeerde om zijn werk af te maken. Zonder op te staan liet ze zich in de greppel rollen en bleef bevend liggen. Ze deed haar ogen dicht, begon diep en regelmatig adem te halen in een poging zichzelf in de hand te krijgen.

Toen ze haar ogen weer opendeed, zag ze het gezicht van Jake vlak bij het hare. Achter hem stond Abbas Al Fahim, die er zowaar in slaagde een bezorgde plooi in zijn gezicht te leggen.

Jake sloeg een arm om haar schouders, de andere onder haar knieën en tilde haar voorzichtig uit de greppel.

'Wat doe je hier, liefje?' vroeg hij zacht. 'Het lijkt wel of je je verbergt.'

Ze keek op in het mooie, arrogante gezicht en was dankbaar dat hij het was die haar vond.

'Kon je verdomme niet wat eerder komen?' mompelde ze.

Léon Pirard, de bedrijfsdokter van het NOC, gaf haar een prik tegen shock, maakte een paar schaafwonden aan haar rechterhand en -elleboog schoon, plakte er pleisters op en onderzocht daarna haar rug. Hij was op de hoogte van haar medisch verleden.

'Ik heb een ziekenwagen besteld', zei hij. 'We brengen je naar het U.Z. zodat dokter Wilfrieds je kan onderzoeken.'

Hij gaf haar een tabletje en een glas water. 'Het zal je helpen wat te slapen.'

'Is het erg?' vroeg ze.

'Je komt er wel overheen, maar met je rug neem ik geen risico.'

Jake pakte een stoel en kwam naast het bed zitten. 'Je vader komt zo dadelijk.'

Ze wendde haar hoofd naar hem toe. De beweging veroorzaakte een scherpe pijn. 'Arafat?'

'Hij wacht op je in het ziekenhuis.'

Ze voelde het pijnstillende effect van het tabletje. De druk op haar wervelkolom werd minder.

'Hoe is het gebeurd?'

'Wat?'

'Het ongeluk.'

Ze staarde naar het plafond. Ze was er niet meer zo zeker van. Had Abbas Al Fahim een moordaanslag willen plegen of was het een ongeluk? Misschien had hij alleen maar willen uitstappen om haar uit te schelden.

'Ik wilde een geparkeerde bestelwagen passeren, waarvan iemand onverwacht het portier opende', zei ze. 'Waarschijnlijk wierp ik me al te bruut opzij.'

'In de bestelwagen zat Abbas Al Fahim. Hij zegt dat je als een waanzinnige begon te schreeuwen toen hij je hulp wou bieden.'

'Ik zou niet weten waarom.'

Hij keek haar aan met een zweem van ongeloof. 'Waar ben je bang voor? Waarom had je je in de greppel verborgen nadat Al Fahim om hulp was gegaan?'

Ze kon haar gedachten niet genoeg ordenen om al haar twijfels op een bevattelijke manier op een rijtje te zetten.

'Het vuur', zei ze. 'Ik wilde weg van het vuur. Ik heb altijd angst gehad voor vuur.'

Ze sloot haar ogen, hoorde hoe hij stilletjes opstond en naar de deur liep.

Ze opende haar ogen. 'Jake.'

Hij bleef in de deuropening staan en keek haar aan met een minzame glimlach.

'Waarom heeft Richard Al Fahim uit het BR2-programma gestoten?'

Hij haalde peinzend zijn hand door zijn weerbarstige haar. 'Ik weet niet wat hem zo opeens bezielde, liefje.'

'Hij sprak over een terrorist. Bedoelde hij daar Al Fahim mee?'

Hij keerde op zijn stappen terug. 'Geen idee. Je vaders gedrag is de laatste tijd nogal onvoorspelbaar.'

'Doe niet zo geheimzinnig, Jake. Je weet meer dan je kwijt wilt.'

Zijn glimlach vervaagde. 'Al wat ik weet, is dat hij kort daarvoor een gesprek had met dokter Dissie.'

Ze had moeite de hysterie uit haar stem te weren. 'Nu begin je weer Arafat verdacht te maken.'

Jake glimlachte opnieuw, geruststellend. 'Je verbeeldt je wat. Jullie zijn te pessimistisch. Zelf zie ik die kerels van Murtadd veeleer als een paar contestanten onder het eigen personeel dan als Arabische extremisten die op een kernramp aansturen.'

Zijn nuchtere vaststelling kalmeerde haar. Toch was ze niet helemaal gerustgesteld. Ook Jake deed de laatste tijd erg vreemd.

'Volgens Arafat zijn er...'

Hij liep naar het bed en kuste haar op het voorhoofd. 'Rust nu maar, liefje.'

Myriam zuchtte vermoeid.

'Laat me uitspreken, Jake. Naar het schijnt wordt er tussen het NOC en het ADAD flink geknoeid. Om het geen zwendel te noemen.'

Hij bleef zwijgend staan, dacht na over wat ze had gezegd. Toen zei hij voorzichtig: 'Luister, liefje. Sinds we in 1983 gestopt zijn met het dumpen van afval in zee, kun je iedere berging van waste een vorm van zwendel noemen.' Hij pauzeerde en vervolgde toen, min of meer vergoelijkend: 'Daarbij moeten we al eens een oogje dichtdoen. De Arabieren hebben op zakelijk gebied nu eenmaal andere zeden dan wij.'

Ze haalde diep adem om de loomheid die zich van haar meester maakte, van zich af te zetten. 'Zouden we niet beter de hand in eigen boezem steken?'

Zijn stem klonk opeens ijskoud. 'Bedoel je iemand in het bijzonder?'

Myriam dacht: God. Ik heb hem beledigd. Ze zei vlug: 'Neem het me niet kwalijk, Jake. Ik maak me zorgen om Richard.'

Jake ontspande zich langzaam. 'Wees gerust, liefje. Hem zal niets overkomen.'

Hij glimlachte bemoedigend en verliet de kamer. Myriam

lag nog een tijdje naar de gesloten deur te kijken. Er was iets in het gesprek met Jake dat belangrijk was. Ze wist bijna wat het was, maar toen ze wegzonk in de door het kalmeringsmiddel veroorzaakte slaap, dreef de gedachte van haar weg.

Ze werd nog even wakker toen ze naar de ziekenwagen werd gebracht en ze mompelde geruststellende woordjes tegen Richard, die met een bezorgd gezicht naast de brancard liep.

Richard. Jake. Arafat.

Ze wilde dat ze van die drie mannen er één kon maken.

9

Myriam liet de deur van de warme cel, die deel uitmaakt van het BR2-reactorcomplex, op een kier staan. De kolven met vloeistof stonden in een keurige rij op de werkbank, met daarboven de roerloze grijparm van de robot. Op haar tenen liep ze dichterbij, aangetrokken door het oranjekleurige licht dat ze uitstraalden. In iedere kolf zweefde een levend embryo. Kleine afzichtelijke wezentjes. Ze liep naar de derde kolf en las het etiket.

Geblokkeerd embryo. Moeder: Myriam Dachner – Vader: onbekend – Leeftijd: zes weken – Behandeling: blootgesteld aan combinatie van neutronen en gammastralen.

Ze hoorde een geluid achter zich. In de deuropening stond een man, gekleed in een wit stralingsbeschermingspak en rode handschoenen. Door het donkere vizier van zijn helm kon ze zijn gezicht niet duidelijk zien.

'Ik heb haar gevonden', zei ze met een glimlach.

Hij schudde afkeurend met zijn hoofd. 'Onstabiele anomalieën', zei hij met nauwelijks verstaanbare stem. Hij deed een stap achterwaarts en sloot de sluisdeur van de cel.

Daardoor werd ze ongerust.

'Waarom doe je de deur dicht?' vroeg ze angstig.

Hij antwoordde niet.

'Arafat! Maak die deur open!'

Haar stem weergalmde tegen de glanzende wanden van de cel.

'Arafat', riep ze met hoge stem. 'Laat ons niet alleen. Ik wil niet dat ze chromosoomschade oploopt.'

Hij verscheen achter het raam en zette zijn helm af. Het dikke glas vervormde zijn gezicht, maar ze herkende de vettige huid en de fonkelende zwarte ogen van Al Fahim. Door een luidspreker hoorde ze zijn stem, die klonk alsof hij een lezing gaf aan een groep studenten.

'Nu gaan we het immunitaire systeem van een volwassene bestralen.'

De grijparm van de robot daalde geluidloos omlaag.

Myriam gilde. *'O God, Arafat. Help!'*

De stalen klauw van de grijparm nam een andere vorm aan. Het werd een brede mond met sensuele lippen, die zich tuitten om haar te zoenen.

•

Ze werd wakker doordat Arafat haar op de lippen kuste.

'Mmm', mompelde ze met gesloten ogen.

Hij kwam op de rand van het bed zitten.

'Heb je nog pijn?'

Ze opende haar ogen.

'Alleen als ik bij bewustzijn ben.'

Hij keek bezorgd. *'Echt?'*

Ze lachte. 'Nee. De schaafwonden doen meer pijn dan m'n rug.'

Hij bleef ernstig. 'Even vreesden we dat de wervel verschoven was, maar dat bleek gelukkig niet zo te zijn. Misschien mag je morgen het ziekenhuis verlaten.'

'Misschien?'

'Ja. Je moet nog één test ondergaan.'

Ze zuchtte overdreven. 'Alweer? Wat voor een test?'

Hij pakte een bordje *Niet storen* en hing het aan de buitenkant van de deur. Daarna haakte hij een stoel onder de deurkruk. Haar ogen werden groot van verwondering toen hij zich begon uit te kleden.

'Nee, Arafat', zei ze zonder overtuiging. 'Niet hier.'

Hij kwam naast haar in het bed liggen, met zijn gezicht naar haar toe. Ze voelde zijn opwinding en sloeg één been over zijn heup. Eigenlijk kon het nu niet, maar het was iets wat onafwendbaar was en toen hij haar omhelsde, liet ze zich gaan.

Daarna bleven ze nog een poos tegen elkaar aangedrukt liggen. Ze voelde zijn vochtige huid, rook zijn vreemde, roofdierachtige geur en ze aanvaardde het risico dat ze had genomen.

Met haar lippen tegen de zijne vroeg ze: 'Test geslaagd?'

'Negatief', antwoordde hij. 'Patiënt geeft tekenen van frigiditeit.'

Ze duwde hem quasi-boos van zich af.

Hij liet zich van het bed rollen en begon zich aan te kleden.

Zonder haar aan te kijken vroeg hij: 'Net voor het ongeluk had je een nogal verhit gesprek met Al Fahim. Waarover?'

Myriam ging rechtop tegen het hoofdeinde van het bed zitten, met gekruiste benen. In gedachte zocht ze naar de juiste woorden die ze met Al Fahim had gesproken, maar het enige wat ze zich met zekerheid herinnerde, was dat hij haar in het Arabisch had uitgescholden.

'Ik weet het niet meer', zei ze.

Hij keek achterdochtig. 'Je weet het niet? Hoe kan dat?'

Myriam haalde haar schouders op. 'Het was niet belangrijk.'

Arafat zette een voet op de rand van een stoel om een veter dicht te knopen. 'En het ongeluk? Het gebeurde kort nadat je met hem had staan ruziën. Weet je zeker dat hij er niets mee te maken had?'

'Nee', zei ze heftig. 'Zeker weten doe ik het niet. Maar ik weet drommels goed dat de man een eigenwijs stuk vreten is.'

Hij leek opgelucht. 'Dat zal wel', zei hij min of meer onverschillig. 'Daarom kun je hem beter uit de weg gaan.' Hij trok de stoel onder de deurkruk uit en maakte aanstalten om de kamer te verlaten.

'Tot straks.'

'Arafat! Wacht even.'

Hij bleef staan, een beetje verbaasd.

'Ik wil dat je ophoudt met eromheen te draaien. Ik kan wel een stootje verdragen. Je hoeft me niets te verzwijgen.'

Eerst begreep hij haar verkeerd. 'Iets verzwijgen? Ik heb je de waarheid verteld. Je rug is in orde.'

'We hebben het niet over mijn rug.' Myriam zocht voorzichtig naar haar woorden. 'Het wordt tijd dat je een tipje van de sluier oplicht.'

Hij was onmiddellijk alert. 'Ik heb jou niets te verbergen.'

‘Tenzij je deel uitmaakt van een complot, waar ook Jake Corbelle en Abbas Al Fahim hun aandeel in hebben.’

Arafat begon te lachen. ‘Hoe haal je je zoiets in je hoofd?’

Myriam probeerde haar stem zo kalm mogelijk te laten klinken. ‘Laat me een optelsommetje maken.’ Ze telde af op haar vingers. ‘Een: het radioactief afval van Posenuklear komt op onverklaarbare wijze bij het NOC terecht. Twee: Jake Corbelle sluit met Abu Dhabi een nogal dubieuze overeenkomst om de waste in de Rub’al-Chali-woestijn te dumpen. Drie: Abu Dhabi eist als tegenprestatie een kernreactor en de opleiding van stagiairs.’

Arafats lach vervaagde. Hij wilde wat zeggen, maar ze legde hem met een handgebaar het zwijgen op.

‘Vier: Al Fahim, jouw wetenschappelijke stagiair, gedraagt zich als een dikdoenerige *undercover*-agent, omdat hij geen toegang krijgt tot de BR2-reactor. Vijf: is het niet vreemd dat een chirurg op de hoogte is van zwendel en...’

‘Hou op!’ snauwde Arafat.

Myriam zweeg geschrokken.

‘Gezwam in het ijle’, zei hij wat rustiger. ‘Met alles wat je noemt, heb ik niets te maken.’

‘Ik zou je graag geloven,’ zei ze, ‘maar dat kan niet.’

‘Hoezo?’

‘Omdat je me er als het ware toe dwong Richard over te halen Al Fahim in de BR2 toe te laten. Lijkt dat niet op een bondgenootschap?’

Hij staarde haar met zijn gele ogen zo intens aan, dat het haar deze keer wel degelijk angst aanjoeg. Toen deed hij een stap naar haar toe, glimlachte en kuste haar boven op haar hoofd. ‘Dat was om bij jou te kunnen blijven.’

Myriam bestudeerde de uitdrukking op zijn gezicht, probeerde te doorgronden wat er verborgen zat achter dat hoge, gefronste voorhoofd.

‘Klinkt nogal sentimenteel,’ zei ze, ‘én ongeloofwaardig.’

Ze zag dat hij overwoog of hij zou antwoorden. Waar hij vandaan kwam, gaf een man nooit verantwoording van zijn daden aan een vrouw.

‘Wat het wetenschappelijk onderzoek betreft, hebben Al

Fahim en ik niets met elkaar te maken. Hier niet en in Abu Dhabi niet', verklaarde hij rustig. 'Het vervelende is echter dat hij en zijn stamgenoten sinds de gebeurtenissen in Iran heel wat aan politieke invloed hebben gewonnen. In ieder geval genoeg om mij naar Abu Dhabi te doen terugroepen, als hij zou vermoeden dat ik hem op een of andere manier in de weg zou staan.'

Ze dacht erover na. Goed. Hij was Al Fahim ter wille om hier te kunnen blijven. Misschien was het eigenbelang. Of misschien omdat hij hun relatie niet vroegtijdig verbroken wilde zien. Maar het verklaarde geenszins het gesjoemel met de waste en evenmin wie erachter stak.

'Zeg me dan op zijn minst wie er bij het NOC de bedrieger is. Ik wil niet dat alles op Richards hoofd neerkomt.'

Hij schudde met zijn hoofd. 'Het spijt me, maar ik kan je niet helpen. Eigenlijk heb ik helemaal niets met het ADAD te maken.'

Ze bleef aandringen. 'Kom op, Arafat. Leg de kaarten op tafel.'

'Ik zeg je dat ik het niet weet!' Hij begon kwaad te worden. 'Dat ik het spel meespeel met Al Fahim wil niet zeggen dat ik aan zijn kant sta. Tenslotte ben ik zelf een vreemdeling in Abu Dhabi. Een Palestijn die uit zijn thuisland is verdreven door de schuld van jouw...' Hij stopte abrupt.

'Ga voort.'

Arafat aarzelde. Toen hij weer sprak klonk zijn stem hovaardig, al bleef zijn uitdrukking nietszeggend. 'Door de schuld van de joden.'

Myriam werd doodsbleek. Hij wist dus van vaders joodse afstamming. Zouden de diepgewortelde vooroordelen tussen joden en Arabieren nu ook een tweespalt tussen hen vormen?

Voor het eerst in haar leven overwoog ze aan een vreemde te vertellen dat Richard haar pleegvader was.

Arafat zag dat ze op het punt stond iets te zeggen. Toen ze bleef zwijgen liep hij opnieuw naar de deur.

'Murtadd!'

Hij draaide zich om, sperde zijn ogen open. 'Murtadd?'

Ze hield hem nauwkeurig in het oog, probeerde zijn reactie

te peilen. 'Ben jij Murtadd? Heb jij Richard bedreigd?' vroeg ze.

'Bedreigd?' In zijn ogen verscheen een glimlach die onmiddellijk weer verdween. 'Wanneer?'

'Een paar weken geleden. En wie weet opnieuw de dag van mijn valpartij. Toen heb ik je uit zijn kantoor zien komen.'

Arafat spreidde zijn handen als een echte Levantijn en glimlachte. 'Zou ik iemand bedreigen uit wiens zaad zo'n vrouw op de wereld is gekomen?'

10

Niet Arafat – die was voor een paar dagen naar het Internationaal Centrum voor Radiopathologie in Parijs – maar Muriël kwam haar de volgende dag al vroeg afhalen van het ziekenhuis. Het was stralend weer en omdat Muriël niet moest werken, besloten ze een dagje aan zee door te brengen. Onderweg praatte Muriël haar de oren van het hoofd over een kortstondige affaire met de dertigjarige zoon van een notaris, die uiteindelijk liever bij moeders pappot wilde blijven. Een goed uur later waren ze in Knokke. Ze waren allebei dol op de permanente vakantiesfeer die er heerste en ze flaneerden urenlang door de winkelstraten langs boetieks en kunstgaleries, tot ze uitgeput op een terras aan de zeedijk neerstreken.

Ze aten bruin brood met dikke plakken kaas en maakten opmerkingen over de voorbijgangers.

'Ik heb gisteren je vader ontmoet', zei Muriël terloops, terwijl ze een sigaret opstak.

'Jij? Waar?'

'In Center Court.'

'O ja?' Myriam kon zich niet herinneren dat Richard ooit een bezoek aan de club had gebracht. 'Wie kwam hij daar zoeken?'

Muriël blies een rookwolk uit.

'Mij. Hij kwam om met mij te praten.'

Zo, dacht Myriam. Richard gaat achter mijn rug met mijn vriendinnen praten. Het onderwerp van gesprek liet zich wel raden.

'Waarover?' vroeg ze, schijnbaar kalm.

Muriël staarde naar het vuur van haar sigaret. 'Wat dacht je? Hij maakt zich zorgen over jou.'

'Over mij? Of over de man van mijn keuze?' Haar stem klonk grimmig.

'Hij bedoelt het goed. Het enige dat hij verlangt, is dat je de juiste man vindt.'

'Zijn opvatting over een "juiste man" verschilt nogal van de mijne.'

Muriël lachte plagend. 'Misschien zijn je vaders opvattingen normaal en de jouwe afwijkend.'

'Wat noem jij afwijkend?' vroeg Myriam scherp. 'Arafat is een Arabier, goed. Daarom is hij niet minderwaardig. Integendeel. Onze kennismaking is het beste wat me ooit overkwam.'

Muriël grinnikte een beetje. 'Niet overdrijven, Myriam. Ik wil best geloven dat jouw Palestijn een goede minnaar is. Maar geloof me, er zijn er meer die er een handje van weg hebben. Heb ik je al verteld van...'

'Néé!'

Muriël zweeg onthutst.

'Ik wil niet dat je zo over Arafat praat', zei Myriam. Ze zweeg even om haar stem onder controle te krijgen. 'We houden écht van elkaar', vervolgde ze toonloos. 'Voor altijd.'

'Voor altijd', zei Muriël, licht spottend. 'Dat zei je ook toen je verliefd werd op Jake.'

'Je zou wel anders praten als je Arafat beter kende.'

Even leek Muriël in de war, toen duwde ze met een beslist gebaar haar sigaret uit in de asbak. 'Moet je eens goed naar me luisteren, meisje', zei ze, eveneens met vlakke stem. 'Het wordt tijd dat je je ogen opent. Jouw rondreizende dokter Dissie is niet beter dan een zeeman die in iedere haven een ander liefje heeft.'

'Wat?' vroeg Myriam buiten adem.

'Of dacht je dat een man van vijftig nee zegt als hij ver van huis met een meisje van zesentwintig naar bed kan? Goeie genade, Myriam, soms ben je ontzettend naïef.'

'Nu praat je precies als Richard', beet Myriam haar toe.

'Nee. Als een volwassen vrouw. Die weet waar het mannen

om te doen is', antwoordde Muriël bedaard. 'Ik zal anders praten over Arafat zodra hij bereid is zijn vet betaalde baan en wie weet, zijn vrouw en zijn kinderen voor jou te laten schieten.'

Myriam verstijfde. Dit wil ik niet horen, dacht ze.

Ondanks alles wil ik het niet horen. Maar ik heb het uitgelokt. 'Misschien heb ik het liever zo', zei ze. 'Zo behoud ik ook mijn vrijheid. Is dat zo uitzonderlijk?'

Muriël glimlachte ernstig. 'Toch wel, meisje. Omdat je daarvoor een prijs zult moeten betalen. En die prijs zou wel eens een breuk met je vader kunnen zijn.'

Arafat kwam om twee uur 's morgens thuis. Hij kleedde zich in het donker uit en kwam naast haar liggen, plat op zijn rug. Ze schoof dichter naar hem toe, perste zich tegen hem aan en legde haar arm over zijn borst. Hij haalde scherp adem, alsof ze hem pijn deed.

Ze knipte de bedlamp aan en sloeg de dekens terug. 'Je bent laat', zei ze. 'Ik had je eerder verwacht.'

Hij pakte het laken en trok het over zijn borstkas. 'Ik ben eerst nog bij Al Fahim op bezoek geweest.'

Arafat keek broedend voor zich uit.

Ze wachtte op uitleg, streelde hem voorzichtig over zijn schouder. In deze stemming kon je hem beter zijn eigen gang laten gaan. Na een poos zei hij: 'Die kwestie met de BR2-reactor zit hem lelijk dwars. Hij wil dat ik druk op jou uitoefen.'

Ze grinnikte. 'Dat doe je toch.'

Hij wierp haar een dreigende blik toe.

'Het spijt me', zei ze. 'Ik had het over vrijen.'

Zijn blik verzachtte. 'Ik weet niet hoe ik in Abu Dhabi zal kunnen leven zonder jou.'

Ze lagen zwijgend naast elkaar. Abu Dhabi. Haar gedachten vlogen vooruit naar het afscheid. Zijn vertrek kon niet meer zo veraf zijn. Zou het een definitief afscheid worden?

'Wanneer ga je weg?' vroeg ze.

Hij staarde haar aan met een weemoedige glimlach.

Waarom antwoordt hij niet? vroeg ze zich af. Het lijkt wel of hij er niet over wil praten.

'De dokter die het NOC-programma leidt, heeft me verzocht een maand langer te blijven.'

'O ja?'

Myriam had moeite de triomf uit haar stem te weren. Het biomedisch onderzoeksprogramma over radio-immunologie was over drie maanden gespreid, maar Arafat zou al na twee maanden naar huis terugkeren. Ze had het er gisteren met Werner Witman over gehad en hem laten beloven zijn invloed aan te wenden bij de programmaleider om Arafat tot het einde te doen blijven.

'Dus hebben we nog een vijftal weken?' vroeg ze op een onschuldige toon.

'Ik vrees dat Al Fahim me de voet zal dwars zetten', zei Arafat weifelend.

Ze verborg haar teleurstelling.

Toen glimlachte hij geruststellend. 'Maar ik kom terug. Ieder jaar kom ik voor een of twee maanden naar hier.'

Ze bleef stil liggen, durfde nauwelijks om uitleg te vragen. Enige tijd later hoorde ze aan zijn langzame en regelmatige ademhaling dat hij sliep.

Toen ze hem leerde kennen leek het eenvoudig. Het zou niet méér worden dan een flirt, een avontuurtje dat vanzelf zou eindigen, zodra hij naar zijn olielandje terug moest. Maar nu het einde in zicht kwam, kon ze er zich – zoals naar gewoonte – niet bij neerleggen. Hij is hier, dacht ze, hij ligt naast mij en niemand zal hem van me afnemen.

Deze gedachte deed haar onmiddellijk lichamelijk naar hem verlangen. Denk aan iets anders, denk aan zijn leven in Abu Dhabi. Een onderwerp dat hij steeds uit de weg was gegaan. Hoe zou hij daar wonen? In zijn eentje? Met zijn moeder? Ze wilde er niet aan denken dat hij getrouwd kon zijn, maar na het gesprek met Muriël was dat niet meer zo eenvoudig. Hij zou zeker geen gebrek hebben aan vrouwen. Arafat was een begerenswaardig man. Een goed en dominant minnaar, een expert in seksuele bevrediging. Ze voelde een warme kriebel door haar lichaam gaan en bewoog haar benen.

Arafat draaide zich om en keek haar aan.

'Ik dacht dat je sliep', zei ze.

'Ik sliep. Ik droomde dat de profeet m'n hartenwens in vervulling bracht.' Alsof het een fluïdum was straalden zijn ogen het dierlijk magnetisme uit waarmee hij haar ziel voor zich had opgeëist.

'Welke wens?'

'M'n hele leven met jou samen zijn.'

Myriam bloosde van plezier.

Het gedempte licht van de bedlamp weerkaatste nu een warme gouden glans in zijn ogen. Hij kuste haar op de mond, ze voelde de warmte en het gewicht van zijn lichaam op het hare.

'O God,' steunde ze, 'Arafat.'

Daarna lag ze nog een hele tijd wakker. Ze genoot van zijn lichte transpiratiegeur, die opnieuw het gracieuze beeld van een sluipende tijger bij haar opriep en ze bedacht de meest zinloze manieren om hem te kunnen behouden.

De volgende morgen maakte hij haar om zes uur wakker met thee aan bed.

'Sorry,' zei hij, 'ik moet vroeg weg. Ik assisteer dokter Wilfrieds bij een operatie.'

Hij boog zich voorover en kuste haar lang en vol tederheid op de lippen.

Ze zuchtte diep. 'Is dit een begroeting of een afscheid?'

'Allebei', antwoordde hij.

Ze stak haar hand naar hem uit. Hij pakte ze en drukte haar vingertoppen tegen zijn lippen. Daarna draaide hij zich van haar af en liep naar buiten.

Ze keek hem na en onderdrukte het dwingende verlangen. Dit werd te gek. Ze was bezig verliefd te worden als nooit tevoren, hoewel ze wist dat ze hem nooit helemaal zou bezitten. Een stuk van hem was niet voor haar bestemd.

Ze hoorde de voordeur dichtslaan. Mannen zijn nu eenmaal zo, dacht ze. God is immers ook een man. Ze glimlachte om die idiote gedachte en zwaaide haar benen uit bed.

Die middag kwam Abbas Al Fahim haar opzoeken. Myriam had de hele morgen met Japanse bezoekers rondgelopen. Nu zat ze – met uitgeschopte schoenen – aan haar bureau wat orde te scheppen in de chaos waarin ze iedere maandag terechtkwam. Ze had hem niet horen binnenkomen, opeens stond hij voor haar.

'Ik hoorde u niet aankloppen', zei ze uit de hoogte. Met haar voeten tastte ze naar haar schoenen onder het bureau. Het ergerde haar op kousenvoeten tegenover Al Fahim te zitten.

Hij deed geen moeite zich te verontschuldigen. Ongevraagd ging hij op een stoel zitten.

'Het spijt me van het ongeluk', zei hij. 'Ik schrok me haast dood.'

Ze beeldde zich in leedvermaak te horen.

'Daarom maakte u zich dus halsoverkop uit de voeten', zei ze met een wrange glimlach.

'Medische hulp halen, mevrouwtje. Dat was mijn eerste zorg.'

'U zwaaide het portier open alsof u een moordaanslag wilde plegen.'

'Allah is mijn getuige', zei hij plechtig. 'Het was een kwestie van overdreven snelheid. Ik wilde dat het niet was gebeurd.' Zijn gezicht sprak zijn verklaring tegen. Ze wist niet meer wat ze van hem moest denken.

Hij schoof een paar papieren naar haar toe.

'Die moeten door het NOC ondertekend worden.'

Myriam bestudeerde het eerste document. Een aanvraag voor verlenging van de verblijfsvergunning op naam van Al Fahim met één jaar. Voor ze het tekende, las ze het andere formulier. Dezelfde aanvraag voor Arafat Dissie, voor de duur van één week. Ze keek hem aan of ze hem uit het raam wilde smijten.

'Is dat geen vergissing?' vroeg ze, haar woede min of meer in toom houdend. 'Arafat zou nog vijf weken blijven.'

Hij schudde onverschillig zijn hoofd. 'Nee, mevrouw. Ik heb u gewaarschuwd. Als ik geen toegang tot het BR2-programma krijg, blijft Dissie hier geen dag langer dan voorzien. Daar zorg ik wel voor.'

Ze legde de papieren naast zich en dacht na. Ze kon natuurlijk de datum op Arafats formulier wijzigen en de aanvraag rechtstreeks naar de Vreemdelingenpolitie sturen. Maar dat zou Al Fahim er niet van weerhouden Arafat terug te laten roepen. Ze moest inspelen op Al Fahims persoonlijkheid, zijn eerzucht en zijn angst voor een negatieve beoordeling. Arafat had haar eens verteld dat de Arabische tegenzin om onplezierige feiten bekend te maken, zijn oorsprong vond in de opvatting dat wie een schandelijke daad heeft begaan, die moet verbergen. *Het openbaren van een schande is opnieuw een schande.*

'Ik kan ervoor zorgen dat u zelf ook geen verblijfsvergunning krijgt', zei ze. 'Aangezien u geen belangstelling hebt voor het BR1-programma, hebt u die immers niet nodig. U kunt dan meteen met Arafat naar huis vliegen.'

Ze zag hoe hij over de consequenties ervan zat na te denken. Ze gokte erop dat hij het zich voor zijn politiek imago in Abu Dhabi niet kon permitteren uit het NOC geschopt te worden. Ook al betrof het een stage bij het minder actuele BR1-programma.

'Dat zou mijn land als een grove belediging ervaren', zei hij op gevaarlijke toon. Hij pakte een gouden koker uit zijn zak en haalde er een lange sigaret met filtertip uit. 'Kijk wat wij doen met diegenen die ons iets in de weg leggen.'

Hij stond op, schijnbaar kalm, verbrijzelde de sigaret in zijn handpalm en strooide de tabak in een dunne stroom in de papiermand. Daarna maakte hij rechtsomkeert en verliet haar kantoor zonder te groeten.

Nadat hij vertrokken was, zat Myriam een hele tijd na te denken. Hoe ernstig moest ze de bedreiging van Al Fahim opvatten? Ze kon best begrijpen dat hij machtig genoeg was om Arafat tegen zijn zin naar huis te sturen, maar wat kon hij tegen het NOC beginnen? Tenzij hij het NOC in een of ander groot fraudeschandaal wist te betrekken. Fraude in wat? De geruchten die haar ter ore waren gekomen, hadden zowel met waste als met Abu Dhabi te maken. *Een Abu Dhabi Connection* dus. In zo'n geval zou Richard daarvan het eerste slachtoffer zijn.

Zoiets kon ze niet laten gebeuren.

Ze moest de kwetsbare plek van het NOC vinden voor Al Fahim de etterbuil deed barsten. Bij wie kon ze daarvoor terecht? Bij Jake, natuurlijk. Die wist er het fijne van. Hij was de grondlegger van de overeenkomsten tussen het NOC en de Emiraten. Het was ook Jake geweest die haar medewerking had gevraagd om Richards weerstand tegen de komst van de Arabische stagiairs te overwinnen.

Eigenlijk had ze haar kennismaking met Arafat een beetje aan Jake te danken. Ze herinnerde zich dat Jake haar op de dag van Arafats aankomst op het NOC ertoe had overgehaald – tegen de voorschriften in – het originele waste-contract uit de safe te halen. Daarvoor was hij haar nog altijd een verklaring verschuldigd.

Ze pakte de telefoon en draaide meteen zijn nummer. Het duurde een tijdje eer ze hem te pakken kreeg. Ze verknoeide geen tijd met praten over koetjes en kalfjes.

'Waarvoor had jij destijds zo dringend het originele waste-contract nodig?' vroeg ze.

Hij hield zich op de vlakte. 'Origineel?'

'Ja, natuurlijk.'

'Je moet je vergissen, liefje', zei hij met schijnbaar eerlijke overtuiging. 'Ik weet zeker dat je me een fotokopie hebt gegeven.'

'Nee, Jake. We zijn samen naar de archieven gegaan.'

'Dat was inderdaad de bedoeling, maar ten slotte nam ik genoegen met een kopietje.'

Dacht hij nu echt dat ze zich zomaar om de tuin liet leiden? Ze voelde het bloed naar haar hoofd stijgen.

'Probeer me niets op de mouw te spelden, Jake.'

'Geen denken aan, liefje.'

'Luister, Jake. Je houdt je met louche zaken bezig. Reken er maar op dat ik op je nek blijf zitten tot ik weet met welke.'

Het bleef even stil. Daarna grinnikte hij een beetje: 'Je windt je onnodig op. Zodra we tijd hebben praten we erover.'

'Nu. Ik kom meteen naar je toe.'

'Uitgesloten', zei hij onverstoorbaar. 'Vanavond moet ik nog in Zürich zijn. Ik sta op het punt te vertrekken.'

'Maar...'

'Ik bel je zodra ik terug ben', zei Jake en verbrak de verbinding.

Woedend belde ze hem opnieuw op. De secretaresse antwoordde dat hij vertrokken was.

Myriam probeerde rationeel te denken.

Dat kon ze niet met een lege maag. Lunchtijd was al lang voorbij. In gedachten verzonken liep ze naar de cafetaria.

Richard kon ze er nu niet mee lastigvallen. Hij zat met de Japanners opgescheept en Arafat was naar dokter Wilfrieds in het Universitaire Ziekenhuis.

De cafetaria was nagenoeg leeg. Ze haalde broodjes en thee aan het buffet en ging bij het raam zitten.

Een ogenblik later kwam Werner Witman binnen. Myriam wenkte hem naderbij. Ze begreep niet dat ze niet eerder aan hem had gedacht. Met een glas en een flesje pils in de handen bleef hij bij haar tafeltje staan.

'Heb je mij nodig, Myriam?'

Ze knikte en wees naar een stoel.

'Zeker. Je komt als geroepen.'

'Hoe zeg je?'

'Dat je als geroepen komt. Ik heb je hulp nodig.'

'Hulp?'

'Juist. Hulp', zei ze nogmaals. Als je je ergernis liet merken was communiceren met Werner vrijwel uitgesloten. Ze sprak langzaam, duidelijk articulerend. 'Naar het schijnt is er bij het NOC een zwendel met waste aan de gang.'

Hij probeerde de woorden van haar lippen te lezen. 'Zwendel?' herhaalde hij onzeker.

'Zwendel in waste', zei ze zo luid als ze durfde. 'Met Abu Dhabi.'

'Abu Dhabi?' vroeg hij met een ongelukkig gezicht. Omdat hij zich altijd eerst wilde overtuigen dat hij de juiste draad te pakken had gaf hij een slome, ietwat onnozele indruk, maar Myriam liet zich daardoor niet misleiden. Hij had meer verstand in zijn pink dan sommigen in hun hele lichaam.

Ze zei: 'Het moet iemand van de directie zijn. Jij moet toch weten wie.'

Aan zijn ogen zag ze dat ze beet had. 'Ik? Waarom zou ik dat weten?'

'Ben je financieel directeur ja of nee?' explodeerde ze. 'Als er met geld wordt geknoeid, ben je hoe dan ook verantwoordelijk.'

Hij zat haar aan te kijken alsof hij zou gaan huilen. 'Goeie genade, Myriam', fluisterde hij. 'Het is niet zo eenvoudig als je denkt.'

'Kom op, Werner. Jij controleert al de ontvangsten en uitgaven. Niemand kan een cent van het NOC in zijn zak steken buiten jou om.'

Hij keek oprecht verlegen. 'O Jezus, nee. Zo gaat het helemaal niet. Er zijn tientallen manieren om mijn toezicht te omzeilen. Om er een paar te noemen: winstgevende operaties van het NOC toevertrouwen aan derden; vrachtdocumenten die de lading niet dekken; gebruikmaken van fictieve facturen of contracten.' Hij zweeg, zat daar nog met het glas en de fles in zijn handen zonder het bier te hebben uitgeschonken.

'Je bier', zei ze. 'Je vergeet je drank.'

Hij keek verward.

Myriam wees op de fles. Bij Werner mocht je nooit zonder overgang van onderwerp veranderen. Hij glimlachte dankbaar en schonk in.

Myriam dronk van haar thee. Die was intussen koud geworden. Werner overdrijft niet, dacht ze. Hij somt nuchtere feiten op.

'Wat bedoel je met fictieve facturen?'

'Hè?'

'Fictieve facturen!' zei ze duidelijk, maar zonder stemverheffing. Ze was niet van plan heel het NOC bij elkaar te schreeuwen.

Witman had haar evenwel begrepen.

'Het is voldoende dat je het op een akkoordje gooit met iemand bij de medecontractant. Daarna hoef je alleen nog een stel blanco facturen te hebben', legde hij uit.

'Welke medecontractant?'

'In dit geval vermoedelijk het Atomic Department of Abu Dhabi.'

'Zozo, het ADAD. Verder?'

'Stel je voor dat ginder een factuur aan het NOC wordt gemaakt voor het juiste bedrag. Iemand die over blanco's beschikt, schuift er een voor een hoger bedrag voor in de plaats en stuurt dat naar het NOC. Het vergt natuurlijk een hele planning en ik vermoed dat je daarvoor wel geregeld naar Abu Dhabi zult moeten reizen. Een dergelijke fraude kun je tenslotte niet per briefwisseling op touw zetten.'

'Maar aangezien jij het bedrag van de factuur aan het ADAD betaalt, hoe komen de bedriegers dan aan hun deel van het geld?'

'Met Arabische landen lopen de betalingen altijd over Luxemburgse of Zwitserse banken', zei Witman. 'Die boeken het verschil automatisch over naar een confidentiële rekening.'

'Allemachtig, Werner. Controleer jij die facturen dan niet voor je ze betaalt?'

Voor het eerst leek Witman niet op zijn gemak. 'Hoe wil je dat ik onderscheid kan maken tussen de echte en de valse facturen zonder bij het ADAD navraag te doen? Met die landen moet je bijzonder voorzichtig zijn. Ze zijn vlug op hun tenen getrapt.'

Myriam fronste haar wenkbrauwen. 'Je woont toch de besprekingen over prijzen en voorwaarden bij? Hebben die niet meestal hier plaats?'

Werner keek haar aan met zijn babyogen en smeekte stilzwijgend om begrip. Door zijn hardhorigheid was zijn rol bij conferentiegesprekken vrijwel tot die van toeschouwer beperkt. Zodra de gesprekspartners onder elkaar gingen praten, verstond hij er niets meer van.

Myriam beet peinzend in haar broodje. Kon dat zomaar? Zoals Witman had laten verstaan, moest je geregeld naar het buitenland reizen om dat soort van afspraken te maken. Niet iedereen kwam daarvoor in aanmerking. Witman bijvoorbeeld zou om de dooie dood niet in een vliegtuig stappen. Door een plotselinge ingeving verslikte ze zich bijna. Ze smeet het broodje van zich af.

'Draai er niet omheen, Werner. Jij weet wie het is. Zeg op. Is het Jake Corbelle?'

Zijn roze babyface werd een tint donkerder. 'Dat mag ik niet zeggen, Myriam. Je moet me begrijpen.'

'Lieve hemel, Werner. Het is te gek om los te lopen. Wat moet ik begrijpen?'

Hij sloeg zijn ogen neer. 'Er zijn geen bewijzen', mompelde hij. 'Je kunt niemand beschuldigen op basis van vermoedens.'

Myriam schoof haar stoel met een ruk achteruit en stond op.

'De originele contracten? Controleer je die met de facturen?'

Hij weifelde even, had haar evenwel begrepen en zei verontschuldigend: 'Ik heb meneer Corbelle gevraagd de originelen te mogen zien. Het enige wat hij mij geeft zijn kopieën.'

Myriam drong niet verder aan. Ze had met hem te doen. Om je te kunnen handhaven tussen de wetenschapslui en de intelligentsia van het NOC moest je de teugels strak in handen houden en dat was voor Werner geen sinecure.

Ze gaf hem een geruststellend kneepje in zijn schouder en verliet de cafetaria met korte vinnige pasjes.

Een kwartier later had ze de fotokopie van het originele waste-contract gevonden. Die was in de lade van haar bureau blijven liggen, nadat Jake had geweigerd hem mee te nemen.

Ze las het uit vijf pagina's bestaande contract, vol met technische omschrijvingen en wetenschappelijke formules, wel drie keer door. Een van de clausules vermeldde nogal forse bedragen die door het NOC aan het ADAD, als tussenkomst in de bouwkosten van een mausoleum in de Rub'al-Chali-woestijn, dienden te worden betaald. In gedachten noteerde ze er met Richard over te zullen praten. Een halfuur later had ze hoofdpijn, moest nodig naar de wc en was geen stap verder geraakt. Ze vouwde het contract dicht en stak het in haar handtas.

Nadat ze de natuur haar rechten had verleend, bleef ze bij een wastafel staan en keek zichzelf met samengeknepen ogen in de spiegel aan. Nou dan, idioot, je stelt je aan alsof je niet weet wat dat te betekenen heeft. Ondanks de slopende dag had ze een gezonde blos op de wangen en onder het getailleerde wollen jasje waren haar borsten duidelijk te onderscheiden.

Dat krijg je als je verliefd wordt op een Arabier.

Werktuiglijk verrichtte ze de basisgrepen van haar make-up en ze dwong zichzelf aan Jake te denken. Was hij echt naar Zürich of was dat een van zijn ontwijkingsmanoeuvres? Zoiets lag nu eenmaal in de lijn van zijn karakter. Ze herinnerde zich nog hun gesprek na het ongeval met de motor, toen ze hem vertelde dat Richard telefonisch bedreigd was. Ook toen had hij haar een laat-maar-waaien-antwoord gegeven. *Zelf zie ik die kerels van Murtadd veeleer als een paar contestanten,* had hij gezegd.

Met een schok drong het tot haar door.

Murtadd?

Hoe wist Jake dat de bedreiging uitging van Murtadd? Ze wist met zekerheid dat ze dat vreemde woord nooit tegen hem had uitgesproken.

En Richard evenmin.

Met een beslist gebaar schroefde ze haar lippenstifthouder dicht en borg hem in haar handtas.

Jake had haar heel wat uitleg te verschaffen.

11

Het was al volop spitsuur toen ze in Mol arriveerde. Met enige moeite vond ze een parkeerplaats in een zijstraat van de Rozenberg. Jake woonde in een duplexflat, in een gerenoveerd gebouw van zes verdiepingen, waarvan de benedenverdieping door een handel in oosterse tapijten werd ingenomen. Myriam duwde de winkeldeur open en liep tussen stapels handgeweven tapijten door naar binnen. De eigenaar, een kaalhoofdige Afghaan met een hangsnor en een hangbuik, kwam haar glimlachend tegemoet. Nadat ze tweemaal zijn aanbod voor een kop thee beleefd had afgewezen, ging hij haar druk pratend en handenwrijvend voor naar de gang, wachtte tot ze het traliehek van de liftdeur had gesloten en de ouderwetse lift zich schommelend in beweging zette. De wetenschap dat ze af en toe bij Jake bleef slapen, wond hem iedere keer opnieuw op als ze van zijn winkel gebruikmaakte om binnen te komen.

Aan de deur van Jakes flat drukte ze op de bel en luisterde naar de gong. Na de derde poging keerde ze terug naar de console tegenover de liftdeur en zocht op de tast naar de sleutel die, zoals ze verwachtte, met een pleister tegen de onderkant was gekleefd. Een voorzorgsmaatregel die Jake had getroffen nadat hij voor de derde keer een slotenmaker te hulp had moeten roepen toen hij zijn huisdeursleutel was vergeten.

Zoals altijd trof haar de zin voor verfijning en volumetrische vormgeving waarmee Jake zijn flat had ingericht. Een serene witte kleur en het gebruik van warme materialen zoals beuk en berk gaven een extra dimensie en accentueerden zijn aandacht voor details. De esthetische opbouw was in tegenspraak met Jakes losbandige leefgewoonten.

Aarzelend bleef ze in de woonkamer – gelijktijdig als studeervertrek ingericht – staan. Ze had min of meer verwacht hem thuis te treffen, zodat ze hem op het matje zou kunnen roepen. Nog steeds was ze ervan overtuigd dat hij zich zou kunnen verantwoorden. Aan de andere kant, als hij niet in de zwendel betrokken was, wie dan wel? Hij was bij het NOC de enige die geregeld naar de Golfstaten reisde.

En als hij erbij betrokken was, zou hij documenten moeten bezitten die dat uitwezen.

Waar zou hij die bewaren?

De rechterwand van de woonkamer was tot aan het plafond bedekt met boeken. Honderden titels. Nee, Jake zou daar geen belangrijke papieren tussen verbergen.

Ze ging aan het kleine bureau zitten en keek de inhoud van de laden door.

Geen geheime stukken.

Ze opende de telefoonklapper. Normale relaties uit de bedrijfswereld en voornamen van vrouwen. Geërgerd sloeg ze de klapper dicht.

Ze inspecteerde haastig de buffetkast, het barmeubel en de keuken. Ze vond niets.

Een open, witgelakte trap leidde naar de dressingruimte en de aangrenzende badkamer en slaapkamer op de bovenverdieping. Ze liep de trap op.

In de slaapkamer was nauwelijks gelegenheid om iets te verbergen. Een witgelakt bed van modern design, contrasterend op een donker antracietkleurig vast tapijt. De aan de bedrand gehechte draaibare bedkastjes hoefde ze niet te doorzoeken, ze kende de inhoud ervan.

Ze keerde terug naar de dressingruimte, die door een schuifdeurenkast, met een spiegel als vast middenpaneel, van de slaapkamer was gescheiden. Ze doorzocht zijn kleren en tastte achter de stapels hemden en handdoeken op de planken.

Niets.

Toen herinnerde ze zich dat ze hem op een keer uit de kleerkast had zien komen.

Ze schoof zijn pakken opzij en stapte in de kleerkast.

Achter het vaste middenpaneel was een kleine muursafe. De

sleutel zat op het deurtje. Een typische slordigheid van Jake. In de safe lag een stapeltje papieren. Ze haalde het eruit en ging aan de kaptafel zitten.

Huwelijkscontract en notariële papieren over zijn lopende echtscheiding.

Een map getiteld ADAD. Geschreven in het karakteristieke op drukletters gelijkende handschrift van Jake.

Met ingehouden adem bekeek ze de inhoud.

Een paar vrachtbrieven voor verzending van waste naar Abu Dhabi. Kopieën van facturen van het ADAD aan het NOC. De meeste hadden betrekking op de bouwkosten van het mausoleum.

Een apart mapje van doorschijnend plastic met blanco facturen en briefpapier van Posenuklear en het ADAD.

De fictieve facturen waarover Werner had gesproken.

Dus tóch Jake!

Op het bovenste vel was met een onduidelijk handschrift iets geschreven, maar ze kon het niet ontcijferen.

In een open envelop een brief in het Arabisch, geschreven op duur uitziend ivoorkleurig papier, met onderaan twee handtekeningen in groene inkt.

Ten slotte vond ze nog een fotokopie van het fameuze waste-contract. Sommige clausules waren met rood aangestreept.

Plotseling dacht ze aan de kopie in haar handtas. Ze haalde die eruit en vergeleek ze met Jakes kopie.

De rood gemarkeerde clausules stemden niet overeen.

Bij radioactief afval was laag vervangen door *hoog.*

Het bedrag van de aan Abu Dhabi te betalen tussenkomst in de bouwkosten van het mausoleum was bijna het driedubbele.

Op Jakes kopie was een clausule, waarin het NOC zich verbond de Duitse waste – in afwachting van verzending naar Abu Dhabi – tegen een vooraf vastgesteld bewaarloon in De Purperen Barak op te slaan.

Terwijl ze stond na te denken wat dat te betekenen had, hoorde ze beneden de voordeur dichtslaan.

'O nee', zei ze verschrikt.

Ze hoorde stemmen. Gelach. Jake en de stem van het meisje dat haar aan de telefoon had uitgedaagd.

Ze kwamen naar boven!

Bliksemsnel graaide ze de papieren bijeen en stapte in de kleerkast. Ze schoof de kastdeur dicht en verborg zich zo goed mogelijk achter Jakes pakken.

Door een kier kon ze in de dressingruimte kijken. Het licht! Overal had ze de lichten laten branden.

En het waste-contract lag nog op de kaptafel. Samen met de blanco vellen en de Arabische brief.

Een slanke brunette kwam binnen. Gelukkig merkte ze niet op dat de lichten aan waren. Het meisje wierp een snelle blik in de spiegel en liep door naar de slaapkamer.

Jake verscheen in haar gezichtsveld met een koffer in de hand.

'Goeie genade,' mompelde Myriam, 'hij komt z'n koffer pakken.' Haar hart klopte in haar keel.

Jake kwam naar de kleerkast. Vliegensvlug duwde ze de papieren in de muursafe.

'Kom nou, schat', bedelde het meisje vanuit de slaapkamer. 'We hebben nog net de tijd.'

Jake zette de koffer op het bankje voor de kaptafel en opende de sloten. 'Kan niet, liefje. Ik moet een vliegtuig halen. Weet je wel. Zürich. Abu Dhabi.'

Myriam zag een glimp van het meisje in de deuropening. 'Tien minuutjes', fluisterde ze met hese stem.

Jake aarzelde.

Toen trok hij zijn kleren uit en liet ze op de grond vallen. Hij kwam naakt voor de spiegel staan en glimlachte tegen zijn spiegelbeeld. Daarna bracht hij met een vlugge beweging zijn haar in de war, trok zijn schouders naar achteren en stapte doelbewust de slaapkamer binnen.

Myriam bleef enkele ogenblikken als versteend staan. Vervolgens deed ze haar schoenen uit, schoof de kleerkastdeur open en stapte – rood van opwinding – over het hoopje kleren. Ze pakte het bundeltje papieren van de kaptafel en borg die in haar handtas. Behoedzaam liep ze de trap af, de flat door en trok geluidloos de voordeur achter zich dicht.

Met één hand steunzoekend aan de deurpost trok ze haar schoenen weer aan. Ze vroeg zich af waarom ze als een dief naar buiten was geslopen. Als Jake eenmaal aan de gang was, kon voor zijn part de wereld vergaan.

Het was tegen zessen toen ze aan de poort van het NOC arriveerde. De slagboom was omlaag en twee politieauto's blokkeerden de doorgang. In plaats van door de gewone veiligheidsagenten werd de toegang bewaakt door verscheidene politieagenten in kogelvrije vesten en met automatische machinepistolen in de aanslag. Een van hen gebaarde haar de auto te verlaten, negeerde de verklaring van de portier over haar identiteit en eiste van haar een legitimatie. Intussen doorzocht een andere agent grondig haar auto.

'Wat is er hier aan de hand?' vroeg ze aan de portier.

'Weet ik veel', mopperde hij. 'Niemand vertelt mij wat. Zal wel weer een valse bommelding van de antikernbetogers zijn.'

Ook bij het hoofdgebouw zag ze agenten patrouilleren. Onder de enkele auto's die er nog geparkeerd stonden, herkende ze die van Richard en Werner.

Op de derde verdieping verliet ze de lift en liep naar het kantoor van Werner aan het einde van de gang. Ze drukte op de bel, speciaal aangebracht omdat zijn gehoor onvoldoende was om iemand te horen binnenkomen. Er ging een groen lichtje branden en de deur sprong uit het slot.

Werner zat in hemdsmouwen achter zijn bureau. Hij had een servet uitgespreid op het bureaublad en was bezig een appel te schillen. Toen hij haar zag binnenkomen, kreeg hij een kleur alsof hij op iets werd betrapt. Hij vouwde het servet met appel, schillen en mesje bijeen en schoof de hele bundel in een lade. Vervolgens sprong hij overeind, pakte zijn colbert van de rugleuning van zijn stoel, trok het aan, voelde of zijn das goed zat en kwam met uitgestoken hand naar haar toe.

'Goedenavond, Myriam', zei hij formeel, alsof hij haar in geen weken had gezien.

'Schil rustig je appel verder', zei ze.

Hij keek weifelend.

Myriam maakte een beweging alsof ze een appel schilde, maar Werner schudde het hoofd en bleef afwachtend staan.

'Zoals je wilt.'

Ze ging op de rand van het bureau zitten. 'Ik moet eerst telefoneren.'

Ze draaide het nummer van hun flat, maar kreeg geen antwoord. Dus belde ze het Universitaire Ziekenhuis en vroeg naar dokter Wilfrieds. Die was afwezig. Verveeld legde ze de hoorn neer. Liefst van al had ze de nieuwe ontwikkeling eerst met Arafat besproken.

Werner zat haar met zijn ronde ogen vragend aan te kijken.

Ze legde de papieren op zijn bureau.

'Bekijk die eens.'

Hij wierp er een vluchtige blik op.

'Kopieën van het waste-contract', zei hij.

'Bekijk ze eens wat nauwkeuriger.'

Werner trok beleefd-vragend zijn wenkbrauwen op.

Myriam bedwong zich om niet te gaan roepen. 'Vergelijk ze!' Ze wees van het ene document naar het andere.

Hij streek zorgvuldig de papieren glad en bestudeerde ze zwijgend. Toen hij ten slotte naar haar opkeek, lag er een opgejaagde blik in zijn ogen. Hij voelt zich bang, dacht ze, bang om beschuldigd te worden van gebrek aan toezicht.

'Waar heb je dit vandaan?' vroeg hij behoedzaam.

Ze ging op een stoel zitten maar stond onmiddellijk weer op. Zijn ogen volgden haar bewegingen zoals een hond die verwacht geslagen te worden.

'Weggenomen', zei ze. 'Bij Jake Corbelle.'

'Wát zeg je?'

Het was geen vraag om herhaling. Veeleer een uitroep van verbazing.

'Het zijn dubbele contracten, Werner. Bewijzen van fraude.' Ze wond zich meer en meer op.

Hij schraapte zijn keel, een teken dat hij wist waarover het ging. 'We moeten hem niet meteen klakkeloos beschuldigen, Myriam.'

'Heb jij een andere uitleg?' vroeg ze scherp.

'Neenee,' zei hij zenuwachtig, 'maar stel dat het ene een ontwerp was en het andere het definitieve contract.'

Ze zat hem met grote ogen aan te kijken. Werner ging nu toch geen lans breken voor iemand die zijn eigen positie in gevaar had gebracht?

Ze zei: 'Hij bezat ook vrachtbrieven en kopieën van facturen.'

'Vrachtbrieven?' zei Witman geïnteresseerd. 'Mag ik die eens zien?'

'Zeker.' Ze ging zitten en rommelde in haar handtas. 'Verdomme!' zei ze. 'Die heb ik achtergelaten in zijn safe.' Ze gaf hem de Arabische brief en de blanco briefhoofden. 'Maar dit heb ik wel meegenomen. Wat voerde hij daarmee in zijn schild?'

'Tja,' zei hij, 'met de blanco's kon hij alle kanten uit. Weet je zeker dat ze in zijn bezit waren? Kun je dat bewijzen?'

Een protest kwam op haar lippen, maar ze slikte het in. Ze wees op het handschrift op het bovenste blad. 'Kun jij dat lezen?'

Hij schudde ontkennend zijn hoofd. 'Nee.'

Ze bekeek het opnieuw. '*Wait* of *waste for aaf*? Denk je dat *aaf* een naam is? Wacht even', zei ze opeens. 'Het zijn de beginletters van een naam.'

Hij keek vragend naar haar op.

'Abbas Al Fahim', zei ze triomfantelijk. 'Ik had het moeten weten. Die twee spelen onder één hoedje.'

Witman maakte een afwerend gebaar. 'Corbelle en Al Fahim? Dat lijkt me heel onwaarschijnlijk.'

'Kom nou', zei Myriam. 'Van Al Fahim verbaast het me niet.' Het verbaasde haar des te meer van Jake. Nog koesterde ze een kleine hoop dat hij er een sluitende verklaring voor had. Ze kreeg een idee.

'Ga mee, Werner', zei ze. 'We gaan het origineel bekijken.'

'Waar is dat goed voor?' vroeg hij afwerend.

Zonder op hem te wachten liep ze naar buiten. Witman kwam, min of meer tegen zijn zin met haar mee.

De archivaris wilde net naar huis gaan toen ze er aankwamen. Het vergde enige overredingskracht om hem zover te krijgen dat hij de brandvrije archiefdeur opnieuw opende en hun toegang verschafte. Korte tijd later hadden ze het origineel en de twee kopieën naast elkaar liggen.

'Wel heb ik van m'n leven', zei Myriam. 'De kopie van Jake is gelijk aan het origineel. Hoe kan dat nou? Mijn kopie werd gemaakt op de dag dat het origineel werd opgesteld.'

Witman gaf geen antwoord.

Nadenkend bestudeerde ze de documenten. Toen drong het tot haar door.

'Iemand heeft het origineel verwisseld', zei ze op besliste toon. 'Wat denk jij, Werner?'

Zijn gewoonlijk roze gezichtskleur had plaatsgemaakt voor een onnatuurlijke bleekheid.

Ze lachte. 'Trek nou geen gezicht of je een kwaad geweten hebt.'

Witman keek berouwvol. 'Ik zou me wel voor m'n hoofd kunnen slaan', zei hij met een pijnlijke grimas. 'Ik had zelf de originelen moeten controleren, maar wilde meneer Dachner niet lastigvallen. Hij moet al zoveel geduld voor me opbrengen.'

Arme Witman, dacht Myriam. Hij probeerde zo krampachtig zijn gehoorstoornis te maskeren dat het leidde tot een minderwaardigheidsgevoel, een vlucht naar zijn eigen ik die zijn vrees om fouten te begaan nog deed toenemen en hem tot een willig slachtoffer maakte van gehaaide kerels als Al Fahim en... Jake.

'Het spijt me, Werner', zei ze. 'Weet je wat? We gaan ermee naar Richard.'

Hij staarde haar onzeker aan. 'Naar meneer Dachner? Is dat niet voorbarig? Zouden we niet beter wachten tot meneer Corbelle terug is en hem om uitleg vragen?'

Ze had met hem te doen. Hij voelde zich al bij voorbaat belaagd. Maar het hielp niet om de kop in het zand te steken.

'Met uitstel maken we het alleen maar erger', zei ze. Ze legde een kalmerende hand op zijn schouder. 'Kom. Ga mee.'

Met gebogen hoofd liep Witman achter haar aan.

12

Richard zag er moe uit. Hij zat aan de conferentietafel tegenover Abbas Al Fahim. Ze trokken allebei een gezicht alsof ze ieder moment in elkaars haren zouden kunnen vliegen.

'Kan ik je even spreken, Richard?' Ze sprak Nederlands opdat Al Fahim haar niet zou verstaan. 'Het is nogal confidentieel.'

'Is het belangrijk?'

'Reken maar!'

Ze wierp een heimelijke blik op Al Fahim. Richard begreep waar ze naartoe wilde.

'Denk erover na', zei hij in het Engels tegen Al Fahim. 'Morgen praten we verder.'

Al Fahim schoof zijn stoel met een ruk achteruit. *'There'll be no tomorrow.'* Zijn stem klonk verbeten. *'Not for you. Not for the NOC.'*

Hij wilde naar buiten lopen, maar Myriam versperde hem de weg.

'Meneer Al Fahim,' vroeg ze argeloos, 'wilt u dit even bekijken. Hebt u dit geschreven?'

Ze duwde hem het vel papier onder zijn neus.

Hij staarde naar de tekst, maar ze zag dat zijn gedachten er niet bij waren.

'Weet ik veel.' Toen focuste hij zijn ogen op haar. 'Bent u nu tevreden?' vroeg hij duister. Zijn stem kreeg een dreigende klank: 'Maar als je een kameel een vuurtje onder zijn kont stookt...'

Hij liep om haar heen en was verdwenen voor ze iets kon zeggen.

‘Houd hem tegen, Richard. Hij heeft heel wat op zijn kerfstok.’

‘Laat maar’, zei Richard, min of meer terneergeslagen. ‘Het is niet belangrijk meer. Hij gaat weg.’

‘Weg? Waarheen? Wanneer?’

Met een schok besefte ze dat als Al Fahim wegging, Arafat ook niet zou blijven.

‘Morgen. Hij gaat naar huis. We konden het niet eens worden over het trainingsprogramma.’

‘Nee, Richard. *Nee!*’

‘Rustig nou, kindje’, zei Richard zachtjes.

Ze kon haar teleurstelling niet verbergen. ‘En Arafat? Er was hem gevraagd een maand langer te blijven.’

‘Precies’, zei Richard. ‘Ik was het ermee eens, maar ik kan hem er niet toe dwingen.’

Myriam sloot haar ogen. Het was afgelopen. Arafat zou haar verlaten.

Richard zei verontschuldigend: ‘Ik heb geprobeerd dokter Dissie te bereiken om hem bij het gesprek met Al Fahim te betrekken, maar hij was niet op het NOC.’

Ze antwoordde niet direct. Als Arafat haar verliet, raakte de rest haar kouwe kleren niet. Wat had het voor zin om op zoek te gaan naar onregelmatigheden bij het NOC? Daarmee zou ze hem niet hier kunnen houden. Waarom had Arafat zelf niet meer moeite gedaan? Vanwege zijn trots? En hoe verklaarde je dat een trotse man als Arafat zich zo maar door Al Fahim liet manipuleren? Of werkten die twee samen en was het allemaal opgezet spel geweest? Dat zou betekenen dat hun ontmoeting in de squashclub geen toeval was geweest.

Ze wist dat je de woorden van een Arabier niet met westerse maatstaven mocht beoordelen. Maar wilde dat zeggen dat je een Arabier niet kon vertrouwen? O God, dacht ze, ik moest me schamen. Ik ben hem afvallig geworden bij de eerste de beste gelegenheid.

Ze sloeg haar ogen op. Richard zat haar met een bezorgde blik aan te kijken. Een golf van tederheid ging door haar heen. Van de drie mannen was hij de enige op wie ze te allen tijde kon rekenen. En hij had zelf zoveel zorgen. Met het NOC, met de stagiairs, met de bedreigingen van de organisatie die zich Murtadd noemde.

Ze vroeg: 'Heb je nog wat gehoord van Murtadd?'

Richard knikte somber. 'Vanmorgen over de telefoon. Ze dreigen alweer met een aanslag. De politie probeert uit te zoeken vanwaar de oproep kwam.'

'Wat ga je eraan doen?'

Hij haalde de schouders op. 'Niet veel. Onze bewakingsdiensten zijn in alarmtoestand en ik heb de autoriteiten gewaarschuwd. De politie patrouilleert dag en nacht rondom de terreinen.'

'Enig idee wie erachter zit?'

Zijn schouders zakten omlaag. 'Nee. Ik liet Abbas Al Fahim bij me komen in de hoop dat hij me een tip zou kunnen geven.'

'En?'

'Hij was in zijn eer gekrenkt. Je hebt gezien in wat voor stemming hij is weggegaan.'

Ze zwegen.

'Wat had je voor belangrijks te bespreken?'

Ze deed zich geweld aan om niet aan Arafats mogelijk vertrek te denken. 'Er is een nieuwe ontwikkeling', zei ze.

'Zo?'

'Ik geloof dat Jake Corbelle niet zo zuiver op de graat is als jij wel denkt.'

Hij keek haar vragend aan.

'Weet je nog hoe je me vertelde dat Jake voor het NOC zo'n beetje de rol van reddende engel speelde?'

'Zeker. Ons gesprek op de dag van je valpartij.'

'Precies. Wat je niet weet, is dat ik de dag daarvoor van Arafat heb vernomen dat er bij het NOC een zwendel aan de gang is.'

Hij wierp haar een snelle blik toe. 'Dokter Dissie is een medicus. Wat weet hij over de gang van zaken in een nucleair onderzoekscentrum?'

'Hij weet het van iemand die voor de Palestijnse inlichtingendienst werkt.'

'De Aboo Alhawl?' Richard maakte een minachtend gebaar. 'Aboo Alhawl betekent Sphinx. Het is een organisatie die alleen op papier bestaat.'

'Misschien, maar het kwam me voor dat hij goed was ingelicht.'

'Arabieren hebben een natuurlijke neiging tot overdrijven', zei Richard neerbuigend. 'Trouwens, als de Palestijnse inlichtingendienst iets wist, zouden ze het niet aan de eerste de beste dokter gaan vertellen.'

'Arafat wist ook van het geld dat je van Posenuklear hebt ontvangen', zei Myriam effen.

Richard zweeg onthutst. Zijn blik gleed van Myriam naar Witman.

'Is Werner nodig bij dit gesprek?' vroeg hij.

Ze was zich van Witmans aanwezigheid niet meer bewust geweest. 'Ik dacht van wel. Hij kan m'n verhaal voor een deel bevestigen.'

'Nou. Ik geloof niet dat jij me met opzet zult voorliegen. Trouwens, de man begrijpt immers niets van wat we onder elkaar bespreken.' Met stemverheffing zei hij tot Witman: 'Je hoeft niet te blijven, Werner. Het is al laat.'

Witman kwam half overeind. 'Wat zegt u, meneer Dachner?'

'Ik zeg dat je naar huis mag gaan.'

Witman keek hulpeloos van Myriam naar Dachner.

'Ik begrijp u, meneer Dachner. Maar als u het me niet kwalijk neemt, ik blijf liever...'

'*Goede avond*, Werner!'

Myriam zag dat er een gepijnigde uitdrukking op Witmans gezicht verscheen. Ze begreep dat hij een remmend effect veroorzaakte, omdat hij bij dergelijke gesprekken herhaaldelijk de draad kwijt raakte, maar tenslotte was hij de financiële directeur.

Witman wilde opnieuw protesteren, aarzelde en zei toen terneergeslagen: 'Zoals u wilt, meneer.' Met gebogen hoofd verliet hij het kantoor.

'Je hebt hem beledigd', zei Myriam.

'Het spijt me,' zei Richard, 'maar het is ontzettend vermoeiend met hem erbij. Je moet alles tweemaal zeggen, ofwel moet je voortdurend schreeuwen.' Hij kwam overeind, strekte zijn rug en liep naar het zitje bij het hoekraam.

'Ik ben bekaf', zuchtte hij en liet zich in een fauteuil zakken. 'Kom bij me zitten en vertel me het hele verhaal.'

Hij luisterde met gesloten ogen naar Myriams uiteenzettingen. Pas toen ze zweeg opende hij zijn ogen.

'Dus jij denkt dat Corbelle een zwendel met contracten en fictieve facturen heeft georganiseerd?'

'Ik zie geen andere verklaring.'

'Waarom denk je dat hij het doet?'

Ze weifelde. Het was makkelijk over Jake een oordeel te vellen als hij er niet was. Zijn aanwezigheid volstond soms om je van mening te doen veranderen.

'Ik weet het niet', zei ze.

Dachner zette zijn bril af en wreef peinzend over de brug van zijn neus. 'Denk je dat hij medeplichtigen heeft?'

'Abbas Al Fahim misschien.' Ze vertelde hem niet dat ze Al Fahim ervan had verdacht de valpartij met de motor te hebben veroorzaakt. Richards woede zou meteen op Arafats hoofd neerkomen.

Richard stelde opnieuw een vraag en doordat haar gedachten nog om Arafat draaiden moest ze zich dwingen om zich te concentreren.

'Heb je Witman alles verteld?' vroeg hij opnieuw.

Ze knikte. 'Mocht dat niet?'

Richard haalde onverschillig de schouders op. 'Waarom ook niet? Witman zal niet kletsen.'

'Misschien wist hij ervan. Het lijkt haast onwaarschijnlijk dat Jake miljoenen van het NOC kon ontvreemden zonder dat Witman er lucht van kreeg.'

'Uitgesloten', zei Richard. 'Als Witman het geringste vermoeden had gehad, zou ik het geweten hebben. Hij heeft sinds jaren het behoud van zijn baan aan mij te danken. In hoofdzaak omdat hij betrouwbaar is!'

'Wat ga je doen?' vroeg ze. 'De overheid inlichten?'

Richard aarzelde.

Ze begreep maar al te goed dat hij bang was voor een schandaal. 'We kunnen beter eerst proberen wat meer te weten te komen', zei hij voorzichtig.

'Is dat niet de geit en de kool willen sparen?'

'Nee. Zodra ik het ogenblik gekomen acht, zal ik een klacht indienen.'

'Waarom niet onmiddellijk?'

Met een zucht hees hij zich uit zijn fauteuil. 'Eerst iets eten. Daarna zien we wel.'

Bedrijvig liep hij heen en weer. Ze kende hem voldoende om te weten dat hij bezig was zijn gedachten te ordenen. Uit de zilveren thermoskan, die nooit leek leeg te raken, schonk hij voor beiden koffie in. Daarna haalde hij uit de kleine ingebouwde barkoelkast een paar belegde broodjes. Hij kwam opnieuw tegenover haar zitten, schoof haar een broodje toe en begon bedachtzaam op het andere te kauwen. Nu pas voelde Myriam hoe hongerig ze was. Terwijl ze gretig in het broodje beet, vroeg ze zich af waar Arafat was en of hij al had gegeten.

Toen Richard begon te praten klonk zijn stem minder onzeker.

'Ik wacht ermee omdat ik geloof dat Corbelle – als hij inderdaad schuldig is – hulp van hogerhand heeft gekregen. Mijn aanklacht moet de hiërarchische weg volgen. Dat is een doolhof van diensthoofden, kabinetschefs, staatssecretarissen en ministers. De zaak komt dus onvermijdelijk de politicus ter ore die met hem samenspant. Voor ik het weet, zijn alle sporen uitgewist en ben ik zelf de klos.'

Het was een logische redenering. 'Hoe moet het verder? Ga je Witman opdracht geven een onderzoek in te stellen?'

Richard vulde koffie bij en nam zijn kopje in de hand.

'Nee', antwoordde hij nadenkend. 'Hoewel Witman volkomen betrouwbaar is, is de arme man er niet meer toe in staat.'

'Wat dan? Een expertise door een extern accountant?'

Richard schudde weifelend het hoofd. 'Nee. Als een vreemde vragen begint te stellen...'

Hij zette zijn kopje op de salontafel en keek Myriam taxerend aan: 'Waarom jij niet? Iedereen mag je graag en niemand zal jou verdenken.'

'God nee', zei ze. 'Ik voel er niets voor om m'n vrienden te bespioneren.'

'Ik begrijp je, kindje', zei Richard. Ze zag de teleurstelling in zijn ogen en voelde zich schuldig. Als kind had ze zich nooit tegen haar zin door hem laten commanderen, maar ze was ook nooit opgewassen geweest tegen zijn houding van 'alleen in de wereld staan'.

'Je weet best dat ik te weinig wetenschappelijke bagage heb', verweerde ze zich. 'Het enige waarin ik een beetje m'n man sta is vreemde talen en sport.'

'Integendeel', zei hij, nu volkomen zeker van zijn zaak. 'Als *public relations officer* kun je je op elke afdeling vertonen en vragen stellen. Je kunt zeggen dat je met een folder bezig bent.'

'Kom nou, Richard. Ik weet nauwelijks iets over De Purperen Barak', protesteerde ze.

'Een buiten gebruik gesteld pakhuis, waarin tijdelijk radioactief afval werd bewaard dat bestemd was om het te verslakken.'

'Je bedoelt smelten?'

'Ja, op zestienhonderd graden. Daarvoor hebben we een speciale oven gebouwd. Het granulaat dat overblijft wordt met bitumen gemengd en opgeslagen in vaten. Tot 1983 werden die in de Noord-Atlantische Oceaan gedumpt, maar sindsdien...'

Voor Richard te ver ging uitweiden over zijn problemen rond de berging van afval, vroeg Myriam: 'Heeft purper met de zonekleur te maken?'

Richard Dachner ging opnieuw de professorale toer op. 'Zoals je weet zijn alle kerncentrales of bedrijven waarin kans bestaat op radioactieve besmetting ingedeeld in zones naargelang van het gevaar op mogelijke besmetting. In de witte of koude zone is geen gevaar. In de gele of lauwe zone is een vermoedelijke kans en de rode of warme zone is een effectieve gevaarzone. Purper is donkerrood, dus...' Hij onderbrak zichzelf toen Myriam een gebaar van ongeduld maakte en vervolgde op normale toon: 'Het gebouw beantwoordt niet meer aan de nieuwste veiligheidsnormen, zodat er sinds een hele tijd geen waste meer in wordt opgeslagen.'

'Wat dan wel?'

Richard pakte het waste-contract dat ze bij Jake weggenomen had en keek fronsend naar de paragraaf waarin over waste-opslag in De Purperen Barak werd gesproken. 'Misschien weet Witman hier meer van.' Hij greep de telefoon en toetste Witmans nummer.

'Hallo! Werner! Weet jij of iemand De Purperen Barak opnieuw in gebruik heeft genomen?'

'Ja! De Purperen Barak!' Richard luisterde vol ongeduld. 'Weet je zeker dat het gebouw leeg is? Heb je dat persoonlijk gecontroleerd?'

Hoewel ze Werners antwoord niet kon verstaan, hoorde ze hoe hij bezig was zich te verontschuldigen. Richard liet hem niet uitspreken. 'Vraag de portier je de sleutels te brengen. We gaan er samen een kijkje nemen... ja! Zo dadelijk...! Wat zég je?... Goed. Ga dan maar naar huis. Ik ga wel alleen... ja, alléén!... Ik zeg het je toch. Helemaal alléén! Goeie avond!'

Hij verbrak de verbinding en toetste het nummer van de portier. 'Stuur me een nachtwaker met de sleutels van De Purperen Barak.' Hij luisterde naar het antwoord en rimpelde zijn voorhoofd. 'Laat maar. Ik kom ze wel halen.' Hij legde neer.

'Wat ben je van plan?' vroeg Myriam.

'Witman voelt zich niet goed en de portier heeft niemand ter beschikking. Dus gaan we met ons beiden.'

'Waarheen?'

'Kijken wat er in dat pakhuis ligt.'

'Kan dat niet tot morgen wachten? Het is al bijna acht uur. Tante Louise zal zich afvragen waar je blijft.' In werkelijkheid wilde ze naar haar flat. Ze wilde weten of Arafat er was en wat zijn plannen voor de nabije toekomst waren.

'Beter nu. Niemand hoeft ons te zien. Kom mee.' Richard hees zich uit de stoel en liep naar de deur.

'Een ogenblikje. Eerst Arafat bellen.'

Richard schudde afkeurend zijn hoofd. 'Doe dat toch niet, kindje. In de liefde moet een man denken dat hij de jager is, niet het wild.'

'Het is mijn leven, Richard.'

Richard knikte alsof hij ermee instemde, maar zijn stem klonk helemaal niet berustend. 'Zoals je wilt. Ik wacht op je bij de auto. Intussen haal ik de sleutels.'

Ze probeerde opnieuw hun flat te bellen. Hoewel ze na de derde beltoon al wist dat hij niet thuis was, bleef ze minutenlang naar het signaal luisteren. Waarom neemt hij niet op? dacht ze ongeduldig. Hoewel ze wist dat het zinloos was, probeerde ze het ook nog bij het Universitair Ziekenhuis en ze liet zich van de ene dienst naar de andere doorverbinden. Het was allemaal verloren moeite.

Toen ze Richards kantoor wilde verlaten, zag ze op zijn bureau de documenten liggen die ze bij Jake had weggenomen. In een impuls vouwde ze alles bijeen en borg het pakje in haar handtas.

Terwijl ze naar beneden liep, dacht ze alweer aan Arafat. Wat is er met hem? vroeg ze zich af. Als hij door zijn werk niet naar huis komt, zou hij me toch kunnen bellen? In een neerslachtige bui arriveerde ze op het parkeerterrein. Richard stond naast zijn auto en keek op zijn horloge. 'Meer dan een kwartier. Jullie hadden elkaar nogal wat te vertellen.'

Ze ging zwijgend naast hem zitten. Nog voor hij wegreed zag ze dat het licht in Witmans kantoor was blijven branden en ze maakte zich even ongerust over zijn gezondheidstoestand. Hij had eruitgezien of hij geen schot kruit meer waard was, toen Richard hem zo ongezouten zijn *congé* gaf. Ze wilde er een opmerking over maken, maar zag dat Witmans auto niet meer op het parkeerterrein stond, waaruit ze opmaakte dat hij vertrokken was. Op het digitale horloge van het dashboard was het trouwens al bijna halfnegen en ze begon zich opnieuw het hoofd te breken over Arafat. Waar was hij? Was hij al op weg naar Abu Dhabi of was hij met een andere vrouw op stap? Wat is er mis met me? vroeg ze zich af in een opwelling van zelfbeklag. Geeft het me een kick om mannen uit te zoeken die me in de steek laten?

Het begon te schemeren toen ze de grijze betonnen opslagloods naderden. Op een verlaten truck met gesloten laadruimte na, waren de parkeerplaats en de omgeving verlaten. Aan de voorkant van het gebouw waren drie laadpoorten met rubberen balgen om bij het lossen en laden aan te sluiten op de trucks. Naast de laadpoort aan de rechterkant was de ingang van het gebouw en er was nergens licht te bespeuren. Het geheel gaf een kille en troosteloze indruk, die nog werd versterkt door een beginnende regen uit een laaghangend wolkendek.

Myriam huiverde onwillekeurig.

Voor ze uitstapten pakte Richard van de achterbank een bos met sleutels en een leren zak die op een draagtas van een camera geleek. Ze verlieten de auto en liepen naar de deur.

Terwijl hij in de toenemende duisternis bezig was naar de passende sleutel te zoeken, floepten de lampen van de verlichtingspalen langs de rijweg met een licht ploffend geluid aan. Het begon harder te regenen.

Op hetzelfde ogenblik naderde een gesloten jeep die met gierende banden op een tiental meters afstand tot stilstand kwam. Twee agenten van de NOC-veiligheidsdienst sprongen eruit, elk met een kort, gevaarlijk uitziend machinepistool in de hand. Ze hielden hen onder schot: 'Handen hoog!'

Myriam greep Richard geschrokken bij de arm.

'Ik ben Richard Dachner,' zei die kwaad, 'de directeur-generaal.'

De chauffeur bleef geknield achter de jeep zitten zonder de loop van zijn machinepistool af te wenden. De andere kwam aarzelend een paar stappen naderbij. De straatverlichting wierp slechts een zwakke schijn over het parkeerterrein en de laadvloer.

'O, bent u het, meneer de directeur.' Zijn stem was niet vrij van achterdocht. 'Wat doet u hier op dit uur?'

Richard legde hem met een ongeduldig gebaar het zwijgen op. 'Ik hoef jullie geen rekenschap te geven. Zet de motor af en kom met me mee. Allebei.'

De veiligheidsagenten hingen – min of meer opgelucht – hun machinepistool over de schouder. Het was eenvoudiger bevelen op te volgen dan initiatieven te nemen. De chauffeur vroeg: 'Mogen we eerst de centrale waarschuwen, meneer? Er is alarmtoestand. Vanwege de bommelding, begrijpt u?'

'Oké, oké', zei Richard.

De chauffeur pakte een portofoon van de achterbank en schoof de antenne uit. Hij drukte de spreektoets in en zei plechtstatig: 'Hallo? Hallo? Bravo roept Alfa. Hoort u mij? Over.'

Hij hield de portofoon aan zijn oor en luisterde gespannen. Na een paar seconden herhaalde hij zijn boodschap. Niets. Hij keek de andere agent vragend aan. Die was blijkbaar ook geen held in het bedienen van elektronische apparatuur. Hij staarde fronsend naar het toestel. 'Ik geloof dat wij Delta zijn, niet Bravo', zei hij.

'Delta roept Bravo. Hoort u mij? Over!' De chauffeur wachtte opnieuw en zei toen in de microfoon: 'Verdomme Jan, word eens wakker jong. 't Is hier den Hugo.'

De portofoon kraakte. 'O, zijt gij het, Hugo? Waarom zegt ge dat niet eerder? Hoe is 't ermee?'

'Dat gaat, dat gaat', zei de chauffeur en begon in een nauwelijks verstaanbare streektaal de toestand uit te leggen. Richard Dachner hervatte intussen zijn pogingen om de deur te openen.

Even later kwam de chauffeur bij hem en zei: 'Het spijt me, meneer de directeur, de chef wil dat ik m'n ronde afmaak. Anders valt het hele schema in duigen. Maar als u wilt kan m'n collega met u meegaan.'

'Goed.' Richard wendde zich tot de andere agent. 'Pak een zaklantaarn en ga mee.'

Die bevestigde zijn machinepistool in een houder in de jeep en haalde een platte zaklantaarn uit een opbergvak.

'Klaar, meneer.'

Richard vond de sleutel en trok de deur naar zich toe. Zoals in alle tegen brand beveiligde gebouwen opende die naar buiten om een vlugge evacuatie mogelijk te maken. Ze liepen achter hem aan naar binnen. Het was er aardedonker.

'Licht', gromde hij.

De agent knipte zijn zaklantaarn aan en zocht de muren af. Hij vond een schakelaar, drukte erop, maar alles bleef donker.

'Wat nu?' vroeg hij.

Richard zei: 'De stroom is afgesneden.'

'Aha,' zei de agent, op de toon van iemand die technische problemen snapt als ze worden uitgelegd, 'de hoofdschakelaar. Dat is net mijn afdeling!' Met de lichtbundel van zijn zaklantaarn vond hij de schakelkast en opende die met een driehoekige sleutel. Hij duwde de stroomonderbreker omhoog. De lichten gingen overal tegelijk aan.

Ze bevonden zich in een korte gang met drie deuren aan de linkerkant. De eerste was een glazen deur en gaf toegang tot een kantoor vanwaaruit de pakhuismeester toezicht op de laadvloer kon uitoefenen. De tweede leidde naar de laadvloer binnen in het gebouw, met de gesloten laadpoorten aan de straatkant en grote massieve rolluiken die de toegang tot de rest van het gebouw afsloten. Vijf vorkheftrucks stonden er als een rij soldaten keurig naast elkaar opgesteld.

Op de derde deur lazen ze een imposante waarschuwing in rode letters:

RISICOZONE – BERGPLAATS VOOR RADIOACTIEF MATERIAAL.

De deur opende met een zuigend geluid. Ze kwamen in een kamer die dienst deed als sluis. Opnieuw een waarschuwing:

BESCHERMENDE KLEDING VERPLICHT!

Aan de wand hingen witte beschermingspakken uit één stuk met spookachtig ogende maskers.

Hoewel ze er niet bepaald op gebrand was, vroeg Myriam: 'Moeten we niet eerst zo'n pak aantrekken, Richard?'

'Nee. Dat is voor de arbeiders. Voor het geval een vat of kist beschadigd zou worden tijdens de behandeling. Trouwens, er is een automatische verklikker die waarschuwt als er brand of straling is.' Hij wees op een rode lamp en een hoorn boven de deur. Hij pakte de deurkruk beet en trok de deur naar zich toe. Hij bleef zo plotseling staan dat Myriam tegen hem opbotste.

'Hé,' zei hij, 'er klopt iets niet.'

Hij duwde de deur dicht en keek onderzoekend naar het verklikkerslicht erboven. 'Het groene lampje naast het rode moet branden,' zei hij, 'als teken dat de installatie werkt.'

'Moet ik de schakelaar zoeken, meneer Dachner?' vroeg de agent hulpvaardig.

'Nee. De beveiligingsinstallatie wordt bediend vanuit het gebouw van de brandweer.' Hij dacht even na. 'Misschien is er een zekering doorgeslagen. Ga dat even controleren in de schakelkast.'

De agent liep de gang in en ze hoorden hem aan de schakelkast morrelen. Even later riep hij: 'Niets, meneer. Of toch. Er ontbreekt een van de automatische zekeringen. Wat nu?'

Myriam zag een argwanende blik in Richards ogen verschijnen. 'Haal er een andere uit en plaats die in het lege circuit.'

Ze wachtten en keken allebei naar het groene lampje. Dat ging aan, flikkerde een paar keer en ging toen definitief uit.

'Waarom gaat het uit?' vroeg Myriam.

'Het gloeilampje kan defect zijn', opperde Richard. 'Zolang

het rode licht niet brandt of de sirene niet gaat loeien, is er niet veel gevaar.' Hij opende de leren draagtas en haalde er een doosvormig apparaat met een handvat uit. Met de top van de wijsvinger tikte hij op het glas van de meetschaal.

'Dat ken ik,' zei de agent, die intussen was teruggekeerd, 'dat is een geigerteller.'

'Inderdaad.' Richard draaide aan de keuzeschakelaar voor het meetbereik en het apparaat liet een traag tikkend geluid horen. 'Ga jij maar voor en toon ons de opslagruimten', zei hij tegen de agent.

'Zeker, meneer.' De agent trok de deur open en ging hen voor in een tweehonderd meter lange, brede verbindingsgang, die als een verkeersweg vanaf de gesloten rolluiken van de laadvloer het pakhuis in tweeën deelde. De verbindingsgang werd slechts spaarzaam verlicht door hooggeplaatste tl-buizen, waarvan er sommige voortdurend flikkerden of helemaal niet branden. Naar het einde toe was er helemaal geen licht. Aan beide kanten bevonden zich op regelmatige afstanden schuifdeuren die de eigenlijke opslagruimten afsloten.

Ze begonnen aan de rechterkant. De agent duwde de eerste schuifdeur open. Een beverig licht bescheen een lege ruimte. Ook het tweede en het derde magazijn vertoonden hetzelfde beeld. Toen kwamen ze in het niet-verlichte deel. Achter de vierde schuifdeur heerste volslagen duisternis. De agent knipte zijn zaklantaarn aan en bewoog de lichtstraal door de ruimte. Het leek wel of de lichtbundel door het zwart van de achtergrond werd opgeslorpt. Het duurde enige ogenblikken voor ze de matte glans zagen van een muur, gevormd door plasticzakken, ordeloos op elkaar gestapeld tot tegen het plafond.

Richard stapte naar binnen, zijn rechterhand met de telbuis van de geigerteller voor zich uitgestrekt. Het tikkende geluid van het apparaat versnelde.

Behoedzaam liep hij tot bij de eerste zakken. 'Kom wat dichterbij met je lantaarn.'

De agent bleef bij de deur staan. 'Is er geen gevaar, meneer?

'Nee.'

'Zal ik niet liever een beschermingspak aantrekken, meneer?'

'Geen slecht idee', antwoordde Richard Dachner. 'Dan kunnen we meteen kijken wat erin zit. Haast je wat.'

De agent verdween alsof hem een spook op de hielen zat. Hij had de zaklantaarn meegenomen, zodat ze in het donker achterbleven. Richard kwam naast Myriam bij de schuifdeur staan.

'Wat denk je dat het is, Richard?'

'Vermoedelijk vast afval van centrales of ziekenhuizen. Je weet wel. Besmette kleding, handschoenen, kleenex. Dat soort dingen met een geringe specifieke activiteit.'

'Mag dat zomaar in plastic zakken worden verpakt?'

'Het zijn speciale vinylzakken die dichtgelast worden. Daarna moeten ze in een caisson, een hermetisch gesloten bus die uiterst resistent is. Voor zwak radioactief afval is dat wel voldoende.'

Ze zagen een spookachtige verschijning naderbij komen. Het was de agent, gekleed in een tot over zijn hoofd gesloten wit beschermingspak, het gezicht verborgen achter een masker met donkergetint vizier. Hij leek te groeien naarmate hij dichterbij kwam, een angstaanjagend effect, waarschijnlijk veroorzaakt door het tegenlicht. Myriam kon met moeite de neiging onderdrukken om weg te lopen.

'Kom mee', beval Dachner kortaf.

Opnieuw liep hij met de telbuis voor zich uit naar de afvalhoop. De agent volgde hem op de hielen en Myriam wilde eerst mee naar binnen gaan, maar veranderde van gedachten en bleef dicht bij de deur staan. Wat doe ik hier, vroeg ze zich zorgelijk af. Ze kon amper iets zien en de vage gedaanten deden haar aan een griezelfilm denken. Ze zag wel dat Richard bij een van de zakken neerknielde en probeerde een etiket te ontcijferen.

'Posenuklear', gromde hij. 'Rotzooi die ze op andermans stoep komen gooien.' Hij kwam overeind en liep een eind verder. De agent volgde hem met de lichtstraal. Richard bleef opnieuw staan. 'Goeie genade', zei hij met een onmiskenbare onrust in zijn stem. 'Een plas. Hier is ergens vloeistof aanwezig.'

Hij morrelde aan de schakelaar van de geigerteller. Het getik kreeg opeens een dringend ritme. 'Kom hier met dat licht', zei hij met opeengeklemde tanden. 'Ik kan de meetschaal niet goed lezen.'

Op hetzelfde ogenblik ging de lantaarn uit.

'Wat gebeurt er?' riep Myriam met hoge stem.

De agent bromde wat achter zijn masker. Toen knipte hij een sigarettenaansteker aan. Hij hield de hoog afgestelde vlam als een fakkel boven zich.

Myriam hijgde verschrikt. Hij leek op een van die afschuwelijke Ku Klux Clan-mannen tijdens een optocht.

'Géén vuur!' snauwde Richard. 'Doof direct die vlam!'

De agent wierp met een gesmoorde kreet de brandende aansteker van zich af. Het ding kwam in de plas terecht en bleef daar sissend liggen. Langzaam werd de vlam kleiner om ten slotte bijna helemaal uit te doven. Toen vatte de vloeistof vuur, piepkleine blauwe, gemeen stinkende vlammetjes, die zich langzaam over de plas begonnen te verspreiden.

De agent wachtte niet op de afloop. Met een kreet die het bloed in Myriams aderen deed stollen kwam hij ijlings naar buiten gestormd. In de deuropening liep hij ruw tegen haar op, zodat ze languit op de betonnen vloer viel. Voor ze wist wat er gebeurde, hoorde ze de schuifdeur dichtrollen en met een klap in het slot vallen. Ze probeerde hem tegen te houden, maar hij duwde haar brutaal tegen de grond en ging op de loop.

'Lafaard!' riep ze uit. 'Hier blijven!'

Ze zag de spookachtige gedaante door het verlichte deel van de verbindingsgang hollen en even later verdwijnen. Toen hoorde ze Richard op de andere kant van de schuifdeur bonzen.

Snikkend kroop ze overeind.

Tot overmaat van ramp gingen nu ook in het verlichte deel van de verbindingsgang alle lampen uit. In de volslagen duisternis stond Myriam als van de hand Gods geslagen.

Ze hoorde Richard hoesten.

'Richard', huilde ze. 'Ik kom.'

Ze rukte aan de deur, maar die wilde niet open.

De angst werd haar te veel. Ze schopte, huilde en schreeuwde en ze voelde hoe ze haar nagels scheurde in een blinde poging om het slot van de schuifdeur te vinden. Opeens had ze de klink te pakken.

Ze rukte als waanzinnig en langzaam, heel langzaam kreeg ze de zware deur aan het rollen. Toen die een eindje open was, bleef ze verslagen staan. De vinylzakken achter in de opslagplaats waren aan het branden. Het was geen fel oplaaiende vuurzee, slechts kleine aarzelende vlammen, die af en toe uitsloegen en dan weer ineenschrompelden alsof ze moeite hadden de materie aan het branden te houden. Maar er was rook, afschuwelijk veel rook, opstijgend in wervelende wolken, die zich als vuilgrijze watten tegen het plafond verzamelden. De tocht, veroorzaakt door het openen van de schuifdeur, wakkerde het vuur aan en de rook stortte zich als een onweerswolk door de deuropening in de verbindingsgang van het pakhuis.

'Richard,' schreeuwde ze, 'Richard, waar ben je?'

De opslagplaats was nog tot schouderhoogte min of meer vrij van rook. Ze ging op haar hurken zitten. 'Richard', schreeuwde ze opnieuw. 'In godsnaam. Antwoord me.'

Toen hoorde ze hem hoesten. Hij lag ineengerold aan de achterkant van de schuifdeur, mond en neus dicht tegen de spleet aan de vloer. Op handen en voeten kroop ze ernaartoe. Haar stem trilde. 'Richard? Vader?'

Ze hoorde hem ademhalen. Een moeizaam raspend geluid, dat haar het hart in de schoenen deed zinken. Ze pakte hem bij de schouder en draaide hem op zijn rug.

'Kun je opstaan?'

Hij kreunde. 'Dom van me. Ik probeerde het vuur te doven.'

'Kom. Ik zal je helpen.'

'Smeer hem, Myriam', fluisterde hij met holle stem. 'Zorg dat je de rook niet...' Hij hoestte. 'Schiet op.'

Ze probeerde hem overeind te trekken. 'Sta op.'

'Naar buiten', zei Richard krassend. 'Maak dat je wegkomt.' Hij hoestte opnieuw hartverscheurend.

Ze stond op en begon hem naar buiten te slepen.

'Verdomme!' Hij gaf haar een ruk waardoor ze struikelde en op haar knieën viel. 'Hou je hoofd omlaag.'

Zonder te antwoorden draaide ze hem om zodat hij ook op handen en voeten kwam te zitten. Ze pakte hem bij zijn kraag en begon hem al kruipend naar buiten te slepen. Hij was nu wat beter bij zijn positieven en kroop als een hondje met haar mee. Ze voelde haar kousen aan flarden gaan en ze schaafde haar knieën aan de ruwe betonnen vloer.

Nu waren ze uit de opslagplaats. Hoewel ze in de verbindingsgang bijna geen hand voor de ogen kon zien, besefte ze dat die zich nu ook met rook begon te vullen. Het verbaasde haar hoe snel die zich verspreidde. Achter haar begon het vuur feller te branden. Geschrokken stond ze op en ging gebukt verder lopen, de oren sluitend voor de rauwe, stotende ademhaling van Richard. Af en toe kwam haar hoofd in de slierten rook terecht en dan hield ze haar adem in. Dat kon ze niet lang volhouden. Ze moest ademen. Haar benen werden slap. Een duizelig gevoel maakte zich van haar meester.

Plotseling viel Richard als een blok voorover. Ze knielde bij hem neer en draaide hem op zijn rug.

'Sta op, Richard', smeekte ze. 'Nog een kort eind.'

Hij gaf geen antwoord. Zijn ademhaling was nu nog slechts een nauwelijks hoorbaar gereutel. 'O God. O God, Richard', jammerde ze.

Ze haalde diep adem, de mond laag tegen de grond. Ze verzamelde al haar krachten, pakte hem bij een arm en sleurde hem een eind mee. Zijn lichaam hing als een zak zand. Hij was zwaar voor zo'n kleine man. Hoe veel zou Arafat wegen? Ze had het hem nog nooit gevraagd. Ze ademde rook in en hoestte. Hoever nog? Ze vreesde dat haar krachten het begaven en dat ze hier samen met Richard zou sterven. Arafat zou niet begrijpen hoe ze hier terechtgekomen was. Een verstikkende hoest dwong haar te blijven staan. Vervolgens strompelde ze weer verder. Wat deed ze hier? Ze had hier niets te zoeken. Wat kon het haar schelen dat de wereld vol met radioactieve rotzooi lag, zolang er voor haar en Arafat nog een plaatsje was waar ze zuivere lucht konden inademen?

Ze struikelde en viel voor de zoveelste keer pijnlijk op haar knieën. Ze ging zitten en trok het hoofd van Richard in haar schoot. Hoewel ze zittend nog een beetje lucht kreeg, vreesde ze bij elke ademtocht dat het de laatste zou zijn. Zou Arafat weten dat haar laatste gedachten voor hem waren geweest? Waarschijnlijk niet. Ze sloot haar ogen en leunde vermoeid ergens tegenaan.

Ergens tegenaan?

Het voelde niet aan als de kille hardheid van een stenen muur, maar als de zachte warmte van hout.

Een deur?

Op de tast zocht ze naar de deurknop. Ze duwde. De deur ging open met een zuigend geluid. Het was de kamer die dienst deed als sluis tussen de inkomhal en de verbindingsgang van het pakhuis. Wankelend kwam ze overeind en omslachtig trok ze Richard over de lage drempel.

Voor ze erin slaagde de deur te sluiten, was ook de sluis met rook gevuld. Volkomen uitgeput viel ze naast Richard neer. Er was geen ontkomen aan. Ze hoestte zo fel dat ze vreesde haar longen te zullen uitspuwen.

Toen herinnerde ze zich de beschermingspakken met de maskers. Kreunend trok ze zich aan de deurknop overeind en liep tastend langs de muur tot ze de plank met houten pinnen vond waaraan de pakken hingen.

Met beverige vingers pakte ze een masker en trok het over haar hoofd. Nu kon ze wat beter ademen, al voelde haar keel aan alsof er iemand met een vijl in tekeer was gegaan.

Ze probeerde zich te oriënteren. Te bedenken waar zich de uitgang bevond. Er was nog iets dat ze dringend moest doen voor ze naar buiten ging. Wat was het ook weer? O ja. Richard ook een masker opzetten.

Ze pakte er een en met haar voet voor zich uit zocht ze waar hij lag. Hij lag dichterbij dan ze had gedacht. Ze knielde neer en legde haar hand op zijn gezicht. Dat voelde kleverig aan.

Geschrokken trok ze haar hand terug.

'Richard?' vroeg ze angstig.

Ze voelde opnieuw. Zijn hele gezicht zat onder een stroopachtige, kleverige brij. Stollend bloed, dacht ze in paniek. Hij bloedt. Ze schudde hem bij de schouders. Hij heeft een hoofdwond. God, o God. Hij gaat dood.

Ze legde haar oor op zijn borst. Niets.

Toen voelde ze de rij metalen knopen van een uniform. Dit is Richard niet, dacht ze met afkeer. Het is de veiligheidsagent. Hij is dood. Waarom? Wat is er met hem gebeurd?

Haar hand kleefde van het bloed. Ze werd er misselijk van en wilde haar zakdoek pakken, maar wist niet meer wat ze met haar handtas had gedaan.

Zonder overeind te komen kroop ze op haar knieën voort. Richard lag twee meter verder. Hij lag onbeweeglijk. Ze voelde aan zijn gezicht, half verwachtend er ook bloed op aan te treffen. Gelukkig niet. Ze kuste hem op de wang.

'Richard? Hoe is het met je?'

Ze streelde zijn haren opzij en trok het masker over zijn gezicht. Opeens hoorde ze hem ademhalen. Een meelijwekkend, schurend geluid, gedempt door het masker. O goddank. Hij leeft. Ze probeerde hem overeind te trekken, maar ze had er niet meer de kracht voor. Voorzichtig legde ze hem opnieuw neer.

'Wees maar niet bang, Richard', fluisterde ze. 'Eventjes uitrusten en dan ga ik hulp voor je halen.'

Verdrietig sloot ze haar ogen. Ik heb niet eens een zakdoek om zijn gezicht schoon te vegen, dacht ze. Ik moet hier niet blijven zitten. Ik moet opstaan. Waarom kan ik niet opstaan? Ik heb niet eens een zakdoek.

13

Zakdoek leggen –
niemand zeggen.
Ik heb de hele dag gewaakt...

Licht voorover gebogen, de handen op de rug, stonden de kinderen in een kring. Myriam liep er buiten omheen met een zakdoek met geknoopte punten in de hand. Ze zong verder:

...twee paar schoenen heb ik afgemaakt,

Het kind waarbij ze zou staan aan het eind van het liedje, moest de zakdoek in de hand gedrukt krijgen. Dat kind moest op haar beurt haar buurkind op de rug slaan en de twee moesten – in tegengestelde richting – om de kring hollen naar de twee open plaatsen. De winnaars moesten elkaar een zoen geven. De verliezer werd de zakdoekdrager. Myriam regelde haar passen en zong:

...een van stof en een van leer –
hier leg ik mijn zakdoek neer.

Ze duwde de zakdoek in Noahs hand en holde weg. Ze wist dat hij het hardst kon lopen van allemaal. Zoals ze gepland had, wonnen ze het van het andere kind. Lachend keerde ze Noah haar wang toe voor de zoen waar hij recht op had. Hij pakte haar bij de kin en zoende haar hard op haar mond.

'Myriam! Stop daarmee!'

Richard was uit het niets verschenen en greep haar ruw bij de hand. Hij trok haar mee.

Ze griende: 'Ik wil niet naar huis.'

'Ik heb je al eerder gezegd dat ik niet wil dat je met die jongen speelt.'

'Hij is m'n vriendje', zei ze koppig.

'Hij is slecht gezelschap', antwoordde Richard geïrriteerd. Myriam pruilde. 'Waarom? Omdat hij me op de mond zoende?'

Richard bleef staan en keek op haar neer. 'Wat is er met je, meisje? Waarom moeten jouw vriendjes altijd negerkinderen zijn?'

De tranen sprongen Myriam in de ogen. 'Het zijn geen negers', snikte ze. 'Ze zijn alleen maar donker. En knap. Knapper dan jij.'

'Wat?' Richard keek haar ongelovig aan. 'Goeie genade, Myriam. Je bent pas twaalf. Wat moet dat worden als je volwassen bent?'

Met grote stappen liep hij voort en trok haar mee. Ze had moeite hem bij te houden. Hij liep zo snel dat ze geen adem meer kon krijgen. Ze begon te hoesten.

Door de hoest kwam ze weer bij bewustzijn. Zelfs door het masker heen drong er rook in haar longen. Dat kwam doordat ze de hele tijd met haar hoofd in de rook had gezeten. Ik heb niet veel tijd meer, dacht ze en ze begon te kruipen naar de andere kant van het vertrek. Bijna onmiddellijk vond ze de deurknop. Gelukkig openden alle deuren naar buiten. Opstaan zou ze niet meer kunnen. Ze kwam in de gang en kroop naar de buitendeur. Toen ze die bereikte, verzamelde ze haar laatste krachten om op te staan. Ze pakte de deurkruk en duwde.

De deur zat muurvast.

O God, ook dat nog, kreunde Myriam.

Ze was het liefst in tranen uitgebarsten. Iemand moest de deur op slot hebben gedaan. Misschien had Richard de sleutel er aan de buitenkant op laten zitten.

Radeloos keek ze om zich heen. In de gang was het minder donker. Links zag ze het glas van een deur vaag oplichten.

Daarachter bevond zich het kantoor van de pakhuismeester.

Misschien kon ze van daaruit telefoneren.

Die gedachte gaf haar moed. Ze voelde aan de deurknop, maar ook die deur was op slot. Ze moest het glas kapot slaan.

Maar hoe?

Ze sloeg met de blote hand. Dat hielp niet. Toen deed ze een schoen uit en liet hem met al haar kracht neerkomen op het glas.

Er gebeurde niets.

Ze hief de schoen boven haar hoofd en sloeg nog een keer met de hak.

Het glas barstte.

Ze sloeg opnieuw. Er viel een stuk glas op de vloer. Nu ging het makkelijker. Ze verwijderde de scherven. Even later was het gat groot genoeg om erdoor te kruipen zonder dat ze gevaar liep zich te kwetsen.

Vanuit het kantoor kon ze de laadvloer zien. Een diffuus licht kwam door een koepel van gelaagd draadglas boven de laadvloer. Op het bureau stond een telefoon. Om te kunnen telefoneren deed ze het masker af. Gelukkig was hier bijna geen rook. Ze pakte de hoorn en kreeg onmiddellijk het signaal.

Ze verstarde. Welk nummer moest ze draaien? Op dit uur was de telefooncentrale van het NOC niet bemand en in haar opwinding kon ze zich geen enkel huistelefoonnummer voor de geest halen.

Ze draaide het nationale alarmnummer.

'Brandweer', zei een mannenstem.

'Vlug', schreeuwde ze. 'Er is brand. Bij het NOC.' Ze hoestte. 'Mijn vader is bewusteloos. We kunnen er niet uit.'

'Het NOC? Bedoelt u het Nucleair Onderzoekscentrum?'

'Ja! De Purperen...' De rook sneed haar de adem af. Tot haar schrik zag ze dat nu ook het kantoor vol met rook kwam te staan. Ze zette het masker op.

'De Purperen Barak', schreeuwde ze met vervormde stem door het masker.

'Hoe?'

Ze smeet de hoorn neer. Ze moest een uitweg vinden.

Zo dadelijk zou het vuur ook de plaats bereiken waar Richard lag.

Ze pakte een stoel en sloeg de ruit die het kantoor van de laadvloer scheidde aan diggelen.

Voor ze de scherven had verwijderd en door het raam was gekropen, had ook de ruimte van de laadvloer zich met rook gevuld.

Ze liet zich opnieuw op handen en voeten zakken en kroop verder.

Toen zag ze iemand naar haar toekomen.

Ze huilde van opluchting.

'Hier! Hier ben ik!'

Zo snel ze kon kroop ze er op af.

Ook de redder kwam vliegensvlug naar haar gekropen. Ze zag dat het een vrouw was, het gezicht helemaal besmeurd en de ogen wijd opengesperd van angst.

De ontgoocheling was groot. De vrouw was geen redder, maar zelf een slachtoffer.

'Hoe kom jij hier?' vroeg ze verward.

Toen herkende ze de ander. Ze was bezig te praten tegen een manshoge spiegel, aan de wand aangebracht om achteruitrijdende trucks het manoeuvreren te vergemakkelijken.

Myriam zakte ineen op de betonvloer, duizelig, denkend: ik hou het niet uit, ik hou het niet langer uit.

Achter haar explodeerde iets met een enorme dreun.

Myriam gilde.

Ze gilde opnieuw toen een truck voor de tweede keer de laadpoort ramde en die met een hels lawaai aan stukken reed. Ze lag daar in het felle licht van de koplampen en bleef hysterisch schreeuwen, ook toen Arafat uit de cabine sprong en haar in zijn armen naar buiten droeg. Bevrijd van het beklemmende rookmasker ademde ze de heerlijke avondlucht in.

'Arafat.' Ze lachte, ze huilde. 'O Arafat. Red Richard asjeblieft.'

14

Myriam werd wakker. Haar keel schrijnde en haar hoofd voelde loodzwaar, als verdoofd. Ze rolde zich op haar rug en opende voorzichtig haar ogen. In de kamer heerste een gedempt daglicht, dat door de gesloten overgordijnen naar binnen kwam. Ze was niet in haar eigen kamer en ook niet in de slaapkamer van Arafats flat. Het bed was smal en hard: een ziekenhuisbed. Het duurde even voor ze zich realiseerde dat dit de derde nacht was dat ze in het ziekenhuis had geslapen om dicht bij Richard te zijn zolang alle gevaar niet geweken was.

Ze dacht aan Arafat. Hij had haar iedere dag opgebeld; korte gesprekjes omdat haar hoofd niet naar lange gesprekken stond vanwege Richard, zodat ze er achteraf een onbevredigd gevoel aan overhield. Hij had ontwijkend geantwoord op haar vraag haar in het ziekenhuis te komen opzoeken. Waarom? Ze stak haar hand uit naar de telefoon, maar een plotseling opkomende misselijkheid deed haar de adem inhouden. Abrupt stond ze op en liep naar de badkamer. De misselijkheid ging voorbij. Ze douchte en nam alle tijd om zich aan te kleden. Toen ze klaar was, was het nog te vroeg om naar Richard te gaan. Ze ging in de leunstoel zitten en sloot haar ogen. Gek. Sinds ze Arafat kende, was ze een paar keer aan de dood ontsnapt. Eens had ze gelezen dat wie vaak aan de dood ontsnapt, herboren wordt. Misschien was dat de prijs die ze diende te betalen om volmaakt gelukkig te kunnen worden. Afstand doen van haar verleden en alles wat ermee te maken had. De herinneringen aan de brand maakten zich met een schok van haar meester.

Op het moment dat Arafat haar voorzichtig op de grond neerlegde, was de brandweer gearriveerd. Vaag was Myriam zich ervan bewust geweest hoe een wilde stoet van bluswagens, ladderwagens en andere voertuigen met flitsende zwaailichten en brullende motoren het parkeerterrein kwam opgereden. In een oogwenk baadde het gebouw in het licht van hun schijnwerpers, rolden brandweermannen slangen uit en koppelden die aan bovengrondse brandkranen aan.

Een man in een wit pak kwam op haar af en deed een rubberen kap over haar neus en mond. 'Diep ademen', zei hij.

Ze zoog de zuurstof gretig op en geleidelijk werd haar zicht scherper. Een officier stond naast haar.

'Zijn er nog mensen binnen?' vroeg hij.

Ze duwde het zuurstofmasker weg. 'M'n vader. Haast je alsjeblieft.' Ze kon nauwelijks spreken.

'Waar? Weet je waar hij zich bevindt?'

Met onvaste benen probeerde ze op te staan. Arafat hielp haar overeind. 'In de sluis. Deze deur hier.'

Een brandweerman was al bezig de deur met een koevoet open te breken.

'Ik ga mee.'

'Nee. Te gevaarlijk.' De brandmeester gebaarde naar de ambulancier. 'Hou haar in de gaten.'

Myriam zag twee brandweermannen in asbestpakken met ademhalingsapparatuur op de rug naar binnen gaan. Ze wilde zich losrukken, maar Arafat hield haar stevig vast. Het duurde een eeuwigheid. Toen kwamen ze naar buiten, elk met een last over hun schouder. De ziekenverplegers namen de lichamen van hen over en legden ze op brancards. Steunend op Arafats arm liep ze naar de brancard waarop Richard lag. Een dokter onderzocht hem. Myriam beet zich op de lippen. Onder het roet vertoonde het gezicht van Richard een dodelijke bleekheid. Een verpleger deed een zuurstofmasker over zijn neus en mond.

'Hoe is het met hem? Is het erg?'

De dokter was bezig met een injectie. Daarna luisterde hij opnieuw met zijn stethoscoop. Hij stond op. 'Het Academisch Ziekenhuis', zei hij. 'Er is geen tijd te verliezen.'

Hij sloot zijn dokterstas en keek Myriam aan. 'Bent u familie?'

Myriam knikte alleen maar.

Er verscheen een blik van medelijden in zijn ogen. 'Het spijt me. Het is niet zozeer rookvergiftiging. Het ziet ernaar uit dat hij ook nog een hartaanval heeft gehad.'

Hij draaide haar de rug toe en stapte in de ambulance. Myriam wilde mee instappen, maar het was of iemand de benen onder haar uit schopte. Ze leunde zwaar op Arafats arm en sloot haar ogen.

Iemand klopte op de deur.

Myriam riep: 'Ja?'

Er werd opnieuw geklopt.

Ze stond op en opende de deur.

Het was Witman. Hij droeg een gestreept pak, een regenjas over zijn ene arm en een aktetas onder de andere arm. Hij hield zijn hoofd schuin alsof hij probeerde een geluid in de verte op te vangen.

Ze gaf hem een teken om binnen te komen en wees op een stoel. Hij legde de regenjas over de leuning en ging behoedzaam zitten. De aktetas zette hij naast zich op de vloer.

'Hoe gaat het met meneer Dachner?' vroeg hij voorzichtig.

Myriam spreidde hulpeloos de handen. 'Niet zo goed.'

Witman boog het hoofd. Zijn gezicht drukte medeleven uit.

Ze zaten zwijgend tegenover elkaar.

Na een poos vroeg Witman: 'Kan meneer Dachner al bezoek ontvangen?' Hij wees naar zijn aktetas. 'Ik heb wat papieren die getekend moeten worden.'

'Uitgesloten.'

Witman knikte of hij het begreep. 'Natuurlijk. Ik zal zelf tekenen. Samen met een andere directeur.'

Ze zwegen opnieuw. Even later vroeg Myriam: 'Heb je Ara... ik bedoel dokter Dissie nog gezien?'

Witman morrelde aan het apparaatje achter zijn oorschelp. 'Wat zegt u?'

'Dokter Dissie! Is hij nog op het NOC geweest?'

De vraag verraste hem; hij probeerde op zijn gebruikelijke manier tijd te winnen. 'Dokter Dissie? Op het NOC?'

Myriam bleef hem strak aankijken. Ze wist wat er ging komen en probeerde zich te wapenen tegen de onvermijdelijke pijn.

'Hij is eergisteren afgereisd naar Abu Dhabi', zei Witman. 'Ik dacht dat je dat wist.'

Ze weigerde het te geloven. 'Maar hij heeft mij gisteren nog opgebeld.'

Witman keek naar zijn handen. 'Telefoneren kun je van overal. Ook vanuit Abu Dhabi', mompelde hij.

Hij was weg. Vertrokken zonder afscheid te nemen. Myriam richtte zich op in haar volle lengte. Wat was ze romantisch en sentimenteel geweest. Ze werd boos. Niet het minst op zichzelf, omdat ze zich als een onnozel wicht had gedragen. Van het begin af had ze geweten dat het van korte duur zou zijn en toch had ze in een klein privé-wonder geloofd. Haar boosheid sloeg over op Arafat. Die had haar met zijn gevoel voor taal tot zijn slaaf gemaakt. Op een keer had hij gezegd dat volgens een Arabisch spreekwoord de schoonheid van een man in de welsprekendheid van zijn tong ligt. Maar bij hem bleek het een gespleten tong te zijn. Richard zou zeggen: dat heb je nu met een Arabier.

'Heeft hij geen brief, geen boodschap achtergelaten?' vroeg ze wanhopig.

Witman trok een meewarig gezicht.

'Weet je het zeker? Niets?'

'Hij zal wel een goede reden hebben gehad', zei Witman.

Ze ontspande zich. Witman had gelijk. Arafat zou haar niet zomaar in de steek laten. Was hij het niet die haar uit de brand had gered? Opeens realiseerde ze zich de ongerijmdheid ervan.

'Hoe wist Arafat dat we in De Purperen Barak waren?'

Witman keek haar vragend aan. Ze herhaalde haar vraag en hij knikte dat hij haar had begrepen.

'Ik liep hem tegen het lijf toen ik het NOC wilde verlaten', zei hij. 'Dokter Dissie was naar jou op zoek.'

'Hoe wist jij dat ik met Richard meegegaan was?'

Er verscheen een schuldbewuste uitdrukking op Witmans gezicht. 'Dat wist ik niet. Echt niet. Dokter Dissie is ernaartoe gegaan om aan uw vader te vragen waar hij u kon vinden.'

Dat kon natuurlijk. Arafat was in allerijl van het Universitair Ziekenhuis naar het NOC gekomen omdat hij het land moest verlaten. Net op tijd om de plannen te verijdelen van... Plannen van wie?

'Weet de recherche al wie de man was die de aanslag pleegde?'

Hij schudde zijn hoofd. 'Nee.'

'En de veiligheidsagent? Hoe is het met hem?'

'De agent?' Witman trok een bedenkelijk gezicht. 'Niet zo best. Het heeft twee dagen geduurd voor hij in staat was een verklaring af te leggen.'

'De arme man. Wat had hij te vertellen?'

Er werd geklopt en gelijktijdig ging de deur open. Een verpleegster bracht het ontbijt. Ze zette het blad op het tafeltje en verdween. Myriam schonk in en dronk peinzend haar koffie. Toen herinnerde ze zich haar manieren.

'Wil jij ook koffie, Werner?'

Witman toonde een verlegen grijns. 'Nee, dank je wel.'

Myriam smeerde jam op een toast. 'Nou en?'

'Eh?'

'De verklaring.'

'Hoe zeg je?'

'De veiligheidsagent!'

'O ja. Nou... eh... toen hij de sluis binnenstapte, kreeg hij een klap op zijn hoofd en ging van de sokken.'

'Hij heeft toch zeker gezien van wie?'

'Nee. Het ging allemaal te vlug.'

'En er werd geen woord gesproken?' vroeg Myriam ongelovig.

'Ook dat niet. Hij weet niets waarmee we de aanrander kunnen identificeren.' Witman bewoog wat met zijn schouders alsof hij gegeneerd was niet beter te kunnen helpen. 'Het enige dat hij zich herinnert, is de geur van een nogal karakteristieke aftershave lotion.'

Daar schoot ze weinig mee op. Het gebruik van parfums en bodylotions was sinds lang geen exclusiviteit meer voor vrouwen. 'Die geur is dus het enige wat we weten?'

Witman nam tijd om te antwoorden. Ze dacht al dat hij haar

weer niet had verstaan toen hij zei: 'Mustang. Mustang van Guerlain. De veiligheidsagent herkende de geur omdat hij zopas een flacon cadeau gekregen had van zijn zwager, een Amerikaan uit Milwaukee.'

Mustang. Dat was de naam van de aftershave die Jake ook gebruikte. Dus kon hij de... Nee. Nu ging ze te ver. Jake had heel wat te verantwoorden, maar met brandstichting had hij niets te maken. Trouwens, ook hij was een paar uur tevoren met het vliegtuig naar Abu Dhabi vertrokken. Ze kon het niet nalaten naar hem te informeren.

'Jake Corbelle. Wanneer komt Jake Corbelle naar huis?'

Witman verstond haar van de eerste keer, dat zag ze.

Toch antwoordde hij niet onmiddellijk. Alsof hij ertegen opzag haar de waarheid te vertellen.

'Wat is er? Waarom antwoord je niet?' vroeg ze met aandrang.

Witman boog zijn hoofd. 'We weten het niet, Myriam.'

'Jullie weten het niet? Bel hem op en vraag het. Of telefoneer naar het ADAD in Abu Dhabi of naar de ambassadeur ter plaatse.'

'We hebben bij iedereen geïnformeerd.'

'En?'

'Hij heeft het hazenpad gekozen, Myriam. Op een of andere manier moet hij erachter gekomen zijn dat je die incriminerende papieren te pakken hebt gekregen. Het lijkt wel of hij van de aardbodem is verdwenen.'

Myriam had moeite om het denkbeeld te verwerken. 'Maar hij is toch naar Abu Dhabi vertrokken? Ik hoorde het hem zeggen. Zürich. Abu Dhabi. Dat zal dan wel met Swissair zijn.'

Witman zat de hele tijd naar de toppen van zijn schoenen te staren.

'Kijk me aan, Werner!'

De financiële directeur van het NOC keek op, maar richtte zijn ronde kinderogen naar een punt ergens onder haar kin.

'We hebben het gecheckt, Myriam. Hij was niet aan boord van de vlucht naar Abu Dhabi.' Zijn stem zakte weg. Het leek of hij zich schaamde om wat hij ging zeggen. 'Het diensthoofd veiligheid van het NOC koestert ernstige verdenkingen tegenover Jake Corbelle.'

Myriam kromp ineen. Jake zou zoiets nooit doen. Evenmin als Arafat. Ze zou het geweten hebben als de man met wie ze naar bed was gegaan in staat was tot moord en brandstichting. Of leefde ze in een droomwereld, terwijl zich in de werkelijke wereld om haar heen gewelddadige intriges afspeelden?

Naarmate zich meer verdenkingen opstapelden tegen Jake, voelde ze de noodzaak om zijn verdediging op zich te nemen.

Ze vroeg: 'Wat zegt de politie ervan?'

Hij schuifelde wat met zijn schoenen. 'De verdwijning van Corbelle hebben we niet gemeld. Voor zover ze weten is hij dus voor onbepaalde tijd op reis. Wat de brand betreft, houden ze het voorlopig op een ongeval. Ze gaan ervan uit dat iemand de brandende aansteker per ongeluk liet vallen en er niet voor durft uit te komen.'

Ze staarde voor zich uit, liet de film van de gebeurtenissen in De Purperen Barak voor haar geest afrollen. Als de politie zo redeneerde, zouden ze haar er op de duur nog aan doen twijfelen of de brandstichter de sigarettenaansteker met opzet in de brandbare vloeistof had geworpen. Toen dacht ze aan de gewonde veiligheidsagent. Had die misschien een dreun op zijn hoofd gekregen van een vleermuis?

Witman schraapte zijn keel.

'Er is erger, Myriam', mompelde hij.

Ze vroeg zich af wat er erger kon zijn. Arafat had haar in de steek gelaten, Jake was verdwenen en Richard vocht voor zijn leven op de afdeling voor intensieve verzorging.

Ze zuchtte: 'Zeg het maar, Werner.'

Hij zei: 'De commandant van onze eigen brandweerdienst is me komen opzoeken. Bij de bluswerken hebben ze een hoeveelheid hoogradioactief afval aangetroffen, die niet in de inventarissen voorkwam.'

'Dat verbaast me niet', zei Myriam. 'Uit de papieren die we bij Jake hebben gevonden kon je dat wel afleiden. O ja, de papieren. Is mijn handtas al tevoorschijn gekomen?'

Witman keek verward omdat ze onverwacht op een ander onderwerp was overgegaan.

'Mijn handtas, Werner! De papieren van Jake zaten erin.'

Hij schudde zijn hoofd. 'Het spijt me. Die moet door de brand vernietigd zijn.'

Ze sloeg de handen voor de ogen. De bewijsstukken waren verloren. Ze probeerde zich te herinneren waar ze haar handtas het laatst had gehad, maar de episode in het pakhuis was vervloeid tot een wirwar van uiterst vage beelden.

Witman kuchte. 'De commandant zegt dat hij het zal moeten rapporteren.'

'Rapporteren? Wat? Aan wie?'

'De illegale waste-voorraad. Aan de Dienst voor Nucleaire Veiligheid. Die ressorteert onder het ministerie van Justitie.'

'Nu, dat is de zorg van de commandant, nietwaar? Niet de onze.'

'Helaas,' zei Witman zacht, 'het is vooral een zorg voor je vader.'

Het werd haar te veel. Telkens wanneer er iets misliep, werd het in de schoenen van Richard geschoven.

'Richard heeft zomin iets met inventarissen als met vervalste contracten te maken!' barstte ze los. 'Zoiets lijkt me veeleer de zorg te zijn van de financiële directeur!'

Witman dook in elkaar. Zijn gezicht werd bleek en zijn handen knepen in de armleuningen van zijn stoel.

Myriam blies stoom af als een aftandse locomotief. 'Als er iemand schuld treft ben jij het! Jij had moeten weten wat er aan de gang was!'

Witman morrelde met een verschrikt gezicht aan de schakelaar voor het geluidsvolume van zijn gehoorapparaatje.

Myriam ging staan. Ze had moeite om niet te gaan schreeuwen. 'Richard geloofde dat hij op jou en jouw boekhouding een kerk kon bouwen! Is dat nu zijn beloning voor zijn vertrouwen?'

Hard schreeuwen verbeterde voor Witman hoogst zelden de verstaanbaarheid, maar blijkbaar had hij de betekenis van haar woorden begrepen. De spieren in zijn kaak verstrakten en trokken witte vlekken rond zijn mondhoeken.

'Het is misschien omdat ik fideel was, dat het zover is kunnen komen', mompelde hij.

Myriam verstijfde. 'Wat wil je daarmee zeggen', vroeg ze dreigend.

Er kwam een neutrale blik in het keurige boekhoudersgezicht van Witman. 'Neem me niet kwalijk, juffrouw Dachner', zei hij formeel. 'Ik bedoelde er niets verkeerds mee. Maar ik heb mijnheer Dachner de afgelopen maanden verscheidene keren gewaarschuwd.'

Myriam ging zitten. Ze ademde of ze een heel eind bergop had gelopen. Toen ze met Richard de afwijkende clausules van het door Jake vervangen waste-contract had besproken, was het haar opgevallen dat hij de verandering van laag- in hoogradioactief afval had genegeerd.

'Je insinueert dat Richard van het vervalste contract op de hoogte was, nietwaar?' zei ze.

Witman aarzelde.

Ze drong aan: 'Vertel me de waarheid, Werner. Was hij actief bij de zwendel betrokken?'

'Nee! Neenee. Zijn fout was dat hij Corbelle een hele poos zijn gang heeft laten gaan. Hij had hem als het ware *carte blanche* gegeven. Corbelle heeft daar vermoedelijk misbruik van gemaakt.'

Myriam dacht erover na. Er klopte iets niet.

'De laatste maanden had ik allesbehalve de indruk dat Richard Corbelle de vrije hand liet.'

Witman liet zijn formele houding varen. Hij spreidde zijn handen. 'Ik wil me niet in je privé-zaken mengen, Myriam.'

Ze lachte: 'Kom nou, Werner.'

Witman keek naar zijn handen, naar zijn schoenen en zweeg.

'Waarom privé-zaken, Werner?' vroeg ze scherp.

Hij zuchtte. 'Toen je met meneer Corbelle... eh... geëngageerd was, leek je vader er blij om. Hij verwachtte er veel van en ging ervan uit dat jullie zonden trouwen. Nadat jullie uiteengegaan waren, was de verstandhouding tussen hem en meneer Corbelle eveneens zoek.'

Hij deed het om mij, dacht Myriam. Om mij getrouwd te zien heeft hij zich door Jake laten misleiden. Verdomme, waarom wil Richard me altijd koppelen?

Ze haalde diep adem.

'Goed,' zei ze, 'wat kunnen we doen?'

Witman ontspande een beetje. 'Ik heb de commandant een

promotie in het vooruitzicht gesteld', zei hij. 'Hij zal met zijn rapport wachten tot we hem meer gegevens hebben verstrekt.'

'Uitstekend. Dus ga jij eerst een grondig onderzoek instellen. Daaruit zal Richards onschuld blijken.'

'Het soort fraude waar het om gaat, is niet in de boekhouding van het NOC vast te stellen. Dat komt alleen aan het licht door vergelijking van de onze met die van het ADAD.' Hij glimlachte verontschuldigend. 'Ik heb bij herhaling schriftelijk en per telefax bij het ADAD om bevestiging gevraagd.'

Myriam keek hem oplettend aan. 'En?'

Hij wachtte lang met antwoorden. Toen zei hij vrijwel toonloos: 'Niets. In het Midden-Oosten hebben ze het niet begrepen op pottenkijkers.'

'Dan moeten we van de nood een deugd maken.'

Witman keek vrij stompzinnig naar haar op.

'Iemand zal naar Abu Dhabi moeten', zei Myriam op besliste toon.

De hoofdverpleger van de intensieve afdeling zette het hoofdeinde van het bed onder een hoek van vijfenveertig graden en schikte een paar kussens achter Richards rug. Voor hij de met gordijnen afgesloten ruimte verliet, wierp hij een vlugge, beroepsmatige blik op de monitoren, die het leven dat nog in Richards geteisterde lichaam aanwezig was, weergaven in de vorm van digitale cijfers en elektronische strepen, curven en beeps.

'Het grootste gevaar is geweken', zei hij tegen niemand in het bijzonder. Hij voelde aan Richards pols, fronste zijn voorhoofd, stelde de druppelinfusie bij aan de infuusslang, keek op zijn horloge, mompelde iets dat klonk als tien minuten en verdween achter het gordijn.

Myriam pakte een stoel en ging naast het bed zitten. Ze drukte haar lippen tegen Richards voorhoofd.

'Dag Richard.'

Hij opende zijn ogen. Het was de eerste keer dat er in zijn ogen opnieuw iets van de vroegere weerbaarheid te zien was. Hij glimlachte moeizaam.

'Dag kindje.'

Ze streelde zijn hand, bleek en bloedeloos op het witte laken. 'Hoe gaat het met je?'

Hij grijnsde: 'Nog een paar dagen het bed houden. Dan ga ik weer aan de slag.'

'Natuurlijk', zei ze met geforceerde stem. Ze wisten allebei dat het nog wel even zou duren voor hij opnieuw de oude zou zijn. Zijn wangen waren ingevallen en zijn gezicht had de kleur van een vuil hemd.

Hij wilde wat zeggen, maar begon te hoesten. De bedmonitor produceerde een alarmerende ononderbroken pieptoon, zodat Myriam geschrokken overeind sprong. De hoofdverpleger verscheen, stelde een paar knoppen bij en verdween zonder een woord.

Ze ging zitten op de rand van haar stoel.

'Hoe is het met jou?' vroeg Richard met schorre stem.

Ze knikte. 'Goed, hoor.'

'Gelukkig.' Hij keek haar onderzoekend aan. 'En met dokter Dissie? Is hij nog hier?'

Myriam voelde de tranen opkomen, maar probeerde zich te beheersen. Ze wilde open kaart met hem spelen.

'Hij is weg, Richard. Zomaar, zonder behoorlijk afscheid te nemen. De dag van de brand.'

Ze kon de bittere teleurstelling niet verbergen. Hij glimlachte wrang.

'Kom nou, kindje. Niet huilen. Je wist toch dat hij niet zou blijven.'

Ze zocht in haar handtas naar een kleenex en snoot haar neus. Hij was de liefste vader van de wereld, maar begreep niets van wat er in haar omging. Ze koos zorgvuldig haar woorden.

'In afwachting van jouw genezing wordt de leiding van het NOC waargenomen door de oudste directeur. Dat is Witman.'

Dachner knikte instemmend en Myriam vervolgde: 'Hij heeft kunnen voorkomen dat de commandant van de brandweer de ongeoorloofde aanwezigheid van de waste in De Purperen Barak aan de overheid rapporteert.'

Dachner wilde wat zeggen, maar Myriam liet hem niet aan het woord komen. 'Dat was toch wat je wilde, nietwaar? Zelf de zaak uitzoeken. Als justitie eraan begint, word jij geschorst en ben je een vogel voor de kat.'

'Precies.'

'Ik ben van plan om naar Abu Dhabi te gaan', zei ze zonder omwegen.

Ze had min of meer verwacht dat hij tekeer zou gaan, maar hij bleef haar ernstig liggen aankijken.

'Je wilde immers dat ik me met het onderzoek naar de fraude zou bezighouden', zei ze vlug, struikelend over haar woorden. 'Ik wil voorkomen dat men jou voor al die rotzooi laat opdraaien. Je bent ziek en je kunt je niet verweren.'

Er verschenen zweetdruppels op zijn voorhoofd. Ze pakte opnieuw een papieren zakdoekje en veegde ze weg. Zijn huid voelde warm en klam aan.

Hij kuchte. 'Het is te gevaarlijk, kindje. Een vrouw alleen is in de Golfstaten niet welkom. Ook daar lopen extremisten rond. Laat een ander gaan.'

'Wie wil je dat er gaat? Jake Corbelle is op de loop. God weet waarnaartoe.'

'Laat Witman dan gaan. Als het over boekhouding gaat, is hij de aangewezen man.'

'Dat meen je niet, Richard. De arme man hoort niet meer.'

Dachner zuchtte vermoeid. 'Er mankeert niets aan zijn ogen. Daarmee redt hij zich wel.'

'Hij durft niet te vliegen', protesteerde ze. 'Het angstzweet breekt hem al uit als hij eraan denkt.'

'Als jij het hem vraagt, overwint hij dat angstgevoel wel.'

Hopeloos, dacht Myriam. Hoe dikwijls ze ook haar zin had gekregen, ze had hem nooit van haar gelijk kunnen overtuigen. 'Goed,' zei ze op besliste toon, 'maar ik ga met hem mee.'

Richard legde er zich bij neer. 'Als het niet anders kan. Witman is ten minste betrouwbaar en je kunt je nauwelijks een betere bodyguard voorstellen.'

De hoofdverpleger schoof het gordijn een eindje opzij om haar duidelijk te maken dat het tijd was om op te stappen. Myriam wilde opstaan, maar Richard hield haar tegen met een teken van zijn hand.

'Wat hoop je te bereiken, kindje?' vroeg hij zacht. 'We weten allebei dat je niet alleen voor die fraudeaffaire naar Abu Dhabi wilt.'

Ze sloeg haar ogen neer.

'Je hebt met dokter Dissie geen toekomst, kindje', zei hij vriendelijk.

'Wat is toekomst, Richard?'

Hij zag er bleek en ernstig uit. 'Een weg, kindje. Een weg die naar de andere kant van de berg leidt. Met Dissie zul je die andere kant nooit bereiken. Je kunt geen gezin met hem vormen. Geen kinderen van hem baren.'

Myriam beet zich op haar lippen. Ze zag dat het gesprek hem moe maakte, maar hij wist van geen ophouden.

'Het is een Arabier, kindje. Arabieren zijn geen westerlingen. Ze leven met andere gevoelsinstellingen en waardesystemen dan jij gewend bent.'

'We houden van elkaar', zei Myriam. 'Als je hem zou horen praten, zou je het begrijpen.'

Hij wilde antwoorden, maar een meelijwekkende, bijna geluidloze hoestbui belette hem te spreken. Toen die voorbij was, ging hij uitgeput weer achterover liggen. Ze hield een glas met water aan zijn lippen en hij dronk dankbaar een paar slokjes.

'Als een Arabier praat, gaat het hem om de indruk die zijn woorden maken,' bromde hij, 'het is belangrijk hoe mooi hij het zegt, niet wat hij zegt.'

'Arafat is niet zo.'

Richard bleef volharden. 'Eens hoorde ik een interessante verklaring over hun taalgevoel, Myriam. Moet je luisteren.'

Hij was zo moe dat ze moeite had hem te verstaan, maar ze durfde hem niet te onderbreken. Hij stond erop zijn visie te verduidelijken.

'Een dorpsoudste van een afgelegen Arabisch bergdorpje die op het punt stond zijn *hadj*, de bedevaart naar Mekka te vervullen, vroeg aan zijn twee zonen afzonderlijk om tijdens zijn afwezigheid zijn wijngaard te verzorgen.' Richard wachtte even om op adem te komen. Hij vervolgde: 'De ene zoon zei ja, maar deed het niet. De andere zei nee en deed het toch. Toen de vader terugkeerde en vernam wat er was gebeurd, vroeg hij aan de dorpelingen wie van zijn zonen hem ter wille was geweest.' Richards stem zakte nu helemaal weg. 'De Arabieren gaven eenparig de voorkeur aan de eerste. Omdat hij door ja te zeggen respect had getoond voor zijn vader.'

Dachner sloot zijn ogen en fluisterde: 'Dat hij het werk niet had gedaan, was voor hen van geen belang. Belangrijker was dat hij gezegd had het te zullen doen.'

Misschien geldt dat ook voor mij, dacht Myriam. Ook ik wil niet graag de waarheid horen, zodra die pijn doet.

Ze stond op en kuste hem op zijn voorhoofd. Jij soms? dacht ze. Zou jij zo graag willen horen dat ik Arafat boven jou verkies? Ze zag hoe hij haar, ondanks zijn moeheid, taxerend lag aan te kijken.

Ze huiverde.

Arme Richard, dacht ze, je hebt zo min als ik een toekomst.

'Je moet nu rusten, Richard. Straks kom ik nog even langs.'

'Een ogenblikje', kraste hij.

Ze bleef staan, ten prooi aan een mengeling van medelijden en opstandigheid.

'Je hebt m'n leven gered,' zei hij met hese stem, geprikkeld, 'maar als je je opnieuw voor Dissie te grabbel gooit, ben ik je daar niet dankbaar voor.'

Myriam glimlachte verward. 'Dankbaarheid is een illusie, Richard', zei ze zacht. 'Liefhebben is dat niet.'

'Alles is een illusie, kindje', gromde hij. 'Liefhebben nog het meest van al!'

Ze liep de kamer uit en zijn laatste woorden echoden samen met het klikklakken van haar hakken door haar hoofd.

15

Myriam zag de afzonderlijke baanrandlichten tot een langgerekte streep ineenvloeien, toen de Boeing van Swissair zich met toenemende snelheid van de startbaan in Zürich losmaakte. Er ging een trilling door het toestel toen het landingsstel naar binnen klapte en ze hoorde de bons waarmee de luiken van de behuizing zich sloten. Ze keek naar buiten en de bergwand leek haar niet meer te ontwijken, maar de Jumbojet legde zich steil klimmend op één zijde en opeens waren ze een heel eind boven de bergen.

De plotseling opkomende misselijkheid woelde als een gebalde vuist ergens onder in haar maag.

Ze drukte haar voorhoofd tegen het koele oppervlak van het kunststofraampje. Het *safety belts on*-lampje brandde nog en ze wilde zich niet belachelijk maken door nu naar de wc te hollen. De beklemming trok langzaam weg. Ze ontspande zich. Gelukkig bleef het er meestal bij dat ze zich een paar ogenblikken beroerd voelde. Toch werd het nu wel hoog tijd dat ze het probleem ernstig onder ogen ging zien. Ze was zwanger.

Het moest gebeurd zijn in het ziekenhuis, die keer na de valpartij met de motorfiets. Ze had toen verscheidene dagen de pil niet genomen en toen Arafat in de ziekenkamer bij haar in bed was gekomen, had ze nauwelijks een seconde van aarzeling gekend. Ook nadien had ze nagelaten aan de dokter te vragen of de morning-afterpil nodig was en ze had al de andere tekenen genegeerd. Ook dokter Wilfrieds' voorzichtige verklaring dat de permanente rugpijn geen gevolg was van een letsel, maar soms op zwangerschap duidde, had ze met een schouderophalen afgedaan. Het zou een kwestie van stress zijn, de naweeën van de opeenvolgende ongelukken.

Ze realiseerde zich nu pas dat ze onbewust had geprobeerd Arafat volledig aan zich te binden, maar vroeg zich meteen met een vage angst af hoe hij erop zou reageren. Voor het eerst drong de volle betekenis van haar toestand tot haar door en ze had spijt dat ze er niet met Muriël over had gepraat. Die wist meer over dit soort dingen. Destijds had ze het voor haar vriendin verzwegen omdat ze haar bedillerige terechtwijzing wel kon raden. Zonder enige twijfel zou ze hebben uitgeroepen: 'Zwanger van Arafat? Goeie genade, Myriam, wie wordt er nu zwanger van een Arabier?'

Of had ze het voor zich gehouden om te voorkomen dat Muriël haar zou proberen te overtuigen het weg te halen? Ze vroeg zich af of het daarvoor te laat was en probeerde uit te rekenen hoever ze was. Twee, drie maanden? Waarschijnlijk te ver voor een zwangerschapsonderbreking – ze merkte de eerste tekenen van verandering al aan haar lichaam – maar voor bevallen in het vliegtuig, zelfs bij de retourvlucht, hoefde ze nog geen angst te hebben.

Twee rijen vóór haar zag ze het achterhoofd met het grijze haar van Witman. Hij had een koptelefoon opgezet, maar dat was om zich een houding aan te meten. Door zijn slechthorendheid was muziek voor hem niet veel meer dan een verzameling wanklanken. Ze wist dat hij zijn tegenzin om te vliegen voor haar opzij had gezet en dat stemde haar dankbaar.

Het had heel wat voeten in de aarde gehad vooraleer Myriam een visum voor de Emiraten had gekregen. Nadat Witmans aanvraag voor haar was afgewezen, was ze persoonlijk naar de ambassade aan de Franklin Rooseveltlaan in Brussel gegaan. Hoewel ze een donkergrijze wollen rok tot ver beneden de knie en een hooggesloten blouse met daarover een zwart-met-rood colbertje had gedragen, had de ambassadesecretaris een blik op haar lange blonde haren geworpen alsof ze een revuemeisje van de Folies Bergère was.

'De public relations tussen het ADAD en het NOC zijn een officiële aangelegenheid', had hij koel maar beleefd gezegd. 'Daar hoeft een jonge, ongetrouwde vrouw geen vermoeiende reis voor te ondernemen.'

Myriam had even geaarzeld of ze hem over Arafat zou vertellen, maar had het toch veiliger geoordeeld dat niet te doen.

Ze zei: 'Er zijn wat misverstanden over de stagiairs. Misschien kan ik de plooien gladstrijken.'

'We zullen zien.' De secretaris begeleidde haar naar de deur van zijn kantoor.

'Wanneer hoor ik iets van u?'

Hij glimlachte: '*Boekra*? Morgen?'

Ze begreep dat het een beleefde afwijzing was en had alle hoop al bijna opgegeven, toen ze op een dag zonder nadere verklaring een briefje van de ambassade kreeg dat ze haar visum mocht afhalen. Intussen had Richard het ziekenhuis verlaten en hij was – het advies van de huisarts negerend – opnieuw aan het werk gegaan. Na de brand hadden een paar kranten een vaag artikel gewijd aan het probleem van het radioactief afval bij het NOC, maar het gevreesde schandaal was niet losgebarsten.

'S'il vous plaît, mademoiselle.' De airhostess hield haar een op glanzend papier gedrukte menukaart in drie talen voor. Bovenaan stond in het Frans, Engels en Arabisch: Swissair waarborgt u deze maaltijd zonder varkensvet. Myriam had honger en koos voor Sauté de Veau Marengo en Salade Milanaise. Toen het eten gebracht werd, had ze opeens geen trek meer. Ze prikte wat in het voedsel en na twee happen gaf ze een teken aan de airhostess het bord weg te nemen.

'Een vermageringskuur bezig?' vroeg de vrouw in de stoel naast haar.

'Eh... nee. Of ja, een beetje wel', antwoordde Myriam verward.

De vrouw lachte. 'Moet je mij zien. Ik hoef maar naar eten te kijken en ik kom al aan. Ik heb ieder dieet dat er bestaat al geprobeerd, zonder succes.'

Myriam glimlachte. 'Zo erg is het ook niet.' Ze hadden kennisgemaakt tijdens de transit in Zürich. Florence Gigase, zo heette de vrouw, woog wel een paar kilo te veel, maar had toch nog een aardig figuur. Haar man, een specialist in bankzaken, werkte voor de Centrale Bank in Abu Dhabi aan de harmonisatie van de valuta's van de Golfstaten. Met zijn vorstelijk salaris kon Florence het zich permitteren maandelijks een paar dagen bij haar zusters in Brussel te gaan doorbrengen.

'Waarschijnlijk zenuwen', oordeelde Florence. 'Voor een westerse vrouw is Arabië een hele ervaring. Vooral als ze ongetrouwd is. De mannen zullen je met hun ogen verslinden.'

'Dan toch niet vanwege m'n kleding', grinnikte Myriam. Ze droeg een grijs gestreept mantelpak met lange rok en haar lange blonde haar werd bijeengehouden met een netje.

Florence gaf haar een kneepje in de hand. 'Maak je geen zorgen. Als je problemen hebt, kom je maar naar mij toe. In de *compound* achter de renbaan hebben we een huis met tuin en zwembad, maar we hebben ook een suite in het Sheraton Beach Hotel, waar jij verblijft.'

'Wat is een *compound*?' vroeg Myriam.

'Een soort getto voor rijkelui net buiten de stad. In de woestijn dus. Daar wonen de welgestelde buitenlandse werknemers, de *expas*.'

'Het lijkt nergens naar.'

Florence lachte. 'Ach, Abu Dhabi valt best mee. Als je je maar aan de regels houdt.'

'En die zijn?'

'Niet staren als iemand bidt. Niet wenken of iemand aanroepen. Niet met de linkerhand eten. Niet met minirok of decolleté lopen. En wat de mannen betreft, die moeten andermans vrouw volkomen negeren.'

Myriam staarde bedrukt voor zich uit. Ze kon zich Arafat niet voorstellen onder zulke leefregels.

'Ken jij het Mafraq Ziekenhuis?' vroeg ze.

'Ja. Het werd pas vorig jaar voltooid. Het heeft fortuinen gekost. Geëquipeerd met de duurste snufjes.' Florences stem klonk laatdunkend. 'Er wordt spottend verteld dat de dokters de gebruiksaanwijzingen voor de medische apparatuur punt na punt met de vinger volgen bij harttransplantaties.' Ze keek Myriam onderzoekend aan. 'Je bent toch niet ziek?'

'Nee hoor. Een vriend van me, een chirurg, werkt in het Mafraq Ziekenhuis.'

'O sorry. Hoe heet hij? Misschien ken ik hem.'

'Dokter Dissie. Arafat Dissie. Een Palestijn. Hij werkte mee aan een onderzoeksprogramma over radio-immunologie bij het NOC. Toen hij in België was hebben we samen... Nu ja.' Myriam zweeg toen ze merkte dat Florence haar met een veelbetekenende blik aankeek. 'Is er wat?'

'Nee, neenee', antwoordde Florence net iets te vlug.

Ze zwegen allebei.

Toen zei Florence: 'Over toeval gesproken. Toen ik de vorige keer naar Abu Dhabi terugkeerde, zat ik ook naast iemand die voor het NOC werkte. Jake Corbelle noemde hij zich. Een knappe Amerikaan.' Ze lachte dubbelzinnig. 'Heb hem daarna nog een keer ontmoet. Nadien liet hij niets meer van zich horen.' Er klonk onmiskenbaar spijt in haar stem.

Myriam kon haar oren niet geloven. 'Jake Corbelle, zeg je? Vorige maand? Weet je het zeker?'

'Godallemachtig,' zei Florence, 'wat doe jij opeens raar. Natuurlijk weet ik het zeker. Zo'n man vergeet je niet. Het was de directe Sabena-vlucht vanuit Brussel. Vertrek negentien vijfendertig. Precies op tijd.'

Myriam leunde met stomheid geslagen achterover. Tenzij Florence zich vergiste, kon Jake met de brand in De Purperen Barak niets te maken hebben gehad. Toen die uitbrak, zat hij avances te maken bij Florence in het vliegtuig naar Abu Dhabi. Ze wilde opstaan om er met Witman over te praten, maar een airhostess versperde het gangpad met een trolley. Ze sloot haar ogen en probeerde wat te slapen.

Ze wist niet wat ze ervan moest denken, maar het was voor Jake in elk geval een rare manier om op de loop te gaan.

Hoewel ze in het boordmagazine had gelezen dat de nieuwe internationale luchthaven van Abu Dhabi een van de grootste en meest luxueuze ter wereld was, keek ze toch met verstomming naar de avant-gardearchitectuur, gecombineerd met geometrisch zuiver vloeiende lijnen van islamitisch design. Aan de douanecontrole stond een lange rij Indiërs en Pakistanen zwijgzaam hun beurt af te wachten, allemaal mannen voorzien van versleten koffers of schamele linnen reistassen die stoïcijns toekeken hoe aan de later aangekomen Europese reizigers voorrang werd verleend.

Het was halftwee in de ochtend, maar in de ontvangsthal onder de imposante koepel van groen met blauw mozaïek heerste een drukte alsof het middag was. Hun doorgang in de hal werd bemoeilijkt door tientallen jonge mannen die hen, gekleed in de traditionele *dishdash* met daarover de *abaya*, een witte losse mantel, de weg versperden. Ze zwaaiden met naambordjes en riepen de namen van de reizigers op wie ze wachten. Met hun koffers in de hand bleven Myriam en Witman aarzelend staan.

Een jonge man met een scherp gesneden gezicht en vurige koolzwarte ogen kwam naar hen toe. *'Miss Dachner? Je suis Abdullah Nasser, from Nasser Car Hire Company. Je suis votre chauffeur. Marhaba fee Abu Dhabi. That means welcome in Abu Dhabi.'* Op zijn teken kwamen twee Indische dragers toegesneld die de koffers overnamen.

Myriam voelde zich opgelucht. Het was een goed teken dat het ADAD de afspraak nakwam om voor een auto met chauffeur te zorgen. Ze stak haar hand uit en merkte de lichte aarzeling waarmee Abdullah die aannam. Ze wees op Werner. *'This is mister Witman.'*

Abdullah knikte en grijnsde: *'Enchanté.'*

Ze liepen achter hem aan door de koele, rijkelijk gestoffeerde ontvangsthallen en luisterden naar Abdullah die honderduit praatte, Engels met af en toe een Franse uitdrukking. 'Zevenendertig kilometer naar *downtown. Autoroute. Pas de problème.* Wist u dat Abu Dhabi Arabisch is voor Vader van de Antiloop? Eigenlijk The White Arabian Oryx, een prachtig dier, wit met crèmekleurige vacht en lange elegante hoorns, dat vroeger over de eilanden zwierf waarop nu Abu Dhabi is gebouwd.'

Ze bereikten de uitgang. Arafat had haar verteld dat de zomermaanden er onaangenaam warm konden zijn, zodat het haar niet verbaasde dat de temperatuur van de buitenlucht te vergelijken was met die van een onweerachtige augustusavond in het eigen land. Terwijl Abdullah de auto ging halen, bracht Myriam Witman op de hoogte van haar gesprek met Florence over Jake.

Hij keek haar ongelovig aan.

'Onmogelijk, Myriam. Hij was niet mee met die vlucht. We hebben de passagierslijsten laten checken. De vrouw moet zich in de datum vergist hebben. Je zegt zelf dat ze iedere maand naar huis vliegt.'

Myriam wilde protesteren, maar zag een koppige uitdrukking in zijn ogen verschijnen. Ze zweeg. Het was twee uur 's ochtends en dat was niet het geschikte moment om met een slechthorende Werner te gaan debatteren.

De auto van Nasser Car Hire Company bleek een donkerblauwe Amerikaanse limousine te zijn. Zodra ze op de achterbank zaten, zette Abdullah de airconditioning aan en het werd snel koeler. Hij wees op de autotelefoon. 'U kunt automatisch bellen. Paris, Londres, Brussels. Heeft twintigduizend dirham gekost.' Hij startte en vertrok met slippende banden.

Een halfuur later stopte hij op de Corniche Road voor het Sheraton. De hele weg had hij met cijfers, gewichten, afstanden en jaartallen de sensationele ontwikkeling van de Emiraten sinds de olieboom beschreven. 'We zijn het rijkste land in de wereld,' verklaarde hij zonder een zweem van trots, 'maar we moeten nog leren wat ermee aan te vangen.' Hij begeleidde hen naar de balie en zorgde ervoor dat ze in een minimum van tijd elk hun kamer hadden, Werner op de tweede en Myriam op de zesde verdieping.

Toen Abdullah afscheid nam, vroeg hij aan Witman: 'Hoe laat moet ik u afhalen, *mister Vismáán, sir*?'

Witman keek hulpzoekend naar Myriam.

'Morgenochtend om halfelf worden we bij het ADAD verwacht', antwoordde ze in Witmans plaats.

'Oké, juffrouw Dachner.'

'Ik zou graag hebben dat je me om drie uur vanmiddag naar het Mafraq Ziekenhuis brengt', vervolgde ze iets minder luid zodat Witman haar niet hoorde. 'Is dat mogelijk?'

Abdullah keek min of meer verbaasd van de een naar de ander, opende zijn mond, trok een gezicht of hij het begreep en zei: '*Ana moewèèfi*, eh... goed, afgesproken.'

Toen Myriam om drie uur de straat opstapte, sloot de hitte zich als een hete, klamme deken om haar heen. Nog voor ze de wachtende auto van Nasser had bereikt, was ze al drijfnat. Met een zucht van opluchting ging ze naast Abdullah op de voorbank zitten.

'Mafraq Ziekenhuis', zei ze min of meer opgewonden. Nog een paar minuten en ze zou Arafat opnieuw ontmoeten.

Abdullah vroeg: 'Mister Vismáán gaat niet mee?'

'Nee. Rijden maar.'

Hij maakte geen aanstalten om weg te rijden.

'Is er iets?'

'Nee. Eh... ja.' Hij keek haar enigszins verlegen aan. 'Vrouwen van stand zitten hier zelden naast hun chauffeur.'

'Waarom?'

'Het is onwelvoeglijk, *mademoiselle* Dachner.'

'Zoals je wilt.'

Ze ging achterin zitten en hoewel ze opgewonden was door de gedachte straks Arafat te zullen ontmoeten, kwam ze toch onder de indruk van de moderne gebouwen die, gescheiden door grasvelden en bloemperken, de grote moskee met blauwe koepels en slanke minaretten omringden, als wilden ze zo hun eerbied voor de islamitische tradities uitdrukken. Ze kon zich nauwelijks inbeelden dat deze moderne stad een paar decades geleden nog een klein dorp was, waar door een ongezond klimaat en een ongunstige geografische ligging armoede hoogtij vierde.

Abdullah stopte voor een indrukwekkend gebouw.

'This is Mafraq Hospital, miss Dachner.' Hij keek achterom en in zijn ogen lag een bezorgde uitdrukking. 'Zal ik meegaan? Niet iedereen spreekt hier Engels.'

Opeens mocht ze hem. Ze glimlachte. 'Ja', zei ze. 'Het is niet dat ik ziek ben, hoor. Ik zoek een vriend. Dokter Arafat Dissie, een chirurg. Ik ken zijn adres niet, maar weet zeker dat hij hier werkt.'

Hij bracht haar naar een klein salonnetje, een soort privéwachtkamer voor belangrijke vrouwelijke bezoekers, gaf haar een paar magazines en zei: 'Het kan even duren, miss Dachner. Mafraq is het grootste ziekenhuis van het Midden-Oosten.'

Een halfuur later deed iemand de deur open en Myriam sprong overeind. Het was niet Arafat, maar Abdullah.

'*I'm sorry, miss Dachner.* Dokter Dissie is de hele week afwezig.'

Ze had moeite haar teleurstelling te verbergen.

Hij glimlachte. 'Ik heb wel zijn adres. Hij woont in Al Faridah, een gewezen vissersdorp. Als u wilt, rijden we ernaartoe. *No problem.*'

Al Faridah lag aan de kust van de Arabische Golf, waar de Straat van Hormuz begint. Het dorpje lag zestig kilometer van Abu Dhabi, dichtbij de brede geasfalteerde autoweg met gescheiden rijbanen, die naar Dubai voerde. Tijdens de rit passeerden ze op regelmatige afstanden hoge zendmasten, waarmee door pech gestrande automobilisten contact met een garage konden nemen via een op zonne-energie werkende radiotelefoon. Langs de weg stonden hier en daar autowrakken en ook zag Myriam verscheidene autokerkhoven.

Abdullah wees ernaar. 'Sommigen rijden met hun auto zoals ze dat deden met hun kamelen. Die zijn onhandelbaar, trappen, bijten en spuwen, zodat ze er al eens de zweep moeten over leggen. Desondanks dragen de kamelen met een minimum aan water hun lasten door de woestijn en dus verwachten ze van hun auto's hetzelfde.' In de verte zagen ze de karakteristieke lange nek van een kameel midden op de weg, maar toen ze dichterbij kwamen, bleek hij in de laadbak van een rijdende pick-up vastgebonden te liggen. Ondanks zijn onwaardige houding zag het dier kans hun een hooghartige blik toe te werpen, toen ze voorbijreden.

'Bedoeïenen', verklaarde Abdullah. 'Ze nemen hun kameel mee zodat ze bij pech verder kunnen.'

Naarmate ze dichter bij hun bestemming kwamen, ging Myriam zich zorgen maken over Arafats reactie op haar onverwachte verschijning. Zou ze er niet beter aan gedaan hebben hem eerst te telefoneren? Ze kon er zich geen idee van vormen in wat voor omstandigheden hij zou wonen, maar als arts zou hij zeker telefoon hebben. Er was er zelfs een in deze auto, waarmee je nota bene automatisch naar Europa kon bellen.

Ineens schoot het haar te binnen dat ze vergeten had Richard op te bellen, nadat ze geland waren. Ze tikte Abdullah op de schouder.

'Kan ik vanhieruit België bellen?'

Abdullah glimlachte in de achteruitkijkspiegel.

'Pas de problème.'

Hij stopte langs de kant van de weg, toetste het nummer voor haar in, luisterde even en zei formeel: *'One moment, please. Miss Dachner wants to speak to you.'*

Door het tijdsverschil was het in België nu lunchpauze. Het duurde even voor ze Richard aan het toestel kreeg. Zijn stem klonk vermoeid, maar misschien was dat te wijten aan de radiosatellietverbinding.

'Myriam, kindje. Ik was al ongerust. Ik had je al eerder verwacht.'

'Het spijt me, Richard. Het was tegen drieën 's ochtends eer we op onze kamer waren. Ik wilde je niet uit je bed bellen. Ik heb tot nu geslapen.'

'Ik begrijp het. Alles in orde?'

'Ja hoor. Abu Dhabi is een mooie stad.'

'Mooi zo. En de temperatuur?'

'Vreselijk warm. Het lijkt wel een sauna.'

'O ja. Hm... luister eens, kindje. Is Witman daar?'

'Nee. Ik bel vanuit een auto.'

'O, juist. Dan zal ik hem in het Sheraton bellen. Mocht dat niet lukken, vraag hem dan mij te bellen zodra je hem ziet. Het is nogal dringend.'

'Goed. Is er iets, Richard?'

'Ik vrees van wel. Er is bij Posenuklear in Duitsland iets uitgelekt over onregelmatigheden met waste. Het zou wel eens naar hier kunnen overwaaien.'

'Maak je geen zorgen, Richard. Met wat geluk vinden we hier tijdig de nodige bewijzen.'

'Ik hoop het. Blijf in ieder geval niet langer weg dan nodig is. Ik kan nu niet buiten hem.'

'Goed. Zodra ik iets meer weet, bel ik je. Daag.'

'Wacht even, Myriam. Hoe is het met... Nou ja, je weet wel. Heb je hem ontmoet?'

'Nee, Richard. Nog niet.'

'Doe het niet, kindje. Je haalt je er alleen maar ellende mee op je hals.'

'Je weet dat ik m'n eigen weg ga.'

Opeens werd hij boos. 'Verdomme, Myriam. Zul je het nooit leren?'

Ze kreeg tranen in haar ogen. Gelukkig kon hij dat niet zien. De tirannie van de tranen, noemde hij het, als ze als kind iets met huilen had afgedwongen.

Hij sprak opnieuw. Door de slechte verbinding werd zijn stem afwisselend luider en stiller. Het klonk onheilspellend. 'Doe het niet, Myriam. Niet met een Arabier. Ik vergeef het je nooit.'

'Dag, Richard', zei Myriam zachtjes. 'Ik bel je nog wel.'

Ze verbrak de verbinding en staarde met afgewend hoofd naar het voorbijglijdende landschap.

Het laatste wat ze wilde, was dat Abdullah haar zou zien huilen.

Ze bereikten Al Faridah en reden door zanderige, ongeplaveide straten. De lage huizen met tuinen en eigen watertorentjes, lagen verborgen achter hoge, witgeschilderde of bepleisterde muren, zodat de straten een saaie aanblik boden.

'Zijne Hoogheid Sjeik Zayed hecht veel waarde aan onderwijs en gezondheid voor zijn minder bedeelde landgenoten', vertelde Abdullah trots. 'Vijf jaar geleden stonden hier slechts een honderdtal *barasti,* dat zijn traditionele hutten, maar de bewoners werden overgebracht naar nieuwgebouwde centra, waar ze alle nutsvoorzieningen en medische verzorging kregen.'

Myriam probeerde zich een beeld te vormen van de ingedommelde huizen achter de tuinmuren. 'Het lijken helemaal geen hutten', zei ze.

'De hutten werden afgebroken en vervangen door luxe-woningen', verklaarde Abdullah op een toon alsof hij zelf de vernieuwer was. 'Hier woont nu een nieuwe intellectuele elite. Voor hen is het een geliefkoosde uitwijkplaats om de hitte van de stad te ontvluchten.'

Hij stopte voor een winkel van frisdranken en ingeblikte levensmiddelen. De winkelbediende, getooid met een zwart op witte *ghutra,* het traditionele hoofddeksel, zat gehurkt in de schaduw tegen de muur. Abdullah ging er eveneens gehurkt naast zitten en begon te praten. Tien minuten later kwam hij opnieuw achter het stuur zitten.

'Wat hadden jullie allemaal te bespreken?' vroeg Myriam.

'Wij moslims zijn beleefd tegenover elkaar, *miss Dachner*. Vóór je iemand vraagt waar dokter Dissie woont, informeer je eerst naar zijn gezondheid en die van zijn vader en van zijn ooms.'

'Natuurlijk,' zei Myriam een beetje verlegen, 'maar ik dacht dat je het adres kende.'

'*Exactly, miss Dachner*. Maar ziet u, wij houden niet van straatnamen en huisnummers. Dat is een inbreuk op onze privacy.'

Hij reed door een doolhof van verlaten, op elkaar gelijkende straten, met als enige voetgangers een paar dicht langs de muren lopende vrouwen op hoge hakken, gekleed in donkere *abaya's*, het gezicht verborgen achter zwarte sluiers. Ze droegen boodschappentassen en in hun kielzog liepen kleine meisjes die met mooie glinsterend zwarte ogen nieuwsgierig naar de voorbijrijdende limousine keken.

Het huis van Arafat was, zoals de andere, door een hoge muur omringd. In de niet geheel afgebouwde garage stond een Toyota pick-up en daarnaast een geitenhok.

Abdullah liep naar de grote smeedijzeren poort en riep iets in het Arabisch op zangerige, klagende toon. Een poos later verscheen een met een tulband getooide Indiër. Na wat heen en weer gepraat opende hij een klein zijpoortje.

'U mag naar binnen gaan', zei Abdullah. 'Ik wacht op u in de auto.'

Ze volgde de bediende door een tuin met eucalyptusbomen en dadelpalmen, die voor schaduw zorgden. Binnen rook het, zoals op vele plaatsen in Abu Dhabi, naar sandelhout. De bediende bracht haar naar een ontvangstkamer met Louis-Quinzemeubelen en handgeweven oosterse tapijten. Hij wees naar een fauteuil, mompelde een beleefdheidsfrase die ze niet begreep en verdween. In het huis was het doodstil. Hoewel er geen aanleiding toe was, voelde Myriam haar hart in haar keel kloppen.

Toen ging aan de andere kant van de kamer een deur open en een vrouw, gekleed in een geborduurde en met brokaat afgezette *abaya*, kwam binnen. Ze opende haar doorzichtige sluier en glimlachte. Myriam staarde haar sprakeloos aan. De vrouw zag er adembenemend jong en mooi uit, had golvend lichtbruin haar en amandelvormige ogen. Het duurde even voor het tot haar doordrong dat dit Arafats vrouw moest zijn.

Hij is getrouwd, dacht ze, met een vrouw die jonger en mooier is dan ik. Hoewel ze dit min of meer had verwacht, bleef het toch een koude douche.

De jonge vrouw vroeg iets in het Frans. Ze sprak de voor haar vreemde taal accentloos, en zoals Arafat gaf ze zich veel moeite om ieder woord correct uit te spreken. Misschien vergezelde ze hem al eens op zijn buitenlandse reizen.

'Waarmee kan ik u van dienst zijn?' vroeg de vrouw opnieuw, ditmaal in het Engels. Myriam dwong zich tot bezinning te komen.

'Ik ben Myriam Dachner', zei ze. 'Ik ontmoette uw man...' – haar stem haperde – '...op het NOC in België. Uw man was medisch... Ik bedoel, hij heeft mijn vader...'

De deur vloog open en twee meisjes – Myriam schatte ze zes en zeven jaar – kwamen druk lachend en pratend naar binnen.

'Hèèdie, hèèdie', zei de vrouw en de meisjes bedaarden en kwamen verlegen naast hun moeder staan. Het waren allebei prachtige kinderen.

'We zijn in Abu Dhabi voor een bespreking met het ADAD', verklaarde Myriam. 'Dokter Dissie heeft ons in België geholpen toen er brand...'

'Ik weet het,' antwoordde de vrouw, 'vader heeft het me uitgelegd.'

'Hij is vertrokken toen we nog in het ziekenhuis waren. Ik heb hem niet eens behoorlijk kunnen bedanken.'

Ineens drong het tot haar door wat de vrouw gezegd had.

'Vader?' vroeg ze. 'Is Arafat... uw vader?'

De vrouw lachte.

'Vanzelfsprekend. Dit zijn zijn kleinkinderen, Amina en Aziza.'

De verademing dat hij niet met dit mooie meisje was getrouwd verdween toen het tot haar doordrong dat Arafat al grootvader was. Bij die mogelijkheid had ze nooit stilgestaan.

'Mijn naam is Aisja.' Arafats dochter stak haar hand uit en Myriam schudde die werktuiglijk.

Aisja zei iets tegen de kinderen en die gaven haar een voor een plechtig een handje.

'Vader is niet thuis', zei Aisja. 'Hij is de hele week in Al Duahah. Dat is in Katar.'

'Hij kan me opbellen zodra hij tijd heeft. Ik verblijf in het Sheraton Hotel.'

'Ik zal het hem zeggen', zei Aisja. 'Maar ik vergeet mijn manieren. Nu gaan we eerst thee drinken. Dan kunt u m'n moeder leren kennen. Ze spreekt uitsluitend Arabisch, maar dat is geen probleem. Ik zal voor tolk spelen.'

Maar Myriam wilde zo spoedig mogelijk naar buiten. 'Een andere keer graag, als u het me niet kwalijk neemt. Ik wilde alleen eventjes Ara... eh dokter Dissie bedanken. Nu wil ik het liefst naar m'n hotel. De hele nacht in het vliegtuig. Begrijpt u me?'

Aan de begrijpende blik van het meisje zag Myriam dat ze iets wist over hun verhouding. Hoeveel? vroeg ze zich af. Heeft Arafat aan zijn dochter verteld dat hij een verhouding had? Ze zag dat de ogen van Aisja dezelfde kleur hadden als die van Arafat.

Aisja liet haar uit.

Toen ze aan het kleine zijpoortje afscheid namen, zag Myriam in de tuin een vrouw staan. Ze stond half verscholen achter de laaghangende bladen van de dadelpalmen, een donkere, vormeloze figuur, van wie alleen de ogen boven de zwarte sluier te zien waren.

Ogen die haar met een donkere, broedende blik aanstaarden.

Het was tegen achten toen ze de lounge van het hotel binnenkwam. Witman kwam met een bezorgd gezicht op haar af.

'Waar was je? Ik heb je overal lopen zoeken.'

Ze was nog te veel in de war om een behoorlijke uitleg te geven.

'Ik vertel het je straks wel.'

Hij wilde wat zeggen, maar zweeg verongelijkt. Ze liep naar de balie en vroeg haar sleutel. Hij kwam achter haar aan.

'Ik heb op je gewacht voor het avondeten. Ga je mee?'

Ze berustte.

Aan tafel vertelde ze hem dat ze Arafat was gaan opzoeken.

Hij keek verwijtend. 'Dat had je niet moeten doen, Myriam. Ik heb je vader beloofd op je te letten.'

Ze lachte spottend. 'Op me letten? Waarvoor? Een lot erger dan de dood? Kom nou.'

Hij begreep de woorden niet, wel de betekenis ervan.

'Ik heb liever dat je hem niet opzoekt. In deze landen weet je nooit waarin je terechtkomt.'

Ze verstrakte en wilde hem om uitleg vragen, maar de kelner duwde hem de rekening onder de neus om te tekenen. Daarna had ze de energie niet meer om tegen zijn hardhorigheid in, het gesprek opnieuw op gang te brengen. Ze besloot naar bed te gaan. Morgen zou het onderzoek bij het ADAD beginnen.

Ze had een luxueuze crèmekleurige slaapkamer met een aangrenzende salon. De bedsprei, de gordijnen en de fauteuils waren van een dure bijpassende natuurzijde, zodat het leek alsof de kamer speciaal voor vrouwelijke bezoekers was ingericht. Op de salontafel stond een grote bos bloemen, *met de complimenten van de directie.*

Ze zette de tv aan en ging op de rand van het bed zitten kijken. Er was een gesprek in het Arabisch aan de gang tussen drie mannen in traditionele kleding, waarschijnlijk sjeiks. Ze zaten in een barokke salonkamer, helemaal met bladgoud belegd. Zelfs de kamerplant in de hoek was verguld. Abdullah had gelijk: ze hadden het rijkste land van de wereld, maar ze wisten niet goed wat ze ermee moesten doen.

Ze bestudeerde nauwkeurig de kleding van de mannen. Hun purperen, met goudgalon afgezette *abaya's* over de hagelwitte *dishdash*, de kleur van hun *ghutra's*, waaraan je meestal hun geboorteland kon herkennen. Wit voor de Golflanden, rood op wit voor Saoedi-Arabië en Jordanië, zwart op wit voor de Palestijnen.

Ze kon zich Arafat niet met zo'n jurk en hoofddoek voorstellen.

Ze moest in slaap gevallen zijn, want toen ze haar ogen opende, was de beeldbuis nog slechts een lichte vlek en het geluid een zacht zich repeterend kenwijsje van Arabische klanken. Volgens de Seiko-wekker naast het bed was het twee uur in de ochtend. Waarschijnlijk leed ze wat aan jetlag, want ze voelde zich nu klaarwakker. In de marmeren badkamer kleedde ze zich uit en bleef naakt voor de wandhoge spiegel staan. Nauwkeurig onderzocht ze haar lichaam op tekenen van zwangerschap. Haar borsten voelden steviger aan en de tepels waren gevoeliger. Ze was wat aangekomen op de heupen, maar dat kon ook te wijten zijn aan gebrek aan beweging. Sinds de brand had ze geen squash of andere sport meer beoefend. Als ze erover nadacht besefte ze dat het idee van een baby altijd wel bij haar aanwezig was geweest, maar nu vroeg ze zich met enige bitterheid af of ze geen verkeerde weg had gekozen. Arafat had zowel kinderen als kleinkinderen. Het enige wat zij hem te bieden had, was een goedgevormd lichaam. Ook dat dreigde nu verloren te gaan.

Met een schouderophalen duwde ze de sombere gedachten van zich af. Ze pakte de flacon met badschuim en goot ze leeg in de badkuip.

In de slaapkamer hoorde ze onderdrukte stemmen.

Geschrokken keek ze door een kier van de deur.

Het was de tv die opnieuw beelden vertoonde. Ze liep de kamer in en schakelde het toestel uit.

Opnieuw in de badkamer, draaide ze de vergulde badkraan wijd open en staarde gedachteloos naar het groenblauwe, geparfumeerde schuim dat zich vormde.

Opeens voelde ze dat ze niet meer alleen was.

Met een ruk draaide ze zich om.

Ze gilde.

In de deuropening stond een Arabier, groot en dreigend, zijn gezicht verborgen achter een zwart op witte *ghutra.* Hij opende die en wierp de einden van de hoofddoek over zijn schouders.

Hij bleef in de deuropening staan zonder zich te bewegen en keek haar aan. Hij keek niet naar de naaktheid van haar lichaam, haar borsten noch haar buik, maar hij keek recht in haar ogen en lachte.

Toen nam Arafat haar in zijn armen en droeg haar naar de slaapkamer.

Ze had opnieuw wat geslapen en werd wakker doordat hij uit bed stapte. Vanachter halfgesloten oogleden volgde ze al zijn bewegingen. Met zijn luipaardachtige gang liep hij naar de koelkast, pakte een frisdrank, ontstopte die, wierp het hoofd achterover en dronk de fles in één teug leeg. Ze hadden die nacht verschillende keren gevrijd en al leek het onmogelijk, voor haar was het iedere keer weer beter geweest. Tussendoor had Arafat – op zijn rug gelegen – haar verteld over zijn verloren vaderland en over het land waarin hij sindsdien woonde. Ze had opnieuw geconstateerd hoe verdovend zijn taal kon werken, als een soort drug, zodat ze als het ware ongevoelig werd gemaakt voor de inhoud van zijn woorden. Ze wist dat hij een hypnotiserende invloed op haar uitoefende en ze was er blij om.

Hij kuste haar op de top van haar neus. 'Opstaan, luie vrouw.'

Ze betastte zijn gezicht. Hij had een baard van verscheidene weken. 'Waarom laat je je baard groeien?'

Hij keek ernstig. 'Als we in de rouw zijn, scheren we ons niet.'

'O,' zei ze verbijsterd, 'dat wist ik niet. Het spijt me.'

Hij glimlachte, nog steeds ernstig, draaide zich om en liep de badkamer in. Ze hoorde hem bezig met zijn toilet. Ik wilde dat ik wist wat er in hem omging, dacht ze. Ze kende bijna al de uitdrukkingen op zijn gezicht, maar zo weinig van zijn gedachten. Misschien kon ze hem beter meteen vertellen dat ze zijn kind droeg, maar de gedachte alleen al deed haar de moed in de schoenen zinken. Ze ging rechtop zitten en duwde het verfrommelde laken van zich af. Nee, nog niet. Het risico hem daarmee af te stoten, was te groot.

Hij kwam binnen in zijn lange witte kleed, maar zonder hoofddoek, en telefoneerde met zijn rug naar haar toe. Toen hij zich omkeerde, zag ze zijn gladgeschoren gezicht. Hij grinnikte opgewekt. 'De rouw is voorbij.'

Ze gebruikten het ontbijt op de kamer. Terwijl hij thee inschonk, vroeg hij haar voor het eerst naar de reden van haar komst.

'Ik ben met Witman meegekomen om hem te helpen de waste-zwendel uit te zoeken.'

Hij keek op. 'O. Je bent dus niet voor mij gekomen?'

'Toch wel', zei ze. 'Maar ik moet ook aan Richard denken. Als het geknoei met het radioactief afval aan het licht komt, komt het allemaal op zijn hoofd terecht.'

'Het spijt me voor jou,' zei hij, min of meer verontschuldigend, 'maar je zult moeten leren de waarheid onder ogen te zien.'

'Welke waarheid?'

'Dat je vader schuldig is.'

Ze wilde protesteren, maar met een handgebaar legde hij haar het zwijgen op. 'Je vader is een te verstandig man om er niets van af te weten.'

'Nee, Arafat. Je beoordeelt hem verkeerd. Hij is een wetenschapper. Voor het administratieve bestuur is hij van anderen afhankelijk. Daardoor konden ze buiten zijn weten handelen.'

Zijn ogen glansden geel. 'Integendeel, vrouw. Het lijkt me veeleer een weloverwogen plan te zijn geweest.'

'Dat is een domme opmerking, man,' zei ze woedend, 'zelfs tegenover een vrouw.'

Zijn stem klonk ijzig uitdagend: 'In Abu Dhabi zijn onze vrouwen zwijgend en onderdanig.'

'En jullie mannen zijn achteloos en heerszuchtig', repliceerde ze.

Arafat barstte in lachen uit. Hij gooide het hoofd achterover, spreidde zijn armen en benen uit en alle spanning vloeide uit zijn lichaam weg. Toen hij uitgelachen was, vroeg hij, volkomen ontspannen: 'En waar willen jullie in de Emiraten meer over de zwendel te weten komen?'

'We hebben om tien uur dertig een afspraak bij het ADAD.'

Hij werd opnieuw ernstig. 'Wat hopen jullie daar te bereiken? Weten jullie wel wie het bij het ADAD voor het zeggen heeft?'

'Dat kan me niet schelen, Arafat. Het volstaat dat we kunnen aantonen dat Jake Corbelle de enige schuldige is.'

Hij keek haar doordringend aan. 'Jake Corbelle?'

Ze vertelde hem over de papieren die ze de dag van de brand in Jakes flat had gevonden.

'Volstaan die niet om zijn schuld aan te tonen?'

'Nee. Die zijn bij de brand verloren gegaan. Jake werd er trouwens van verdacht de brandstichter te zijn geweest.'

Hij zette zijn koffiekopje met een klap neer. 'Wat zijn dat voor ongerijmdheden?'

'Ik heb er zelf ook moeite mee. Aan de andere kant, waarom zou hij anders verdwijnen?'

'Hoezo?'

'Ja. Toen de brand uitbrak, hoorde hij aan boord van de vlucht naar Abu Dhabi te zijn. Volgens de veiligheidsdienst van het NOC was dat niet het geval. Maar op het vliegtuig ontmoette ik een vrouw, Florence Gigase, die beweerde dat hij wel met die vlucht meekwam. Ik weet niet wat te geloven, behalve één ding. Sindsdien is hij spoorloos.'

'Zozo.'

Arafat zat een poos nadenkend voor zich uit te staren. Na enige tijd schoof hij zijn stoel achteruit en liep naar de telefoon. Een kwartier lang bleef hij bezig, hij praatte, lachte, vleide en snauwde in het Arabisch en het enige wat ze af en toe begreep was de naam Jake Corbelle. Ten slotte legde hij neer en zijn stem was niet vrij van onrust: 'Corbelle is inderdaad de nacht van de brand hier aangekomen. Zijn retourvlucht naar Brussel was voorzien voor twee dagen later. Die heeft hij gemist, maar in plaats daarvan heeft hij bij Pan Am een vlucht naar New York geboekt.'

'Dus is hij zich in Amerika gaan verbergen?'

Arafat wierp een blik op Myriam alsof hij daar niet veel geloof aan hechtte.

'Waarom kwam hij eerst naar hier? Om zijn aandeel van het verduisterde geld op te eisen of gewoon om ons het spoor bijster te maken?'

Arafat trok een ongelovig gezicht. 'Of geen van beide.'

Zijn opmerking verbaasde haar. 'Waarom?'

Arafat schudde een beetje ongeduldig het hoofd. 'Het ticket werd betaald door het Al Faraj Travel Agency. Dat is het reisbureau van het ADAD.'

'Maakt dat enig verschil?' vroeg ze.

Hij keek naar haar met zijn vreemde, ondoorgrondelijke

blik. 'Als ik wil verdwijnen, zou ik het anders aan boord leggen', zei hij. 'Voor alle zekerheid heb ik aan mijn vriend Ahmad Jasim gevraagd na te gaan of Corbelle wel degelijk is afgereisd. Ahmad is betrouwbaar. Hij is politiecommissaris én Palestijn.'

Met een vlugge beweging deed hij zijn *ghutra* om en bevestigde die op zijn hoofd met een zwarte *igal*.

Opeens zag hij er heel anders uit.

Hij opende de deur, bleef in de deuropening staan en zei: 'Misschien kom ik vanavond terug, vrouw.'

Voor ze iets kon zeggen, was hij verdwenen.

16

Het regeringsgebouw, waarin ook het ADAD was ondergebracht, was gevestigd in de Kalin bin Walidstreet tegenover het Oude Fort en het Al Hosn Paleis. Het was een rechthoekig gebouw van negen verdiepingen met marmeren gevelstenen in twee kleuren en smalle boogvormige ramen.

De beveiliging was onopvallend, maar daarom niet minder doeltreffend. Om het parkeerterrein te bereiken, moesten de bezoekers voorbij twee stalen inrijpoorten, waarvan er één altijd gesloten bleef. Ze werden op afstand bediend en de chauffeur kreeg via een luidspreker instructies waar hij zijn voertuig diende te parkeren.

'I'll wait here', zei Abdullah en bleef in de auto zitten. Myriam liep samen met Witman door een metaaldetector, waarna ze in een ontvangstlokaal kwamen – nog altijd buiten het eigenlijke gebouw. Een officier in kaki uniform met witte *ghutra* controleerde hun papieren. Hoewel ze een schriftelijk toegangsbewijs bezaten dat hun per telefax was opgestuurd, dienden ze een formulier van drie pagina's in te vullen met vragen over hun personalia, het doel van hun bezoek aan het ADAD, de landen die ze voorheen hadden bezocht en de redenen daarvoor. De officier nam de papieren mee en verdween, hen onder de hoede latend van twee grimmige, gewapende en op-de-plaats-rust staande soldaten. Het duurde lang, het duurt altijd lang in een overheidsinstelling, en iedere minuut voelden ze zich onbehaaglijker onder de blikken van de zwijgende soldaten.

Ten slotte kwam de officier terug en gaf hun een teken hem te volgen. Bij de eigenlijke ingang werden ze opnieuw gecontroleerd op wapens en ook de aktetas van Witman werd grondig doorzocht. Daarna droeg de officier hen over aan een jongeman in witte *dishdash* en *ghutra*, van wie het gezicht bijna geheel schuilging achter een donkere zonnebril.

'Mijn naam is Rachid', zei hij in het Engels, zonder een spoor van een glimlach. 'Ik ben tolk. Mister Mazroui, adjunct-directeur van het ADAD verwacht u.' Daarna leidde hij hen – nog altijd gevolgd door een soldaat – door een korte brede gang die uitgaf op een atrium met exotische planten, palmbomen en klaterende fonteinen. Negen verdiepingen hoger zagen ze het dak van het gebouw en aan beide kanten gleden liften in glazen kokers geluidloos op en neer.

Terwijl ze met de lift omhoog gingen, zag Myriam aan de overkant van het atrium een man in traditionele kleding met rood op witte *ghutra*, die hen de hele tijd met zijn ogen volgde. Hoewel de afstand snel groter werd en de man zijn hoofd afwendde zodra hij zag dat ze hem had opgemerkt, had ze geen moeite om hem te herkennen.

Myriam huiverde en dat kwam niet door de airconditioning die zelfs in de lift de lucht koel hield.

De hatelijke blik en het vettige gezicht van Abbas Al Fahim zou ze overal herkennen.

Het kantoor van Mazroui was op de zesde verdieping. Met zijn gelambriseerde wanden en planken vol met antiquarische boeken zag het er veeleer uit als de bibliotheek van een Engelse landjonker.

Mazroui, een zwaarlijvig man met grijze baard en helemaal in het wit gekleed, zat achter zijn bureau en wierp een vlugge blik op Witman. Myriam keurde hij geen blik waardig. Rachid stelde zich achter hem op.

Een bediende bracht een blad met een rijkelijk versierde koperen koffiepot en schonk voor elk van hen koffie in een kleine vergulde kop. Ze wachtten tot de directeur zijn kopje opnam en een of andere beleefdheidsformule in het Arabisch mompelde, waarna ze formeel zeiden, *'Thank you, sir'*, en een slokje namen.

Mazroui zei iets en Rachid vertaalde. 'Wat is het doel van uw bezoek?'

Witman keek hulpzoekend naar Myriam. Die haalde diep adem. 'We hadden een afspraak met het hoofd van uw boekhouding om een onderzoek in te stellen naar eventuele onregelmatigheden.'

De twee mannen achter het bureau keken verveeld voor zich uit en zwegen. Myriam wees naar Witmans aktetas. 'We hebben hier telexen en faxen waarmee u uw akkoord met ons bezoek bevestigd hebt.'

Mazroui maakte een draaiende beweging met de rechterhand en Rachid vertaalde het als: 'Waarom antwoordt mijnheer Witman niet?'

'Hij is slechthorend. Daarom antwoord ik voor hem.'

'Het is hier niet gebruikelijk dat een vrouw het woord voert.'

Witman vroeg: 'Wat is er aan de hand, Myriam?'

Ze vertelde het hem, met luide stem en in het Engels, zodat ze niet nog wantrouwiger zouden worden. 'Probeer het hun duidelijk te maken, Werner. Er lijkt ergens iets te zijn misgelopen.'

Witman schraapte zijn keel en begon een lange uiteenzetting, telkens geduldig wachtend als Rachid vertaalde. Mazroui maakte af en toe een notitie, stelde een vraag aan Rachid, die ze vertaalde en daarbij zo onduidelijk praatte dat Witman er helemaal niets van begreep zodat Myriam verplicht was het voor hem te herhalen waardoor er telkens boze trekken op de gezichten van Mazroui en Rachid verschenen.

Het was een belachelijke situatie.

Mazroui vroeg hem uit te leggen hoe de contracten tussen het ADAD en het NOC tot stand waren gekomen en wat deze in grote lijnen behelsden.

Myriam beet op haar lippen. Dit leidde nergens naar.

Toen Witman wist wat van hem verlangd werd, liep hij rood aan. Hij vermande zich en probeerde, langzaam sprekend en zich vrij formeel uitdrukkend, teneinde het de tolk makkelijker te maken, een samenvatting, van de betrekkingen tussen de twee instellingen te geven.

Het viel Myriam op dat Rachid minder scheen over te brengen dan Witman had gezegd. Mazroui luisterde met een ongeïnteresseerde uitdrukking op zijn gezicht.

Anderhalf uur later hadden ze nog niets bereikt en begon Mazroui een lange toespraak, waarvan Rachid de vertaling zo glad aframmelde, dat het leek alsof hij bij voorbaat wist wat er gezegd zou worden.

Het kwam erop neer dat Witman zich bij het onderzoek moest laten bijstaan door een accountant van het officiële Arab Auditing Office.

Tot hun spijt kon juffrouw Dachner, als vrouw en op instructie van de Staatsveiligheid, daar niet bij aanwezig zijn.

Tien minuten later werd Myriam, onder begeleiding van de officier en de soldaat, tot aan de hoofdingang gebracht.

Witman bleef alleen en volkomen gefrustreerd achter in de Arabische poppenkast.

Abdullah was weg.

Misschien was hij ergens een Pepsi-cola gaan drinken of misschien betekende *I'll wait here* in de Golflanden niet noodzakelijk 'ik wacht hier', maar feit was dat Myriam alleen in de Kalin bin Walidstreet stond en er niet blij om was.

Het was kwart voor één en op een in de schaduw opgestelde elektronische thermometer zag ze dat het vijfenveertig graden was en dat de relatieve luchtvochtigheid met zevenennegentig procent bijna het verzadigingspunt had bereikt.

Ze wilde zo vlug mogelijk weg uit deze sauna.

Er waren nergens taxi's te bekennen.

Ze stak de straat over omdat daar winkels waren met markiezen die voor enige schaduw zorgden.

Toen ze dichterbij kwam, zag ze dat een van de winkels het Al Faraj Travel Agency was. In een impuls ging ze het kantoor binnen. Achter de toonbank zat een Pakistaanse vrouw. Het was de eerste niet-Europese vrouw die ze zonder sluier zag sinds ze in de Emiraten was.

'Do you speak English?' vroeg ze.

De vrouw glimlachte. *'Certainly. What can I do for you?'*

'Mijn vriend Jake Corbelle heeft hier een paar weken geleden een vlucht naar New York geboekt. Ik had daar graag wat meer over willen weten.'

De Pakistaanse had een aangename open glimlach. 'We zullen zien wat we kunnen doen.' Ze opende een kaartenbak. 'Hoe was de naam ook weer?'

'Corbelle. Jake Corbelle. Hij was op bezoek bij het ADAD.'

'Ik begrijp het.' De Pakistaanse sloot de kaartenbak. 'Wat wilde u precies weten?'

'Ziet u', zei Myriam vertrouwelijk. 'Ik ben er niet zo heel zeker van dat hij wel vertrokken is. Misschien kan u dat voor mij nagaan? Hoe heeft hij betaald? Cash of kredietkaart?'

De glimlach van de Pakistaanse vervaagde. 'Een ogenblikje, alstublieft.' Ze stond op, liep naar een met glas afgeschoten kantoortje en sprak met een wat oudere man, eveneens een Pakistaan. Die wierp een onderzoekende blik in Myriams richting en greep naar de telefoon. Een hele tijd later legde hij de hoorn neer en de Pakistaanse kwam terug bij Myriam.

'Het spijt me, mevrouw', zei ze. 'We kunnen u niet helpen. Misschien kunt u beter rechtstreeks op de luchthaven informeren.' De openhartige uitdrukking in haar ogen had plaatsgemaakt voor een gesluierde blik, waarin iets lag dat Myriam niet begreep. Schuldbewustzijn? Of was het een waarschuwing?

Verbaasd en ook een tikkeltje ongerust verliet ze het kantoor.

Buiten bleef ze een ogenblik aarzelend staan, overmeesterd door de plotselinge overgang van koelte naar vochtige hitte.

Ze vroeg zich af wat ze in dit olieland was komen zoeken. Aan de overkant stond een auto die geleek op de limousine van Nasser Car Hire Company.

Er was nauwelijks enig verkeer.

Ze stapte op de zo goed als verlaten rijweg.

Toen ze bijna in het midden was kwam een taxi van de andere kant aangereden en zwenkte brutaal in haar richting.

Myriam uitte een kreet en probeerde opzij te springen.

De taxi remde precies op tijd.

De chauffeur stak zijn hoofd door het raam en grijnsde.

'Taksie, miss?'

'No! Thank you!' snauwde Myriam, boos om de al te onstuimige manier waarop de man zijn diensten had aangeboden.

Ze wilde voortgaan, maar zag tot haar ergernis dat de vermeende limousine van Abdullah er niet meer stond. Ze besloot tot aan het kruispunt met de volgende straat te lopen. Daar was druk verkeer en een taxistand kon niet zo ver zijn.

De chauffeur achter haar zei: *'Doktoor Dietzie wants speak you, missie. He send me.'*

Myriam draaide zich met een ruk om.

'Waarom zeg je dat niet meteen? Waar is hij?'

De chauffeur spreidde de handen breeduit. '*Mina Sadiyat. Thirtie minutes. I drive. He pays.*'

Myriam ging op de achterbank zitten. In de luchtgekoelde auto was de temperatuur in elk geval beter te verdragen dan buiten.

De chauffeur zwenkte opnieuw, reed over de middenberm, sneed een van rechts komende autobus brutaal de pas af en joeg de motor in een te lage versnelling naar een te hoog toerental.

'Hé', zei Myriam. *'I'm not in a hurry to die.'*

De chauffeur draaide zijn hoofd om en wees op de radiocassettespeler. *'American stereo. Fourhundred dollars.'* Hij duwde er een cassette in, draaide de volumeknop open en de Simple Minds vulden de kleine ruimte.

'Not so loud, please', vroeg Myriam tegen het lawaai in.

De chauffeur keek achterom, grijnsde een gouden hoektand bloot en maakte een teken met de duim omhoog.

'Oké?'

Ze berustte in haar lot.

De chauffeur bleef snel en ongedisciplineerd rijden. Ze merkte op dat hij haar voortdurend in zijn spiegel zat te observeren, zonder zijn ogen af te wenden als ze naar hem keek. Het zou hem dan ook niet al te dikwijls overkomen dat hij een ongesluierde westerse vrouw als passagier had.

Ze kwamen aan de zee en draaiden linksaf, reden de met palmen en bloemperken versierde Corniche Road op, en passeerden de Clock Tower en de luxueuze gebouwen waarin de ministeries van de Emiraten en de Amerikaanse ambassade gevestigd waren. Ze merkte op dat ze in de tegenovergestelde richting van Dubai reden, want de zee lag dit keer aan haar rechterkant.

Toen ze de stad verlieten en de Corniche Road overging in

een brede kustweg, werd het verkeer minder en alsof hem dat geruststelde ging de chauffeur wat kalmer rijden. Hij verminderde ook het volume van de cassettespeler.

Daardoor kreeg Myriam gelegenheid na te denken.

Arafat was vannacht bij haar gekomen en had met geen woord over zijn vrouw gesproken.

Toch wist hij dat ze op de hoogte was van zijn huwelijk. Hij wist dat ze bij hem thuis was geweest. Hoe zou hij anders geweten hebben dat ze in het Sheraton Hotel logeerde?

Eén ding was zeker. Die dag op het strand in Knokke had hij tegen haar gelogen toen hij haar vertelde dat hij niet getrouwd was. Was dat zijn enige leugen geweest?

Of was het leven zo eenvoudig voor hem? Waren vrouwen voor hem slechts gebruiksvoorwerpen?

De laatste weken had ze alles gelezen wat ze over de Arabische cultuur te pakken had kunnen krijgen. Ze herinnerde zich een algemene bepaling over de echtelijke betrekkingen die aan gelovige mannen onvoorwaardelijk werd opgelegd. *Gij kunt u al naar de grootte van uw vermogen vrouwen nemen, maar trouwt zoals het behoort en begaat geen hoererij.*

In hoeverre had dit voorschrift met hun verhouding te maken?

En had ze ook niet gelezen dat westerse oriëntalisten de vierde soera van de koran interpreteerden als volgt: *Overlegt goed en neemt slechts één, twee, drie en ten hoogste vier echtgenoten. Vreest gij ook dan nog onrechtvaardig tegenover een vrouw te handelen, leeft dan met slavinnen die gij kunt kopen. Zo zult gij niet gemakkelijk van de rechte weg afdwalen.*

De hoeveelste echtgenote was zij van Arafat? Of was ze zijn maîtresse? De slavinnen van de twintigste eeuw.

Ze wist nog zo weinig van hem. Thuis had ze hem nooit zien bidden, maar had hij hier dezelfde leefregels? Ze wist niet eens of hij al dan niet een vroom man was.

Maar hoeveel wist ze van zichzelf?

Waarom had ze de hele nacht gefascineerd naar oude legenden en verhalen over Palestina liggen luisteren, zonder hem één enkele keer te onderbreken en hem om rekenschap te vragen?

En waarom had ze hem niet verteld dat ze zwanger van hem was?

Opeens werd ze zich bewust dat ze niet meer langs de kustweg reden. De straatweg was smaller en aan beide kanten zag ze lage zandduinen, afgewisseld met een vlakke bodem van gips, zand en slib, gedroogd tot een harde, oneffen gebarsten korst. Dit moest het begin van de *sebkha's* zijn.

Ze probeerde zich de landkaart voor de geest te halen, maar kon zich niet herinneren hoever de zoutvlakten van Abu Dhabi verwijderd waren.

Op haar horloge zag ze dat ze al bijna twee uur onderweg waren.

Zonder vaart te minderen draaide de chauffeur naar links en reed de zoutvlakte op. De wagen schudde en schokte over de ruwe oneffenheden. Nu begreep Myriam waarom er zoveel wrakken van relatief nieuwe auto's op de autokerkhoven stonden.

'Hoever nog?'

De chauffeur deed alsof hij haar niet hoorde. Of misschien kende hij onvoldoende Engels. Ze pakte haar pocket-taalgidsje uit haar handtas.

'Baäiéd addi ee?'

Hij knikte geruststellend en duwde het gaspedaal dieper in.

Een paar kilometer verder werd de bodem zanderiger, maar nu reden ze over een slingerende piste tussen zandheuvels.

Op het moment dat haar onrust in echte vrees begon om te slaan, stopte de taxi voor een verveloze traliepoort in een metershoge tuinmuur. Door de spijlen van de poort zag ze een alleenstaand vierkant gebouw, twee verdiepingen hoog, opgetrokken uit grote van klei gebakken stenen, omgeven door een schaars begroeide tuin. De ramen van het huis waren met ijzeren tralies beveiligd, zodat het de indruk wekte ooit een fort te zijn geweest. Op het dak van het ouderwetse gebouw stond een moderne schotelantenne.

De chauffeur leunde op zijn claxon.

Van achter de muur verscheen een man in een groen uniform, een Walther ppk-pistool in open holster aan de heup. Hij morrelde met een sleutel in het slot, schoof onder en boven een grendel opzij en opende de poort.

'Waar zijn we?' vroeg Myriam. Ze hield de chauffeur haar boekje onder zijn neus. *'Ihna feen?'*

De chauffeur bleef zonder te antwoorden voor zich uit kijken. Zodra de poort helemaal open was, reed hij naar binnen, over een zanderige weg door de tuin naar de achterkant van het gebouw.

Daar stonden twee gesloten Range Rovers naast een Alouette III.

Ze vroeg zich af wat Arafat in deze omgeving te maken had.

Een tweede man in uniform opende het portier van de auto.

'Taa èèla, law samaht.'

Uit zijn beleefde toon en het uitnodigende gebaar maakte Myriam op dat hij vroeg hem te volgen.

'Doktoor Dietzie?' vroeg ze, de Arabische uitspraak imiterend.

Hij knikte. *'Ajwa.'*

Ze liep achter hem aan door een korte brede gang met in fel geel en groene kleuren beschilderde deuren en vervolgens een – in de groene kleur van de islam geschilderde – brede stenen trap op.

Het huis rook naar wierook en sandelhout, een geur die haar overal leek te achtervolgen.

Op de bovenverdieping bracht hij haar naar een ruime, met kostbare tapijten belegde ontvangstkamer. Aan de andere kant van de kamer stond een klein bureau in mahoniehout. Aan de muur hing een zeldzaam wandtapijt, waarop verzen uit de koran waren geborduurd.

Achter het bureau zat Abbas Al Fahim.

'Kom binnen', zei hij grijnzend.

Op een staander naast hem zat een valk die een schrille kreet uitte toen ze over de drempel stapte.

Myriam bleef verbijsterd staan.

'Je hoeft niets te vrezen', zei Al Fahim. 'Deze Al Hur-valk pikt je ogen niet uit voor ik hem daartoe het bevel geef.'

De valk bewoog en ze zag dat hij met een leren riem aan de staander was vastgemaakt.

Aarzelend deed ze een paar stappen. Haar gedachten tolden in het rond.

Hoe kon Fahim hier nu al zijn? Een paar uur geleden was hij nog in het kantoorgebouw van het ADAD.

Tenzij met de helikopter?

Fahim droeg een purperen, met goudstiksels versierde *abaya* en op de dubbele zwarte band van zijn hoofddoek prijkte het insigne van de Emiraten, een gouden valk met de rood en witte *dowl*. Tussen de plooien van Fahims openhangende *abaya* zag ze het fraai bewerkt handvat van een krommes.

Hij zat kaarsrecht, trots en heerszuchtig zoals de sjeiks of oude wijze mannen van zijn voorouderlijke bedoeïenenstam het duizend jaar voor hem hadden gedaan.

Alleen zat hij niet op een kussen, maar in een comfortabele leunstoel.

'Waar is Arafat?' vroeg Myriam.

Al Fahim wees op een stoel die twee meter voor het bureau stond.

'Ga zitten.'

Ze bleef weifelend staan.

'Ik wil niet met u praten voor ik Arafat heb gezien', antwoordde ze.

Zijn ogen bliksemden even. 'Het is zowel voor jou als voor hem beter dat je mij gehoorzaamt. Als ons gesprek me voldoet, kun je later misschien naar hem toe.'

Zijn stem was minder haatdragend dan bij hun vorige ontmoetingen – misschien omdat hij het hier voor het zeggen had – maar voor Myriam was ze des te angstaanjagender.

De valk wipte even op en Myriam ging zitten op de aangewezen plaats.

Al Fahim haalde zijn krommes tevoorschijn en prikte ermee in een schaal met dadels.

Ze vermeed het om naar het glanzende staal te kijken. Hij wil me intimideren, dacht ze. Ik laat me niet bang maken.

Bedachtzaam bracht hij het mes naar zijn mond en beet in een dadel.

'Om te beginnen ga je me de *echte* reden vertellen waarom ik bij het NOC geen toegang kreeg tot de BR2.'

'Goeie genade,' zei Myriam, min of meer sarcastisch, 'daarover gaat u toch niet blijven donderjagen.'

Bij Al Fahim kon er geen lachje af. Hij wees op een met Arabische teksten beschilderd paneel. 'Weet je wat dit betekent?'

Myriam schudde ontkennend het hoofd. Ze kon het ene Arabische letterteken niet van het andere onderscheiden.

Al Fahim citeerde: *'Berispt de vrouwen van wie gij vreest dat zij uw gedrag zullen vertoornen, sluit ze op in hun vertrekken en tuchtigt hen.'* Hij keek haar aan met een donkere blik. 'Het zijn woorden die aan de profeet worden toegeschreven. Ze zijn nog altijd van toepassing.'

In deze omstandigheden oordeelde Myriam dat bakzeil halen geen schande was. 'Luister, meneer Al Fahim,' zei ze, 'u weet toch ook wel dat de experimentele programma's van de BR2 geclassificeerde informatie bevatten die ook voor militaire doeleinden zouden kunnen worden aangewend.'

'We hadden de toestemming van het Internationaal Atoomenergieagentschap in Wenen', antwoordde Al Fahim nors.

'Die geldt nooit wat het veiligheidsaspect betreft. Daarvan wordt de interpretatie aan het hoofd van de kerncentrales of de studiecentra overgelaten.'

'In dit geval, je vader.'

'Precies.'

'Die wel een soortgelijke toestemming gaf aan Arafat bin Moestafa Dissie.'

'O nee, meneer Al Fahim. Arafat mocht enkel de onderdelen van het programma bijwonen die betrekking hadden op medische radio-immunologie.'

'Je liegt! Dat was een dekmantel. Hij mocht het programma naar believen bijwonen. Je vader favoriseerde hem. Een Palestijn nog wel!'

Dit was al te gek. Al Fahim had Richard nog wel voor racist uitgescholden.

Ze probeerde het rustig aan. 'Geef me één goede reden waarom mijn vader eensklaps pro-Palestijns zou zijn, meneer Al Fahim.'

Hij kneep zijn ogen halfdicht. 'Eerst dacht ik dat jij hem ertoe had overgehaald in opdracht van Dissie. Sommige westerse vrouwen doen alles voor hun minnaar. Later begreep ik dat het een politiek manoeuvre was.'

Myriam viel van de ene verbazing in de andere.

'Politiek manoeuvre? Door wie?'

'Dat is nu precies wat jij mij zult vertellen.'

Hij wachtte op haar uitleg. Myriam zat er een ogenblik verwezen bij. Toen besloot ze open kaart met hem te spelen. Ze had uiteindelijk niets te verliezen.

'Luister, meneer Al Fahim. We hadden er lucht van dat er een miljoenenzwendel aan de gang was tussen het NOC en het ADAD in verband met het dumpen van waste in de Rub'al-Chali. Ik ben met onze financiële directeur hiernaartoe gekomen om het uit te zoeken. Zodra we meer weten, ben ik best bereid het u te vertellen.'

'Miljoenenzwendel?' Fahim trok een ongelovig gezicht. 'Maak dat maar aan je grootje wijs. Bij het NOC misschien. Niet bij het ADAD. Ik zou ze eigenhandig hun handen afhakken.'

'Een goede reden voor de schuldige om het voor u verborgen te houden', opperde Myriam.

Ze zag dat hij haar wilde afsnauwen, maar opeens leek het of hij zich bedacht. Hij verliet zijn bureau, ging op een brede zitbank tegen de muur zitten en keek haar nadenkend aan.

'Eigenlijk kan het geen kwaad je iets over ons land te vertellen', zei hij. Hij klapte in zijn handen en ogenblikkelijk verscheen in de deuropening een bediende, gekleed in een gestreept katoenen kleed en zonder hoofddoek.

Toen hij in haar richting keek, had ze moeite haar afschuw te bedwingen. De man had nog slechts één oog en naast de lege oogkas had hij een nauwelijks geheeld litteken, dat aan zijn gezicht een groteske vorm verleende.

'Dit is Aladin', zei Fahim. 'Hij is niet zo'n goeie maatjes met mijn valk.'

Aladin zette een blad met een bewerkte koperen kan en glazen op de salontafel en schonk in voor Al Fahim. Met een achteloos gebaar beduidde die ook voor Myriam in te schenken. Ze rook de sterke geur van de traditionele zoete muntthee.

Al Fahim dronk van zijn thee en kauwde op een zoetigheid. Hij nam een potlood en bracht het in de buurt van de valk. Het beest hakte erin met zijn snavel en het potlood brak in twee stukken.

'Ik neem aan dat je weet dat ik een prins van de Beni-Yasstam ben.'

Myriam knikte.

'De leden van mijn clan hebben trouw gezworen aan Zijne Hoogheid Sjeik Zayed, die ook president is van de Emiraten, maar Murtadd wil...'

'Murtadd?' vroeg Myriam geschokt.

'Ja, Murtadd. Dat is de naam van onze beweging. Ons doel is de oude waarden in ere herstellen. Mijn land is rijk door de olie die Allah voor ons onder het zand heeft bewaard. Daardoor kunnen we onze minder bedeelde landgenoten, die jullie de *locals* noemen, gratis huisvesting en gezondheidszorg verschaffen.' Hij schoof zijn theeglas opzij, leunde voorover en steunde met beide handen op de salontafel. 'We geven hun zelfs dotaties om een bruidsschat te betalen en de jongeren krijgen een behoorlijk salaris om te studeren. Kortom, niemand hoeft nog te werken. We *laten* het werk verrichten door Aziatische gastarbeiders en westerse of Palestijnse experten, *expas*.' Het laatste woord spuwde hij met verachting uit.

'Jullie zijn dus een gelukkig volk', zei Myriam.

'Omdat Allah het zo heeft gewild. Uit eerbied voor zijn wil neemt mijn clan zich voor ons volk opnieuw te leren werken. Zodat we alle vreemdelingen naar huis kunnen sturen, nog voor de olievoorraden uitgeput zijn.'

'Een begrijpelijk, maar daarom niet gerechtvaardigd initiatief,' vond Myriam, 'ook in onze landen zijn er mensen die de gastarbeiders...'

Al Fahim stak gebiedend een hand omhoog. 'Wees op je hoede, Myriam Dachner. Geen racistisch commentaar. Het gaat hier om de toekomst van mijn volk.' Hij vervolgde zijn tirade. 'Jake Corbelle kwam met een voorstel en iedereen was het er in grote trekken mee eens: de atoommogendheden, Euratom, de Verenigde Naties, Wenen. Achter de schermen werd een *package deal* gesloten.' Hij zwaaide nu heftig met zijn handen zodat hij zijn theeglas omverstootte en de thee over het tapijt stroomde. Zonder erop te letten ging hij voort. 'Het NOC zou een kernreactor installeren en de Emiraten zouden voor een geschikte bergplaats zorgen voor het Europees radioactief afval.'

Myriam zat met open mond te luisteren.

'Maar Murtadd wil niet dat we afhankelijk zouden worden van vreemdelingen en ongelovigen. Daarom willen we onze eigen kerngeleerden opleiden, onze eigen kernreactoren hebben en...'

'Uw eigen atoombommen produceren', vulde Myriam aan.

Al Fahim strekte zijn rug en keek haar dreigend aan. 'Desnoods. Of is dat een exclusief voorrecht van joodse imperialisten?'

Myriam zweeg.

'En toen kwam Aboo Alhawl er zich mee bemoeien', zei Al Fahim op dramatische toon.

'De Palestijnen?' vroeg ze ongelovig.

'Precies!' Al Fahim keek haar vanonder zijn zware wenkbrauwen zo fel aan dat Myriam een koude rilling over haar rug voelde lopen. 'Aboo Alhawl is een ondergrondse beweging van Palestijnse intellectuelen', zei hij met een venijnige trek om zijn mondhoeken. 'Ze zijn in alle belangrijke posities in de Arabische landen geïnfiltreerd.'

Onbewust stelde Myriam zich verdedigend op voor de Palestijnen. 'Ik was van mening dat ze hun intellect en hun werklust ter beschikking stelden van de gastlanden waarin ze leven.'

Al Fahim ging ongestoord verder. 'Al hun agenten zijn dokters, ingenieurs en professoren die ze over de hele wereld uitsturen om inlichtingen te verzamelen over atoomenergie.'

Myriam wist dat de vroegere stammentwisten hadden plaatsgemaakt voor onderlinge rivaliteit, maar dit leken haar pure verzinsels.

'Hun doel is zich meester te maken van de kernreactor zodra er een in de Emiraten of in Saoedi-Arabië geïnstalleerd is', vervolgde hij. 'Hun invloed in onze regeringskringen zal dan zo groot zijn dat de autochtonen van geen betekenis meer zullen zijn.'

'Dat lijkt me nogal overdreven', vond Myriam.

'Je mening wordt niet gevraagd', zei Al Fahim. 'Hun invloed

bij het ADAD is al zo groot dat mijn medezeggenschap in de raad van bestuur erdoor in gevaar komt.'

'Ik zie nog altijd geen verband met het NOC', zei Myriam.

'Aangezien jij beweert dat er een zwendelaffaire aan de gang is tussen het NOC en het ADAD, zou het me niet verbazen dat die werd opgezet door Aboo Alhawl.' Hij knikte met het hoofd, zeker dat hij de oplossing had gevonden. 'Zo verkregen ze geld voor hun organisatie en tevens macht over het NOC.'

'Over het NOC? Hoezo?'

'Dat ligt voor de hand. Chantage. Als het NOC eenmaal met de zwendel had ingestemd kon het niet meer terug. Zo heeft Aboo Alhawl het NOC gedwongen mij buiten het BR2-programma te houden en Dissie erin toe te laten.'

Myriam geloofde er geen woord van. Ze schudde het hoofd.

'Dat is meer dan steekpenningen of commissielonen aanvaarden. Niemand zou zich bij ons met zulke praktijken inlaten.'

'Toch wel', zei Al Fahim vals.

'Zo. Wie?'

'Je vader!'

Myriam sprong op. 'Nooit! Ik zou het weten.'

'O ja?' siste hij. 'Zou hij het je vertellen?'

Terneergeslagen ging ze zitten. Misschien niet, dacht ze.

Ze vermande zich. Al Fahim moest vooral niet denken dat ze geloof hechtte aan zijn theorie. Ze haalde haar zakspiegeltje en lippenstift uit haar handtas en werkte haar lippen bij. Gelukkig zag ze er helemaal niet bleek uit. Ze knipte haar tas dicht en keek Al Fahim onverschillig aan.

Die zat haar te beloeren zoals een slang zijn prooi.

'Wat heeft Arafat met dit alles te maken?' vroeg ze.

Hij zei hatelijk: 'Het zou me niet verbazen als hij een van de toonaangevende figuren is bij Aboo Alhawl.'

Na al de aantijgingen die ze van hem had gehoord, verbaasde deze haar nog het minst. Het ging duidelijk allemaal om rivaliteit tussen twee politieke groepen.

Ze trok een gezicht of het haar niet kon schelen.

'Als dat zo is, dan kan ik het ook niet helpen.'

'Toch wel', zei Al Fahim voor de tweede keer in een korte tijdsspanne. 'Jij zult mij helpen hem te ontmaskeren.'

‘Ontmaskeren? Hoe?’

‘Door als lokaas te fungeren.’

De verbijstering moest duidelijk op haar gezicht te lezen zijn. ‘Lokaas, zegt u?’

Ze zag dat hij genoot van zijn macht.

‘Precies, ja. We laten hem weten dat we je gegijzeld hebben en geven hem twee weken om te zorgen dat ik opnieuw in het BR2-programma word opgenomen.’

‘Maar... maar meneer Al Fahim. U verbeeldt zich dat alles. Dokter Dissie is niets meer dan een chirurg die in het Mafraq Hospital werkt. Hij heeft geen invloed op het beleid van het NOC.’

Al Fahim lachte gemeen. ‘Hij kan je vader inlichten dat je leven in gevaar is. Dit keer hoeft hij hem niet te chanteren.’

‘U bent gek’, zei ze.

Hij bewoog zijn wang alsof hij wat resten van de verorberde zoetigheid uit zijn kiezen haalde. ‘Er is natuurlijk nog een mogelijkheid.’

‘En die is?’

Hij grijnsde gemeen. ‘Dat jouw dierbare Arafat je zonder meer aan je lot overlaat.’

Ze probeerde hem dreigend aan te kijken, maar Al Fahim kwam niet onder de indruk. Hij gebaarde met zijn hand naar de deuropening. ‘Aladin zal je naar je kamer brengen.’

Ze stond op.

‘Allemaal goed en wel,’ zei ze, onverschilligheid voorwendend, ‘maar wat gebeurt er met mij als uw spelletje uitgespeeld is?’

Het bleef even stil.

‘Insha’Allah’, zei hij. ‘Zoals de Heer het wil. Je hebt nog twee weken. Daarna...’

Zijn ogen bleven rusten op de valk en werden kil en starend. Als om zijn woorden kracht bij te zetten, klapperde de roofvogel met zijn vleugels en krijste angstaanjagend.

Myriam vluchtte de kamer uit.

Abbas Al Fahim was stapelgek!

Krankzinnig!

Tien minuten nadat ze haar naar haar kamer hadden gebracht, hoorde ze een zware motor aanslaan en het floepende lawaai van rotorbladen. Ze haastte zich naar het raam om de helikopter te zien opstijgen. De piloot was een van de twee mannen in uniform. Naast hem zat Al Fahim en ze meende te zien dat hij spottend naar omlaag keek.

Het toestel zette koers in oostelijke richting en toen het uit het gezicht verdwenen was, maakte paniek zich van haar meester. Ze ging op de rand van het bed zitten en de tranen sprongen haar in de ogen. Nu Al Fahim weg was, was ze alleen in dit huis met Hamed, de bewaker, en Aladin, de man met het misvormde gezicht. Voor zover ze wist, kende geen van beiden een woord Engels. Voor hij vertrok was Al Fahim naar boven gekomen en had haar vanop de overloop de les gelezen. Ze mocht vrij in het huis en binnen de ommuurde tuin rondlopen, maar iedere poging tot ontsnappen zou met tuchtiging worden bestraft. Met een kwaadaardige tinteling in zijn ogen voegde hij eraan toe: 'De vorm van deze straf moet elk van de mannen naar eigen believen vaststellen.'

Myriam rilde als ze eraan dacht wat dit kon betekenen.

Gelukkig hadden ze haar haar handtas laten behouden. Al Fahim had die wel ondersteboven gedraaid, op zoek naar wapens, maar had zich beperkt tot het confisqueren van een nagelvijltje.

Nu moest ze vooral naar de wc. Hoewel ze tegen haar zin ging rondlopen, pakte ze haar handtas en besloot op onderzoek te gaan.

Zodra ze haar kamer had verlaten, begreep ze waarom ze zich vrij mocht bewegen. Geen enkele deur kon met een sleutel afgesloten worden. Het sluitwerk beperkte zich meestal tot een ouderwetse knip, die van beide kanten kon worden geopend.

Haar kamer was op de tweede verdieping. Op de korte overloop waren nog drie deuren, die allemaal openstonden. Een van de vertrekken was een slaapkamer zoals de hare, met bed, kleerkast en een tafel met een stoel. Een andere, kleinere, was meer een rommelhok, met op de vloer een vuile matras en dekens in wanorde op een hoop. Om een of andere reden veronderstelde ze dat het de kamer van Eenoog was.

De derde deur was die van de badkamer. Er stond een ouderwetse badkuip op hoge poten, een vuile wastafel en er hing een gebarsten spiegel aan de muur. Geen wc.

Ze draaide een kraan van de wastafel open. Geen water.

Ze liep een smalle stenen trap af naar de eerste verdieping. Die was breder uitgebouwd. De kamer waarin Fahim haar had ontvangen, was alleen al zo groot als de hele tweede verdieping. De valk zat bewegingloos op zijn stok met een leren kap over zijn kop. Daarnaast was een tweede salon, bemeubeld met lage zitmeubelen, waarnaast waterpijpen stonden en een ronde ruwhouten tafel met stoelen. Aan de muren hingen doedelzakken van geitenhuiden, trommels en fluiten en ook *kangars*, korte kromme messen met versierde zilveren of gouden handvatten, die dateerden uit de tijd toen Abu Dhabi nog een piratenkust werd genoemd.

Beneden hoorde ze het geluid van een tv.

Ze liep de brede stenen trap af naar de benedenverdieping.

Vanuit de openstaande deur van de keuken staarden de twee mannen haar aan met blikken alsof ze bezig waren haar uit te kleden.

Ze deed of ze het niet merkte.

'Het spijt me dat ik jullie moet storen', zei ze min of meer gegeneerd. 'Ik ben op zoek naar het kleinste kamertje.'

Hamed wendde zijn hoofd af en Aladin begon haar met zijn ene oog te verkrachten.

Ze pakte haar pocket-taalgids uit haar handtas en zocht onder hotel. 'Waar is het toilet?'

Er kwam geen reactie.

Ze wees naar de regel in het boekje. Geen van beiden keek ernaar. Misschien konden ze niet eens lezen.

Ze probeerde het opnieuw, liet de ee-klank langer duren en de r meer rollen: *'Feen dort ilmajje?'*

Hamed stond op en wenkte om hem te volgen. Ze liepen door de achterdeur naar buiten. Hij wees naar een deur in het achterhuis en liet haar alleen.

Opgelucht trok Myriam de deur open.

Een wolk van blauwzwarte vliegen golfde naar buiten.

Samen met de stank van al wat naast het gat was gevallen.

Naar lokale gewoonten was de wc niet meer dan een gat in de vloer.

Een plotseling opkomende misselijkheid dwong haar de deur te sluiten.

Woedend liep ze naar binnen.

De twee mannen zaten naar de tv te kijken.

Ze haalde haar zakboekje uit haar tas. '*Wisich!* Vuil!' zei ze kwaad. 'Ik wil dat je schoonmaakt.' Ze bladerde opnieuw. '*Tandiéjf!* Schoonmaken! Begrepen!'

Ze zaten er wat verbouwereerd bij.

Toen het tot hen doordrong wat ze wilde, verscheen er een lichte grijns op Hameds gezicht, maar dat van Aladin vertrok in een boze grimas. Hij stond op, maar werd tegengehouden door een bevel van Hamed. Tegen zijn zin haalde hij een plastic teil tevoorschijn en plaatste die op het aanrecht onder een kraan. Daarna draaide hij een schakelaar om en ze hoorde ergens een elektrische pomp in beweging komen. Even later vulde de teil zich met water.

Aladin droeg het water naar de wc, kieperde het over de vuiligheid en smeet de plastic teil tegen de grond. Hij zei iets dat ze niet verstond, maar dat allesbehalve vriendelijk klonk en liep terug naar de keuken.

Myriam liet de deur op een kier staan, zodat er wat verse lucht binnenkwam.

Toen ze klaar was liep ze rond het huis en bleef bij de auto's staan. De twee Range Rovers waren speciaal uitgerust voor het zware werk in de woestijn, met dubbele ijzeren bodemplaten die remleidingen en vitale onderdelen moesten beschermen tegen opspattende stenen en uitstekende rotsblokken. Ze klopte onderzoekend op de jerrycans voor extra water en benzine en die klonken vol.

Toen ze haar hoofd door een van de open raampjes stak, zag ze de contactsleutel in het dashboard zitten.

'*Hèèsib!*'

Geschrokken trok ze haar hoofd terug.

Hamed stond in de deuropening en gebaarde driftig dat ze van de auto's weg moest. Met grote stappen kwam hij naderbij en rukte de sleutel uit het contactslot.

Myriam glimlachte onschuldig en liep de trappen op naar haar kamer.

Ze ging op het bed liggen en dwong zich de situatie onder ogen te zien. De afgelopen maanden had ze een paar opdoffers gehad die haar niet waren bekomen. Het auto-ongeluk, de valpartij met de motor en de brand in De Purperen Barak. Dat waren enkel de fysieke klappen geweest. Moreel had ze ook wat te verduren gehad. De toestand bij het NOC, de beschuldigingen aan het adres van haar vader, haar gespannen verhouding met hem over Arafat en de onverklaarbare rol die deze laatste bij dit alles speelde, zouden iedere zwangere vrouw wel meer kopzorgen gegeven hebben dan goed voor de baby was.

De baby!

Het zweet brak haar uit bij de gedachte dat ze in gevangenschap zou moeten bevallen.

Ze moest hier weg.

En vlug.

Hoe?

's Nachts, als de twee sliepen, de contactsleutel stelen en vluchten met een van de Range Rovers.

De bewakers waren wel ongeletterd, maar daarom nog niet dom en zouden ook wel weten dat dat haar enige vluchtkans was. Ze moest er niet aan denken dat ze haar bij een poging zouden betrappen.

Zoals Aladin haar voortdurend beloerde, hoefde je niet veel verbeelding te hebben om te weten wat voor strafmaatregel hij zou kiezen. Hamed zag er iets minder liederlijk uit, hoewel je het met mannen die lang in afzondering leven nooit kon weten. Had ze niet gelezen dat het sluieren van de vrouw pas een eeuw na de dood van Mohammed was ingesteld, met de bedoeling de vrouw te beschermen tegen het ruwe mansvolk?

Toen ze nog in de States naar school ging, had ze een cursus gevolgd in zelfverdediging bij een aanranding. Dat was lang geleden en ze had haar twijfels of die methoden iets zouden uithalen tegen deze twee zwervers.

Ze pijnigde haar hersenen tot ze, geheel gekleed, op het bed in slaap viel.

Myriam werd wakker toen Aladin op de kamer kwam met eten. Het feit dat ze op bed lag, activeerde zijn verbeelding, want zijn ene oog zette onmiddellijk de verkrachtingsritus in. Ze sprong van het bed, trok haar kleren recht en draaide hem de rug toe.

Hij zette een bord met gekookt geitenvlees, rijst en een kan water op de tafel. Er was vork noch mes bij, dus moest ze eten op de oude islamitische manier: met de rechterhand; de linker was onrein.

Hij bleef nog enige tijd naar haar staan kijken, waarna hij mompelend naar buiten schuifelde.

Het eten was weinig smakelijk, maar Myriam had honger.

Ze dronk van het water, dat een kalkachtige smaak had maar koel was. Waarschijnlijk uit de grond gepompt, dus zou er wel geen gevaar voor een of andere besmetting zijn.

Buiten viel de schemering.

Door de spanningen van de dag had ze veel gezweet en ze voelde zich plakkerig en vuil. Ze had een grote behoefte aan een bad.

Door het huis galmde de islamitische oproep tot het gebed.

'*Salaat, salaat, hoedakoem, Allah!* Gebed, gebed, Allah is jullie leider.'

Even dacht ze dat er een minaret in de buurt was, maar al spoedig realiseerde ze zich dat het van de tv moest komen.

Ze ging aan het raam kijken. De beide mannen hadden buiten hun gebedsmatjes gespreid in de richting van de heilige stad Mekka en bogen zich voorover.

Myriam trok zich terug. Ze wist dat de islamieten hun plichtgebed vijf keer per dag uitvoerden: bij zonsopgang, op het middaguur, in de namiddag, bij zonsondergang en 's avonds.

Dit was het goede moment om een bad te nemen. Ze rekende erop dat Eenoog de elektrische pomp niet zou hebben uitgeschakeld.

In de badkamer draaide ze de badkraan open. Het water kwam sputterend en hoestend uit de kraan. Het zag wat bruin en had de geur van afgesloten putwater, maar het voelde koel aan.

Op de badkamerdeur was geen slot. Ze pakte een haarborstel uit haar handtas en schoof de steel onder de kier van de deur.

Vlug kleedde ze zich uit.
Ze vroeg zich af hoe ze het verder moest stellen zonder verschoning; ze had immers geen kousen, ondergoed of reservekleren bij zich.
Op de wastafel lag een groot stuk witte zeep.
Terwijl het bad volliep, liet ze water in de wastafel lopen en maakte schuim met het stuk zeep. Daarna waste ze zowel haar slipje als haar beha uit en hing ze te drogen aan een koord.
Intussen was de badkuip vol en ze stapte in het water.
Langzaam liet ze zich op haar hurken zakken.
Het voelde heerlijk aan.
Op hetzelfde moment hoorde ze het krassende geluid van de haarborstel, die onder druk van de opengaande deur over de grond schuurde.
Geschrokken draaide ze zich om.
In de deuropening stond Aladin.
Met een kreet sprong Myriam overeind.
De grove zinnelijkheid die uit het ene oog straalde deed Myriam bijna van angst bezwijmen.
'Out!' schreeuwde ze. '*Barra*!'
Het oog gleed met een obscene wellust over haar borsten, haar schaamharen. Door zijn opwinding kreeg het litteken een donkerrode kleur.
Myriam wilde uit het bad stappen om haar kleren te pakken, maar hij was haar te vlug af. Met twee korte passen stond hij voor haar en hij sloeg zijn armen om haar heen.
Instinctief stak Myriam haar beide armen omhoog zodat ze niet in de omarming terechtkwamen. Van de lessen in zelfverdediging was toch iets overgebleven.
De man drukte haar tegen zijn borst met zo'n kracht dat ze dacht dat haar ribben zouden breken.
Alsof ze een veertje was, tilde hij haar uit het water.
Myriam gilde van angst.
Ze duwde het stuk zeep, zacht geworden door het zeepsop maken, in het ene oog en draaide ermee.
Aladin bleef een fractie van een seconde onbeweeglijk staan.
Toen brulde hij als een gewonde stier in de arena.
Hij stootte haar met geweld van zich af en greep met beide

handen naar zijn oog. Myriam viel in het bad, gleed uit en ging kopje onder. Ze hapte naar adem, maar zag toch kans om overeind te komen.

Aladin liep brullend van pijn, volledig verblind en met zijn armen zwaaiend in de badkamer rond. Als hij haar te pakken kreeg zou hij haar zeker vermoorden.

Hamed stond in de deuropening en sloeg het tafereel zwijgend gade. In zijn ogen glom iets dat ze niet kon thuisbrengen. Leedvermaak? Of was het opwinding? Hij uitte wat keelklanken en Aladin liep op de tast naar de wastafel. Toen hij die gevonden had, draaide hij de kraan open en stak zijn hoofd onder de waterstraal.

Myriam besefte opeens dat ze nog volledig naakt was. Ze stapte uit de badkuip en pakte haar kleren.

De blik van Hamed toonde nu onvervalste geilheid.

Ze hield haar kleren voor haar lichaam en stapte op hem toe.

'*Barra*!' gebood ze.

Ze keek hem recht in de ogen. Maak dat je wegkomt, smerig zwijn, dacht ze woest.

Hij aarzelde.

Toen deed hij een stap opzij.

Myriam vluchtte haar slaapkamer in en schoof haar bed voor de deur.

Ze kon haar kleren – zelfs het natte slipje en de beha – niet vlug genoeg aantrekken.

Toen viel ze op het bed en snikte het uit.

17

Om tien uur gingen alle lichten uit. Myriam ging gespannen naast de deur staan. Ze hoorde de twee mannen naar boven komen en naar hun kamer trekken. Het duurde een hele poos voor ze het aandurfde – geheel gekleed – opnieuw op bed te gaan liggen.

Ze vroeg zich af hoe ze zou handelen als een van hen naar haar kamer kwam. Of als ze beiden kwamen...

Ze besloot dat ze vóór alles wilde overleven.

Tien minuten je ogen sluiten en komedie spelen.

Het was alsof die gedachte haar moed gaf. Ten slotte viel ze, uitgeput van angst en zorgen, in slaap.

In de loop van de ochtend werd ze met een schok wakker. De zon was nog niet op, maar in de kamer kon ze al wat voorwerpen onderscheiden.

Ze bleef bewegingloos liggen luisteren.

Uit een van de kamers kwam een snurkend geluid. Voor de rest was het stil in huis.

Zonder enige aanleiding herinnerde ze zich opeens dat ze over een wapen beschikte.

Ze stapte uit bed en graaide in haar handtas.

Tussen de vele toiletbenodigdheden zat de vaporisator. Het was een verstuiver die een drukgas bevatte waarmee je een aanrander vanop een paar meter afstand buiten gevecht kon stellen. Jake had het ding uit Amerika meegebracht en het haar gegeven toen hij pas voor het NOC kwam werken. Ze droeg het al zolang bij zich, dat ze het bestaan ervan was vergeten. De vaporisator zag eruit als een flacon met eau de toilette, daarom had Al Fahim hem bij het fouilleren over het hoofd gezien.

Ze vroeg zich af of hij nog zou werken.

Stel dat het zo was; bleef nog de vraag wat voor uitwerking het gas zou hebben. Zou het een man volledig uitschakelen? Zo nodig twee mannen? Het zou desastreus zijn, als het hen slechts tijdelijk onwel maakte. Tien minuutjes de ogen sluiten zou dan niet meer volstaan.

Terwijl ze de zon langzaam zag opkomen en de kleur van de als bergen zo hoge zandduinen aan de horizon zag veranderen van oranje naar dieprood, bleef ze liggen piekeren over hoe ze het zou aanpakken.

De beste verdediging was nog altijd de aanval.

Maar om aan te vallen moet je moed hebben en Myriam was er niet zeker van dat ze die nog bezat.

Ze hoorde de mannen opstaan en naar buiten gaan voor hun ochtendgebed. Intussen ging ze naar de badkamer en verfriste zich. Daarna ging ze naar beneden.

De mannen zaten aan tafel. Hamed droeg een witte *dishdash* en een rood op witte *ghutra* in de plaats van zijn groene uniform. Om de een of andere reden zag hij er menselijker uit. In de keuken rook het naar versgebakken brood. Hamed schoof haar een stuk plat brood, wat geitenkaas en een kan met geitenmelk toe.

Ze glimlachte hem dankbaar toe.

'*Soekran.* Dank je wel.'

Hij keek wat verstoord.

Ze beet in het brood. Het was knappend en het smaakte. Ze glimlachte opnieuw tegen Hamed.

'*Kwajjis,* lekker,' zei ze, '*soekran.*'

Deze keer glimlachte hij onzeker terug.

Tijdens het eten probeerde ze zijn blik te vangen, maar telkens als ze naar hem glimlachte wendde hij, min of meer verlegen, zijn ogen af.

Na het eten gingen de twee mannen naar buiten en Myriam volgde hen. Ze zag hoe Aladin het geitenhok opende en de geiten begon te melken. Daarna liet hij ze vrij rondlopen in de tuin. De dieren knabbelden aan de weinige grassprieten en doornstruiken.

Hamed liep naar de auto's en startte ze een voor een. Hij luisterde tevreden naar het geluid van de motoren. Na een poosje zette hij ze af. De sleutels borg hij ergens in de plooien van zijn *dishdash.* Daarna ging hij op een bank met kussens aan de schaduwkant van het huis zitten en bleef met halfgesloten ogen voor zich uit staren.

Myriam droeg een stoel naar buiten en oefende haar Arabische woordenschat aan de hand van haar woordenboekje. Af en toe vroeg ze Hamed om bevestiging.

'*Moessakira ala karamak.* Hartelijk dank voor de gastvrijheid.'

Hij keek haar alleen wat wantrouwig aan.

Even later probeerde ze wat anders. 'Hamed, luister. Zeg ik het goed? *Bitismahie aroes maakie?* Dat is toch, wilt u met me dansen?'

Nu was hij erg op zijn hoede, maar Myriam schonk hem haar meest lieftallige glimlach.

Nu dreunde ze de woorden na elkaar.

Vriend.

Saahib.

Vriendin.

Sahba.

Hij keek haar doordringend aan, wilde haar het zwijgen opleggen, maar deed het niet.

Ze lachte hem ondeugend toe.

Vrijgezel.

Eèèzib.

Vrouw.

Mara.

Liefde!

Hoebb!

Hamed keek met een ruk naar haar op. Hij had haar begrepen.

En Myriam had begrepen dat hij het begrepen had.

Vijf minuten later stond hij op en ging met Aladin staan praten.

Hij overhandigde hem een autosleutel.

Myriam stond ook op en liep naar haar kamer.

Ze hoorde de mannen nog een poosje debatteren. Toen

hoorde ze een auto starten en wegrijden. Het geratel van de ijzeren poort die open- en dichtging.

Ze pakte de vaporisator en stelde zich op achter de deur.

Hamed kwam de trappen op en ging naar zijn kamer.

Door de kier van haar deur zag ze hem bezig. Hij sloeg zijn *ghutra* open en parfumeerde zijn haar en zijn baard met uit een koperen brander opstijgende rook van sandelhout. Hij pakte een witte *abaya* en wierp die over zijn schouders.

Toen stak hij de overloop over.

Ze opende uitnodigend de deur van haar kamer.

Trots stapte hij naar binnen. De plooien van zijn kleed streken langs haar gezicht. Myriam voelde haar hart in haar keel kloppen. Hamed bleef in het midden van de kamer staan en keerde zich naar haar, zette stoer zijn borstkas uit en keek heerszuchtig op haar neer.

Myriam maakte een snuivend geluid en wees op zijn baard. 'Mmm. Parfum. Heerlijk.'

Hij hief trots de kin omhoog en waaierde met zijn vingers door zijn baard. '*Itr.* Parfum.'

Ze toonde hem de vaporisator. 'Parfum. Paris', zei ze.

Hij knikte alwetend. '*Paries. Faransaa.*'

Ze bracht de verstuiver onder zijn neus en drukte op de dop.

Er gebeurde niets.

Toen herinnerde ze zich dat er een veiligheid aan de flacon was om onverhoeds verstuiven te voorkomen.

Ze lachte lieftallig en draaide de top van de flacon een keer rechts en twee keer links.

Hamed keek belangstellend toe.

Ze streek langs zijn baard. 'Kom, lieverd,' zei ze, 'haal eens diep adem.'

Dat deed hij.

De vaporisator spoot een gaswolk in zijn gezicht.

Het effect was afschuwelijk.

Hameds ogen puilden letterlijk uit zijn hoofd. Hij probeerde te schreeuwen, maar dat lukte niet. Al wat hij kon uitbrengen waren de hikkende geluiden van iemand wiens longen zijn dichtgeslagen en die geen lucht meer kan krijgen. Hij greep met beide handen naar zijn keel en zijn gezicht werd blauw.

Hamed was bezig te stikken.

Myriam vluchtte in paniek de kamer uit.

Ze stormde huilend de trappen af en liep naar buiten. De Range Rover stond slechts vijftig meter verder. Ze rukte een portier open.

Op het contactslot zat geen sleutel.

Huilend ging ze op de drempel van de auto zitten. De sleutel zat in Hameds zak. Ze moest terug, maar durfde niet.

Toen dacht ze eraan wat er zou gebeuren als Aladin haar hier zo zou vinden. Ze droogde haar tranen en sloop voorzichtig de trappen op.

In de kamer hing een chloorlucht die haar de keel dichtschroefde. Hamed lag met opgetrokken knieën op de grond, zijn rug naar haar toegekeerd.

'Hamed?'

Hij antwoordde niet.

Met haar zakdoek voor haar neus stapte ze voorzichtig over het lichaam.

Aan de wijdopen mond, het vertrokken gezicht en de uitpuilende ogen, star en levenloos, zag ze dat hij geen zachte dood was gestorven.

'Het spijt me, Hamed', zei ze met verstikte stem. 'Dit heb ik niet gewild.'

Ze slikte de opnieuw opkomende tranen weg en dwong zich om in zijn zakken te zoeken. Niets. Ze was verplicht het lichaam op de andere zij te draaien. Daarbij sloeg zijn hand tegen haar been en ze sprong met een kreet van afschuw opzij.

Ze vond de contactsleutel, pakte haar handtas en verliet opgelucht de kamer.

Halverwege de trappen dacht ze aan het wapen. Opnieuw liep ze naar boven en nu raapte ze de vaporisator van de vloer, waar ze hem had laten vallen. Toen ging ze naar Hameds kamer. De Walther ppk hing in de holster over de leuning van de stoel, waarop zijn uniform netjes gevouwen lag. Hoewel ze nog nooit een vuurwapen in de hand had gehad, nam ze het mee.

Toen ze met de auto voor de traliepoort stond, moest ze weer terug om de sleutel te gaan zoeken. Met iedere minuut die voorbijging werd haar angst groter. De chloorlucht was minder en had plaatsgemaakt voor een andere onfrisse geur.

De sleutel van de poort stak in een zak van het uniform.

Een paar minuten later had ze de poort open en reed ze met zeventig per uur over de piste van zand en losse stenen door de woestijn.

Het was tien uur 's ochtends.

Een kwartier later zag ze van de andere kant een zandpluim naderen. Ze stopte. Het was gevaarlijk hier de piste te verlaten. De zandduinen hadden niet meer een rode, maar nu een goudgele kleur en de vlakte van grind en doornige struiken bevatte verraderlijke, door de wind aangedragen zandlagen, waarin de auto in een oogwenk tot aan de assen kon wegzinken.

De zandpluim kwam dichterbij, dansend op de van de hitte trillende lucht, waardoor ze het voertuig zelf niet kon onderscheiden.

Toen ten slotte het grillige voorste deel van de zandpluim ineenvloeide tot de vorm van een voertuig, was de Range Rover al zo dichtbij dat ze aan het gehavende gezicht van de chauffeur Aladin kon herkennen.

De angst maakte zich van haar meester.

Ze schakelde en stuurde de auto de woestijn in. Ze reed zo hard als ze durfde over de ongelijke bodem. Honderd meter verder dook ze een helling van vijf meter af en kwam met de neus van de auto in het zand terecht.

'Rustig nou, Myriam', zei ze hardop. Ze startte de motor, die afgeslagen was, en zette de auto in de achteruit, met vierwielaandrijving. Langzaam kroop hij achteruit de glooiing weer op, waar Aladin met een gemene grijns achter het stuur van zijn Range Rover op haar zat te wachten.

Hij stapte uit en zijn oog glansde van zinnelijke opwinding.

'Ee mana da?' vroeg hij.

Het was niet het moment om in haar pocketboekje naar de betekenis van zijn woorden te gaan zoeken. Voor zover hij het kon beoordelen was ze erin geslaagd te vluchten, maar wat Hamed was overkomen kon hij niet weten.

Hij kwam naar haar kant van de auto en trok het portier open. Myriam duwde hem de loop van het pistool tegen zijn neus.

Hij deinsde verschrikt achteruit. Toen bleef hij staan. Waarschijnlijk zag hij in haar ogen dat ze banger was dan hij.

'Barra!' schreeuwde ze en probeerde moordzuchtig te kijken.

Hij deed een stap vooruit. Myriam richtte boven zijn hoofd en haalde de trekker over. Het pistool gaf zo'n klap dat ze het bijna liet vallen. Aladin liet zijn ooglid wat over zijn oog zakken en gaf verder geen krimp. Hij was allesbehalve een lafaard.

Op de een of andere manier scheen hij te weten dat ze nooit in staat zou zijn iemand bewust te doden. Ze zag aan zijn oog dat hij op het punt stond aan te vallen. Zoals ze het soms in films had gezien, pakte ze het pistool nu met beide handen vast en richtte met gestrekte armen op zijn hoofd.

'Jij of ik, geitenhoeder', mompelde ze.

Aladin nam het risico niet. Hij draaide zich om en liep naar zijn auto. Toen hij er bijna was, kreeg ze een idee.

'Wachten!' zei ze. *'Intizaar!'*

Hij bleef staan, draaide langzaam zijn hoofd om.

Ze liep in een wijde boog om hem heen naar de andere kant van zijn auto, hem voortdurend onder schot houdend, en trok de autosleutel uit het contactslot.

Aladin mompelde een verwensing, maar verroerde niet.

Ze liep achterwaarts naar haar auto, waarvan de motor nog draaide, stapte in en reed weg.

Door het zand dat haar wielen opwierpen, kon ze slechts heel even de eenzame figuur in het vuile, gestreepte katoenen kleed naast de onbruikbare auto zien staan.

Misschien was het zo maar het beste. Ze zou in staat geweest zijn om terug te keren.

Om twaalf uur 's middags wist Myriam dat ze verdwaald was. Haar oriëntatiegevoel was nooit zo heel sterk geweest en door de opwinding had ze de dag tevoren onvoldoende aandacht besteed aan richting en stand van de zon, die nu loodrecht boven haar hoofd stond. Ze had een witglimmende zoutvlakte bereikt met in de verte kalksteenachtige bergen in de vorm van paddestoelen. De bodem van de vlakte vormde een oneffen macadamachtige korst die, van waar ze zich bevond, goed berijdbaar leek.

Ze wist alleen niet in welke richting.

Toen ze wilde doorrijden, sloeg de motor af. Ze startte en hij sloeg niet aan. Nu de airconditioning ophield te werken voelde ze voor het eerst de onmenselijke hitte.

'Geen paniek', zei ze hardop. Ze begon een talent te ontwikkelen om in zichzelf te praten. 'Misschien moet de motor wat afkoelen.'

Ze opende het handschoenkastje, op zoek naar iets dat haar zou helpen, een kaart, een kompas of iets dergelijks.

In het kastje zat een mobilofoon.

'Wel heb ik van m'n leven,' zei ze, 'midden in de woestijn.'

Ze drukte de oproepschakelaar in. Het ding werkte. Bedachtzaam zette ze het weer af.

Ze wist niet welk nummer ze moest intoetsen.

Ze bestudeerde het toetsenbordje. Onderaan waren drie toetsen met Arabische letters. Een gele, een groene en een rode. De rode zou haar waarschijnlijk direct in verbinding stellen met een hulpdienst of met de politie.

De politie was wel de laatste met wie ze contact wilde. Hoe zou ze moeten verklaren dat de dood van Hamed een ongeluk was?

Ze zette het toestel weer aan en drukte op de groene toets. Bijna onmiddellijk hoorde ze een oproepsein.

'*Al istilèèmèèt*', zei een mannenstem. Ze had verbinding met de inlichtingendienst van het radiotelefoonnet van Abu Dhabi.

'Spreekt u Engels?' vroeg ze.

'*Certainly, miss.* Waarmee kan ik u van dienst zijn?'

'Kunt u me doorverbinden met het Mafraq Hospital? Ik wil dokter Arafat Dissie persoonlijk spreken.'

Drie minuten later had ze Arafat aan de telefoon. Zo eenvoudig was het.

Zonder namen te noemen vertelde ze hem in een paar woorden wat er was gebeurd.

Hij was vreselijk opgewonden.

'Waar ben je? Kun je vrij spreken?'

'Jaja. Ik ben vrij, maar ben hopeloos verdwaald.'

'Zozo.' Zijn stem klonk argwanend. 'Weet je de naam nog van het restaurant waar we onze eerste dag hebben gegeten?'

'Tops, Arafat.'

'Oké,' zei hij, duidelijk opgelucht, 'vertel me waar je bent.'

'Ik weet het werkelijk niet, Arafat', zei ze wanhopig. 'Ik zit midden op een zoutvlakte in een Range Rover die het niet doet en ik geloof dat ik gek word van angst.'

'Rustig, Myriam, rustig. Ik kan je met radiopeiling laten opsporen, maar dat duurt wel even. Heb je water?'

'Een hele jerrycan.'

'Goed. Blijf aan de lijn. Ik ga met een ander toestel de hulpdiensten waarschuwen.'

'Wacht even, Arafat. Geen politie, asjeblieft.'

Hij vroeg niet waarom. 'Probeer me dan uit te leggen waar je bent. Wat voor route heb je genomen? Beschrijf je omgeving.'

Ze was volkomen in de war. 'Een zoutvlakte. Een eind van hier zie ik bergen die op paddestoelen gelijken. Verder niets.'

Opeens lachte hij. 'Je hebt de plaats wel gekozen. Die paddestoelachtige bergen zijn de enige geologische bezienswaardigheid van de Emiraten. De olieboortorens niet meegerekend. Ik kom je halen. Blijf waar je bent en ga niet van de auto weg. Allah behoede je.'

Een halfuur later hoorde ze de helikopter, maar kreeg hem niet direct in het zicht. Ze was blij, want helemaal zeker was ze niet geweest dat ze haar zouden weten te vinden. Ze had wel voldoende water in de auto, maar geen voedsel en wist niet hoelang men het zonder eten kan uithouden.

Toen stierf het lawaai weg en Myriam werd bang.

Ze had nog één keer geprobeerd de motor te starten om de airconditioning aan de gang te kunnen houden, maar op aanraden van Arafat had ze het daarbij gelaten. Het ergste dat haar nu kon overkomen was een lege batterij, waardoor ook de mobilofoon niet meer zou werken.

De metalen delen van het koetswerk werden zo heet dat ze er zich bij aanraking aan zou branden.

Nu sloeg ook haar fantasie op hol.

Ze herinnerde zich opeens de filmbeelden uit haar kinderjaren over rondzwervende nomaden met kromme zwaarden en lange geweren, die reizigers overvielen en de blanke vrouwen op hun kamelen meevoerden.

De opluchting was groot toen ze de helikopter voor de tweede keer hoorde. Nu kon ze in de verte een donkere stip ontwaren. Ze ging op de motorkap staan en zwaaide met haar handtas.

Hij had haar gezien en kwam snel dichterbij.

Ze danste van vreugde op de motorkap.

De helikopter bleef even boven haar hangen en verblindde haar met het opwaaiende zand van de door zijn wentelwieken veroorzaakte luchtverplaatsing.

Toen landde hij zacht op korte afstand van de Range Rover en het turbulente lawaai verminderde tot het zachte gezoef van de stationair draaiende rotor.

Naast Arabische lettertekens las ze een opschrift in Romeinse letters op de zijkant van de romp: Atomic Departement of Abu Dhabi.

Daaronder in kleinere letters: Alouette III.

In het nog opstuivende zand kwam een man in een groen safaripak met gebogen hoofd naar haar toe.

Pas toen hij bij haar was, herkende ze Abbas Al Fahim, zijn haar steil omhoog door de wervelwind.

Het gevaar dat haar dreigde, drong niet onmiddellijk tot haar door.

'Hoe hebt u me zo vlug gevonden?' vroeg ze verbaasd.

In zijn ogen blonk de voldoening van de jager die het wild in het nauw heeft gedreven. 'Onze Range Rovers zijn met een mobilofoon uitgerust.' Zijn anders zo felle ogen keken haar kil aan. 'Je had Aladin beter ook van kant gemaakt.'

'Het was een ongeluk met Hamed', zei ze heftig. 'Ik wilde hem slechts bedwelmen.'

Hij leek haar niet te horen. 'Ga nu maar rustig met me mee.' Hij toonde haar een klein pistool. 'Of denk je dat we alleen met *kangars* kunnen omgaan?'

'Néé!'

Ze sprong woest van de motorkap en graaide door het openstaande raam van haar auto naar de mobilofoon.

Door het plotseling toenemende lawaai van de helikopter

hoorde ze het schot niet. Tot haar schrik zag ze opeens de voorruit van de auto versplinteren.

Ze bleef bewegingloos staan, durfde niet om te kijken.

De helikopter joeg het zand opnieuw zo fel op dat het leek of er een orkaan losbarstte. Het lawaai was zo hevig dat ze meende dat het toestel was opgestegen om nu boven op haar te landen. Onwillekeurig trok ze haar hoofd in. Het lawaai nam af en toen ze opkeek, stond er naast de auto een tweede helikopter, voorzien van de rode halve maan van het islamitische Rode Kruis.

Uit de cockpit kwam Arafat tevoorschijn, gekleed in een witte doktersjas, waarvan de panden naar alle kanten uitwaaiden.

Ze was te verdoofd om iets anders te kunnen doen dan toekijken.

De helikopter zette zijn motor af en de stilte werd nog slechts verbroken door het zwiepende geluid van de rotorbladen.

Abbas Al Fahim stak het pistool in zijn zak.

Arafat kwam naar Myriam en ze legde haar hoofd tegen zijn schouder.

'Ontroerend tafereel', zei Al Fahim honend in het Engels.

Arafat keek onderzoekend van de een naar de ander. 'Wat is er precies gebeurd, Myriam? Ik heb heel Abu Dhabi op stelten gezet.'

'Ik was... Al Fahim heeft me... Ik heb...' Uit angst dat hij opnieuw zijn pistool tevoorschijn zou halen, durfde ze er niet over te spreken in Al Fahims bijzijn.

Arafat richtte zijn blik op Al Fahim. Een luipaard dat zich klaarmaakt voor de sprong. 'Wat had je met haar voor?'

Al Fahim haalde zijn schouders op. 'In de Golflanden telt Allah de dagen niet mee die je met jagen doorbrengt, vreemdeling', zei hij duister.

'Die jachtavonturen zul je dan wel aan de politie moeten verklaren, *local*', antwoordde Arafat.

'Als de politie eraan te pas komt, kunnen we meteen aangifte doen van moord.' Fahim wierp een blik vol leedvermaak op Myriam. 'En zoals je wel zult weten, wordt in de Golflanden moord nog gestraft met openbare onthoofding.'

Myriam voelde het bloed uit haar gezicht wegtrekken.

'Wie heeft er hier politiehulp nodig?' vroeg een stem achter hen.

Ze draaide zich geschrokken om.

De piloot van de Rode-Kruishelikopter was naderbij gekomen. Hij lachte haar geruststellend toe.

Al Fahim keek met een hooghartige uitdrukking op zijn gezicht van de een naar de ander.

Het gesprek werd voortgezet in het Arabisch. Ze luisterde afwezig naar Arafats rustige, zelfverzekerde stem. Zelfs in deze hachelijk omstandigheden hield zijn stem haar in de ban.

Al Fahim maakte rechtsomkeert en liep met driftige passen naar de Alouette.

Arafat en de piloot brachten haar naar de Rode-Kruishelikopter.

Vanuit het opstijgende toestel zag ze de Range Rover op de witglimmende zoutvlakte voortdurend kleiner worden.

18

De helikopter landde op het dak van het Mafraq Hospital. Door het lawaai van de motor hadden ze tijdens de vlucht nauwelijks met elkaar kunnen praten. Ze had de hele tijd dicht tegen Arafat aangedrukt gezeten, met haar hand in de zijne.

Hij hield nog steeds haar hand vast, toen ze in de lift stapten. ‘Kom,’ zei hij, ‘ik heb een kleine flat in het bijgebouw van het ziekenhuis. Daar kun je een bad nemen en wat uitrusten. Daarna kunnen we praten.’

Ze schudde het hoofd. ‘Liever direct naar het hotel, Arafat. Witman zal zich anders te ongerust maken.’

‘Misschien wel.’ Hij keek verontschuldigend. ‘Het spijt me, wat er is gebeurd.’

‘Had je het kunnen voorkomen?’

‘Ik had Abdullah moeten waarschuwen dat hij je geen seconde alleen mocht laten.’

Ze verlieten het ziekenhuis. Abdullah stond hen bij de ingang met zijn limousine op te wachten.

Hij grijnsde breed. *‘Keef hèèlak miss Dachner?’*

Ze glimlachte vermoeid. *‘Keef hèèlak intie.* Het gaat me goed, Abdullah. Breng ons nu maar vlug naar het Sheraton.’

‘Le grand hotel Sheraton? No problem, miss Dachner.’

In de auto zei Arafat: ‘De mislukte gijzeling zou voor Al Fahim wel eens het begin van zijn ondergang kunnen worden.’

Al Fahims woorden over openbare onthoofding spookten haar nog door het hoofd en ze kroop dichter tegen Arafat aan. Hij legde zijn arm geruststellend om haar schouders.

Na enige tijd vroeg ze: ‘Wat had je gedaan, als ik me de naam van dat eethuisje niet meer had herinnerd?’

'Dan was ik evengoed gekomen', zei hij.

'Verbaasde het je niet dat ik gisteren niet op m'n kamer was?'

'De portier zei me dat je er was, maar niet gestoord wilde worden.'

'En dus ging jij naar huis?'

Hij sloeg zijn ogen niet neer. 'Ja. Naar huis. Naar Amina en Aziza, mijn kleindochters.'

Het was Myriam die haar ogen neersloeg. Om de een of andere reden klonken zijn woorden als een terechtwijzing.

Toen ze haar sleutel kreeg van de portier zei die: '*Mister Witman is very anxious.* Hij vroeg hem te waarschuwen zodra u binnenkwam.'

'Doet u dat maar', zei Myriam. 'Zeg hem dat ik op mijn kamer ben.'

Nog vóór ze zich in de badkamer had kunnen terugtrekken, belde Witman aan. Arafat liet hem binnen.

Witman keek van de een naar de ander met een lichte frons op zijn kinderlijke trekken. Zijn anders zo blozende gezicht zag onnatuurlijk bleek.

'Waar was je gisteren, Myriam? Ik was dodelijk ongerust.' Hij keek Arafat afkeurend aan. 'Je had me kunnen waarschuwen dat je met hem ergens anders de nacht wilde doorbrengen.'

'Zo is het helemaal niet, Werner', zei ze verontwaardigd. 'Ik werd gegijzeld.'

Hij hoorde haar niet, of was te opgewonden om haar te verstaan. 'Ik heb meneer Dachner gebeld. Vroeg hem of ik de politie moest waarschuwen, maar hij vond van niet.'

'Ik heb níét met Arafat de nacht doorgebracht, Werner. Ik wilde dat het waar was. Het scheelde geen haar of ik had er het leven bij ingeschoten.'

'Je vader was vreselijk boos, Myriam. Hij wil dat je onmiddellijk naar huis...' Hij onderbrak zichzelf. 'Wat zei je?'

Ze herhaalde het langzaam en duidelijk, om hem de kans te geven de woorden van haar lippen te lezen.

'Ik werd gegijzeld. Door Abbas Al Fahim.'

Zijn stem was dik van ongeloof. 'Gegijzeld? Kom nou, Myriam. Voor je vader zul je een beter excuus moeten bedenken.'

Ze begreep dat ze de schijn tegen zich had. 'Luister,' zei ze, 'ik ga eerst een bad nemen. Het lijkt wel of ik kilo's zand aan m'n lichaam heb kleven. Bij de lunch zullen we verder praten.'

Ze bleef een kwartier onder de douche staan, zeepte zich telkens opnieuw in, spoelde zich af, waste haar haar, poetste minutenlang haar tanden en besteedde een kwartier aan haar make-up. Ze had het gevoel nooit meer helemaal schoon te kunnen worden, na wat ze de arme Hamed had aangedaan.

Al wist ze ook wel dat Abbas Al Fahim de enige schuldige was.

Maar was hij wel de énige?

Het werd hoog tijd dat er klare wijn werd geschonken.

Ze trok een wit katoenen pakje met rode en blauwe versieringen aan. Het rokje reikte enkel tot in de holte van haar knieën, maar als ze dan toch gegijzeld werd, mocht dat evengoed zijn omdat ze er te frivool bijliep.

Toen ze in de kamer terugkwam, viel haar de ongezonde kleur van Witman opnieuw op. Hij had zich waarschijnlijk te veel zorgen gemaakt over haar verdwijning. Arafat had intussen een uitgebreide lunch van verse zeevruchten naar boven laten brengen. Het hotel met zijn drie restaurants ging er prat op alle denkbare specialiteiten dagelijks te kunnen aanvoeren en dat konden zowel Zeeuwse oesters als Noorse kreeften zijn.

Arafat wilde al dadelijk met vragen beginnen, maar ze schudde het hoofd. 'Laten we eerst wat eten.' Tot haar verbazing had ze behoorlijk trek.

Ze aten zwijgend; de enige die bijna niets aanraakte was Witman.

Bij de koffie vertelde ze hun wat haar was overkomen. Ze had moeite om de scène met Hamed te beschrijven.

'Ik weet echt niet hoe het kwam, Arafat. Voor zover ik wist was het een spuitbusje dat werd ontworpen om aanranders af te schrikken. Niet om iemand te doden.'

'Niemand kan je wat verwijten', stelde Arafat haar gerust.

'Wat als Al Fahim naar de politie gaat?'

'De politie weet ervan.'

Ze keek ontzet. 'Hoe kan dat?'

'De piloot van de helikopter was mijn vriend Ahmad Jasim. Hij is hoofdcommissaris van politie in Abu Dhabi.'

Ze sprong geschrokken op. 'Jezus. Wat zal er met me gebeuren?'

Arafat lachte geruststellend. 'Niets. Hij is een Palestijn. We helpen elkaar.'

Ze ging zitten, bestudeerde zijn gezicht. 'Behoort hij soms ook tot dat geheime genootschap, de Aboo Alhawl?'

'Ook?' vroeg hij achterdochtig.

'Volgens Al Fahim ben jij een van hun leiders.'

Hij was nog meer op zijn hoede. 'Wat heeft Al Fahim je nog meer verteld?'

'Een gecompliceerd verhaal. Volgens hem zijn jullie een ondergrondse beweging die dokters en ingenieurs uitstuurt over de hele wereld om kennis op te doen over de productie van atoombommen.'

Zijn hoge voorhoofd rimpelde van ergernis. 'Geloof je hem?'

Ze wist niet meer wat te geloven. 'Ik weet het niet.'

Hij sprong overeind, ijsbeerde door de kamer. 'Zo, je weet het niet. Wil dat zeggen dat je zo weinig vertrouwen hebt?' Plotseling leek hij een vreemde, een man die ze niet kende. Hij bleef voor haar staan. 'Luister, domme vrouw. Alhawl is geen terroristenorganisatie. Integendeel, het zijn realisten die aansturen op een vreedzame regeling met Israël. Zij hebben hun invloed aangewend om de PLO en Yassar Arafat ertoe te bewegen de UNO-resoluties 242 en 338 te aanvaarden en daarmee het bestaansrecht van Israël te erkennen.'

Ze wond zich op. 'Domme vrouw, zeg je? Wat ben jij? Een *insha'Allah* Arabier? Jullie politiek gebeunhaas interesseert me niet. Wat ik wil weten is wat jullie mijn vader hebben aangedaan!'

Arafat was ontstemd. Zijn misnoegen was voelbaar in de kamer. 'Ik heb het je al eerder gezegd. Leer de waarheid onder ogen zien. Hij heeft het zichzelf aangedaan.'

Het was een absurde situatie. Ze was zopas aan gevangenschap ontsnapt en ze zat hier te ruziën met de enige man van wie ze hield. Ze probeerde hem tot rede te brengen. 'Arafat, als je er meer over weet, zeg het me dan.'

Hij aarzelde, wierp een zijdelingse blik op Witman. Die zat

met een lege blik voor zich uit te staren, niet in staat het snelle heen-en-weergepraat te volgen.

'Om hem hoef je je geen zorgen te maken', zei Myriam ongenadig. 'Hij hoort je toch niet.'

Witman had uit hun gezichtsuitdrukkingen meer dan waarschijnlijk opgemaakt dat ze het over hem hadden, want hij sloeg zijn ogen neer. Myriam had zich wel voor het hoofd kunnen slaan.

Arafat liep naar de kleine koelkast en haalde er een blikje Pepsi-cola uit. Hij trok het open en dronk. Toen keek hij haar aan en de kleur van zijn ogen werd donkerder, zachter.

'Het verhaal van Al Fahim is voor een deel waar', bekende hij.

Ze luisterde gespannen.

Hij kwam op een stoel dicht bij haar zitten en nam haar hand in de zijne. Zijn gele ogen werden lichter van kleur, zijn stem kreeg een dringende klank en ze voelde de sterke invloed die hij op haar ging uitoefenen.

'De *intifata* is een strijd van mijn volk om zelfbeschikking. Sommige jongeren vechten door met stenen te gooien. Anderen door kennis te vergaren. Aboo Alhawl heeft van het begin af de besten van onze jongeren geselecteerd en naar bevriende universiteiten gestuurd om te studeren. Ik was een van hen. Met kennis zullen we zonder geweld onze plaats in de wereld veroveren, niet door Israël met atoombommen te vernietigen.'

Myriam streek over de rug van zijn handen. Hij had dezelfde handen als haar vader.

'De meeste geleerden bij het ADAD zijn Palestijnen of Egyptenaren. Zij doen al het onderzoekingswerk, waarvan de resultaten worden opgeëist door mannen als Abbas Al Fahim. Zo had het kunnen blijven tot onze vredespolitiek haar vruchten zou hebben afgeworpen en we als evenwaardige burgers naar onze geboortegrond zouden kunnen terugkeren.'

Ze luisterde afwezig naar zijn stem. De politiek interesseerde haar niet zo erg.

'Door de revolutie in Iran werden sommige prinsen, onder wie Al Fahim, onrustig. Ze wilden meer macht, atoommacht.

Ze verenigden zich onder de naam Murtadd, en maakten dankbaar gebruik van het voorstel van Corbelle om in de Sebkha Matti, een zoutvlakte op de grens met Saoedi-Arabië, een mausoleum te bouwen, waar het Europees radioactief afval gedumpt zou kunnen worden.'

'Daarmee bewezen ze het NOC toch een dienst?' opperde Myriam.

'Ja, maar naast het mausoleum zou een kernreactor worden gebouwd', vervolgde Arafat rustig. 'En die zou in handen van Murtadd komen. Politiek gezien zou het hen aan de macht helpen – een internationale situatie, te vergelijken met de revolutie in Iran – en het zou het einde betekenen van Aboo Alhawl. Murtadd zou alle vreemdelingen in het land uitwijzen.'

Hij liet haar hand los en stond op, keek op haar neer. 'Waar zou ik naartoe moeten, Myriam?'

Ze keek zwijgend naar hem op, bang iets verkeerds te zeggen.

Hij vervolgde: 'Daarom moesten we het plan van Al Fahim dwarsbomen. Zijn eigen mensen verschaften ons dat middel.'

'Hoe?'

'Het Midden-Oosten blijft het Midden-Oosten. Het wordt nooit anders. Commissielonen en steekpenningen vormen een onderdeel van het dagelijkse leven. Ook bij het ADAD. Mazroui, hun adjunct-directeur, gooide het met iemand bij het NOC op een akkoordje om met een stel fictieve facturen tientallen miljoenen te verduisteren.'

'Heb je dat gehoord, Witman? Mazroui, de man die mij buiten de deur zette, is de verduisteraar.'

Witman keek verslagen van de een naar de ander. 'Wat zeg je?'

'Ach laat maar, Werner. Ik leg het je straks wel uit.' Ze wendde zich tot Arafat. 'En toen?'

'Toen werd ik ingeschakeld. Ik werd naar België gestuurd om mee te werken aan het programma over radio-immunologie. Aboo Alhawl vroeg mij bij je vader tussenbeide te komen om Al Fahim uit de BR2 te houden.'

Ze keek op. Zocht de waarheid in zijn ogen.

'En dat deed je door hem te chanteren?'

Hij overwoog zijn antwoord.

'Nee,' zei hij ten slotte met een strak gezicht, 'door hem de ogen te openen voor Murtadd. Toen telefonische bedreigingen met bomaanslagen uit naam van Murtadd niet hielpen, ben ik hem gaan opzoeken en heb aangetoond wat zij van plan waren. Hij ging pas door de knieën nadat ik ging dreigen openbaar te maken dat hij een oplichter was.'

Van de hele uiteenzetting maakten bij Myriam de laatste zinnen nog het meest indruk. Iedereen bleek overtuigd te zijn van Richards schuld. Corbelle, Witman, Al Fahim. Zelfs Arafat. Hoezeer ze ook onder zijn invloed verkeerde, dit kon ze niet accepteren.

'Niet Richard, Arafat. Niet mijn vader!'

'Ik waardeer het dat je in je vader gelooft, Myriam. Ook bij ons is eerbied voor ouderen een traditie. Maar ik weet zeker dat je vader het vervalste contract eigenhandig heeft getekend. Met groene inkt, zoals de islam het voorschrijft.'

Ze staarde hem sprakeloos aan. Aan de handtekening had ze nooit gedacht.

Was Arafats versie mogelijk, vroeg ze zich af.

Ze schudde haar hoofd. 'Iemand heeft Richard om de tuin geleid.'

'Wie?'

'Ik weet het niet', zei ze ongelukkig. 'Voor mijn part Jake Corbelle. Hij had een kopie van het valse contract en bezat een voorraad blanco facturen. Ik vond ze in zijn...'

Ze wist zich net op tijd in te houden.

'Ja?' vroeg hij.

'In zijn bureau', zei ze nonchalant.

'Tja.' Hij wierp een blik op Witman, die de hele tijd geen woord had gezegd. 'Hoe is jouw gesprek met Mazroui gisteren verlopen?'

Hij moest zijn vraag drie keer herhalen.

'O,' zei Witman ten slotte, 'dat liep op niets uit. Morgen wordt het voortgezet.'

'Hoe laat?'

'Halfelf.'

Arafat zei: 'Ik zal meegaan, samen met Ahmad Jasim, de politiecommissaris. Die heeft zijn methoden om Mazroui te doen opbiechten. Als er iemand anders dan Myriams vader schuldig is bij het NOC, halen we het er wel uit.'

Witman trok een gezicht of hij er niets van had begrepen.

'Goed idee', zei Myriam. 'Dan zal ik nu eerst Werner een resumé geven van ons gesprek.'

'Doe dat', zei Arafat. 'Nog iets. Volgens de commissaris is Jake Corbelle wel degelijk met de Pan Am-vlucht naar New York afgereisd.' Hij keek op zijn horloge. 'Ik moet weg. Het is laat.'

Ze sprong op. 'Je laat me toch niet alleen?'

Zijn ogen drukten oprechte spijt uit. 'Ik moet naar het ziekenhuis, Myriam.'

'En later?'

'Misschien. Anders zie ik je morgen.' Hij gaf haar een zoen, gaf Witman, die eveneens was opgestaan, een hand en verliet de kamer.

Myriam onderdrukte haar teleurstelling.

'Kom, Werner,' zei ze, 'ik zal je eens haarfijn uitleggen wat we hebben besproken.'

Maar Witman trok een verongelijkt gezicht. 'Nee. Nu niet. Ik moet nog wat papieren doornemen. Tot morgen.'

Hij verliet haastig de kamer.

Jezus Christus, dacht Myriam vermoeid, alsof het mijn schuld is dat hij zo slecht hoort.

Hoewel het pas acht uur was, ging ze naar bed.

Richard, Jake en Arafat, dacht ze voor ze in slaap viel, ik wilde van de drie één maken, maar als het om geheimhouding gaat, zijn ze een drie-eenheid.

Om middernacht belde Florence Gigase haar uit haar bed.

'Ga je mee dineren?' vroeg ze opgewekt.

'Nee zeg. Het is middernacht.'

Florence giechelde. 'Het uur dat de vliegen slapen.'

'Vliegen?'

'Een Arabisch gezegde waarmee ze het late uur van hun avondeten verklaren. Een gewoonte van de bedoeïenen van toen ze nog in tenten leefden en wachtten met eten tot het koeler was en de hinderlijke vliegen weg waren.'

Myriam wilde weigeren, maar veranderde van gedachten. Ze zou toch moeilijk in slaap komen en misschien kon ze van Florence nog wat te weten komen.
'Goed, ik kom.'
'The Zafeer Supper Club,' zei Florence, 'in het penthouse.'

19

Myriam trok haar zwarte avondjurk aan, de enige die ze had meegebracht, en deed wat parfum op. Tien minuten later was ze in het luxueuze restaurant, in het dakpaviljoen van het hotel, met uitzicht over de met regenboogkleurige lampions feestelijk verlichte parken van de stad. De regenboog behoorde tot het wapenschild van sjeik Zayed bin Sultan al Nayan, de president van de Emiraten.

Toen ze in het restaurant arriveerde, wuifde Florence haar vrolijk toe. Ze zat aan een tafeltje dichtbij de dansvloer. Naast haar zat een Arabier in westerse kleding. Het was een rijzige jonge man met een saffraankleurig gezicht en de eeuwige zonnebril. Ze stelde hem voor als Willy. 'Zijn echte naam is niet uit te spreken', lachte ze. 'Hij is een van de sponsors in het bankconsortium waar m'n man voor werkt. Je weet wel, iedere vreemde vennootschap moet hier een *local* als compagnon nemen. Ze strijken veel geld op om niets te doen. Nietwaar, lieverd?' Met haar wijsvinger duwde ze zijn kin omhoog. 'Of toch wel. Jij zorgt dat de vrouwtjes van de hardwerkende bankiers zich niet vervelen.' Ze gaf hem een vluchtige kus op zijn lippen en duwde hem van zich af. 'Mijn glas is leeg, Prins Willy', zei ze. 'Bestel nog een fles champagne.'

'Ik dacht dat hier geen alcoholische dranken werden geschonken', zei Myriam.

Florence wees op de bar, waar een paar zware drinkers geanimeerd zaten te praten. 'Het is een club voor vreemdelingen. Trouwens, in Abu Dhabi kan veel, zolang je je aan de regels houdt.'

Myriam keek toe hoe Willy de glazen vulde. Eigenlijk had ze weinig om te vieren.

Florence pakte haar glas voor een toast. 'Op koele dagen en hete nachten in Abu Dhabi', zei ze met een knipoogje.

De exclusieve keuken van de Zafeer Supper Club was lekker en overvloedig, maar Myriam raakte nauwelijks het eten of de champagne aan. Terwijl Florence met Willy aan het flirten was, luisterde ze naar opwindende Arabische muziek en volgde de aërobische buikspieroefeningen van een lokale beroemdheid. Het danseresje zat, zoals het hoort, goed in haar vlees en het deed Myriam aan haar eigen figuur denken. Nog even en het zou haar aan te zien zijn. Ze vroeg zich af hoe en wanneer ze ertoe zou komen Arafat van haar toestand op de hoogte te brengen. Was dat niet het *echte* doel van haar reis naar Abu Dhabi geweest?

Florence onderbrak haar gedachten. 'Waarover zit mijn blonde landgenote te dromen?'

Myriam glimlachte afwezig. 'Niets in het bijzonder.'

'Zag ik daar niet een treurige blik?' Florence boog zich voorover. 'Heeft het iets met de chirurg te maken die je wilde opzoeken? Heb je hem kunnen vinden?'

'O ja.' Door haar vraag herinnerde Myriam zich een ander deel van hun gesprek in het vliegtuig. 'En jij,' vroeg ze langs haar neus weg, 'heb jij nog iets gehoord van Jake Corbelle?'

'Jake? Mijn knappe Amerikaan? Was het maar waar. Ach, wat was hij een opwindende man.'

'Verbleef hij ook in het Sheraton?'

'Nee, het Centre Hotel in Hamdan Street.'

'Toen hij zo opeens verdween, hadden jullie toen nog een afspraakje lopen?'

'Dat is het 'm net. De eerste keer zijn we voor het weekend samen naar Dubai geweest. Dat is maar honderd dertig kilometer hiervandaan. Het was héérlijk. Hij vertelde me toen dat hij met een soort onderzoek bezig was. Iets waarvan het resultaat in België heel wat stof zou doen opwaaien.'

Myriam vroeg opgewonden: 'Een onderzoek zeg je? Waarover?'

'Weet ik veel. Twee dagen later was ik bij hem in het Centre

Hotel. Hij deed heel opgewonden. Had ontdekt wie bij het NOC de schuldige was, zei hij. De hele avond probeerde hij vruchteloos naar België te telefoneren.'

Myriam kon haar oren niet geloven. 'En toen?'

Florence trok een pruillip. 'Hij had nauwelijks belangstelling voor me. Toen hij eindelijk verbinding had gehad met het NOC, is hij weggegaan. Hij wilde nog eerst een bouwwerk in de woestijn gaan inspecteren.'

'Een mausoleum?'

'Ja, precies. We zouden elkaar nog ontmoeten vóór hij naar Europa weerkeerde, maar de lieve jongen liet niets meer van zich horen.' Ze leegde haar glas, zei: 'Bah, mannen', en zeulde de lichtelijk beschonken Willy naar de dansvloer.

Zo eenvoudig was het.

Jake was dus niet in de zwendel betrokken. Ze had hem ten onrechte verdacht. Ze begreep nu dat hij naar Abu Dhabi was gekomen om op eigen houtje een onderzoek in te stellen.

En Jake had ontdekt wie de ware schuldige was!

Ze vroeg zich af waarom hij daarna halsoverkop naar Amerika was vertrokken.

En naar wie had Jake gebeld om zijn bevindingen bekend te maken? Waarom niet naar Richard of zo nodig naar haar?

Het antwoord op die vraag trof haar als een zweepslag.

Omdat ook Jake in Richards schuld geloofde.

Myriam voelde zich diep ongelukkig.

Ze wuifde naar Florence en verliet de club.

Witman opende de deur van zijn kamer zodra ze op de bel gedrukt had. Hij was geheel gekleed en opnieuw viel het haar op dat zijn gewoonlijk blozende gezicht er pafferig uitzag.

'Ga je uit?' vroeg ze.

'Ik wilde net een wandeling gaan maken', verklaarde hij. 'Het klimaat ligt me niet. Overdag ben ik doodmoe en 's nachts kan ik niet slapen.'

'Ga rustig in een stoel zitten', zei Myriam langzaam en duidelijk. 'Ik heb je een heleboel te vertellen.'

Het was drie uur in de ochtend toen ze naar haar kamer weerkeerde. Ze had Witman laten beloven de commissaris de volgende dag te vragen een nieuw onderzoek naar Jakes verblijfplaats te laten instellen en het had enige overredingskracht gevergd om zijn natuurlijke angst voor openbaarmaking te overwinnen.

Voor ze naar bed ging, probeerde ze Richard thuis te bellen. Ze kreeg geen antwoord. Mogelijk was hij er niet, maar het kon ook zijn dat de internationale telefoonverbindingen in Abu Dhabi beter werkten vanuit een rijdende auto. In dit vreemde land was alles mogelijk.

Een uur later sliep ze nog niet. Ze vroeg zich af waar Arafat zich bevond. Was hij in het ziekenhuis of thuis? Ze kon de gedachte niet verwerken dat hij op dit ogenblik zou liggen slapen naast de vormloze donkere schaduw met de brandende ogen die ze tussen de palmbomen in zijn tuin had waargenomen.

Ze wilde dat ze de moed had hem op te bellen om hem zonder omwegen te zeggen: ik verwacht een kind van jou.

In een plotselinge drang tot handelen greep ze de telefoon naast het bed en vroeg de slaperige receptieklerk dokter Dissie in het Mafraq Ziekenhuis voor haar te bellen. Gedurende tien minuten lag ze met de hoorn tegen haar oor gedrukt, zichzelf geweld aandoend om niet neer te leggen. Toen hoorde ze zijn stem, klaarwakker: 'Myriam? Ben jij het?'

Ze wilde het uitschreeuwen, ja, in godsnaam, weet je niet waarvoor ik je bel, maar in plaats daarvan zei ze: 'Ik heb nieuws over Jake Corbelle.'

'O ja? Wat dan?'

'Hij was hier om uit te zoeken wie aan de touwtjes trekt.'

'Zo.'

'En dat is hem gelukt.'

'Uitstekend', antwoordde Arafat. 'Nu moeten we er alleen nog maar achter zien te komen waarom hij daarna halsoverkop naar Amerika vertrokken is.'

'Ja', zei Myriam, min of meer mismoedig door zijn gebrek aan belangstelling.

Hij voelde haar bedruktheid. 'Met jou is alles toch in orde?'

'Jawel,' zei Myriam, 'maar we moeten dringend met elkaar praten. Zie je, ik...'

Arafat liet haar niet uitspreken. 'Mooi. Morgennacht blijf ik bij jou en om halfelf zien we elkaar bij het ADAD. Ga nu maar lekker slapen en droom van mij. Allah behoede je.'

Voor ze het wist had ze de hoorn neergelegd.

Het was zo een van de manieren waarop hij haar kon manipuleren.

Een paar minuten later viel ze in een droomloze slaap.

Werner Witman was laat. Terwijl ze op hem wachtte in de lounge van het hotel, bewonderde ze in de hotelwinkeltjes kostbare Al Jayul-parels, door duikers uit de Arabische Golf opgevist. Ten slotte liet ze de portier naar zijn kamer bellen, maar die kreeg geen antwoord. Ze dacht er even over opnieuw te proberen Richard op te bellen, maar vreesde daardoor te laat op de afspraak met Arafat te zijn. Om kwart over tien verliet ze het hotel, en zoals iedere keer verraste haar de hitte van de blakende zon. Ze stak de straat over, ontweek een traag, met open dak rijdende Porsche cabriolet, waarvan de chauffeur met onverholen belangstelling naar haar benen staarde en liet zich in het koele interieur van Abdullahs limousine op de kussens neerzakken.

Abdullah groette vriendelijk: *'Sabaah ilcheer, mademoiselle.'*

'Ook goedemorgen, Abdullah.'

'Waarheen, *miss*?'

'Naar het ADAD, asjeblieft.'

'No problem, miss.'

Zodra ze aan het rijden waren, begon hij naar gewoonte zijn toeristische informatie te spuien. 'Wist u dat Abu Dhabi gebouwd werd op een reeks eilandjes, door ondiep water omgeven, *miss*? We hebben ze vanzelfsprekend...'

Myriam vroeg opeens: 'Vervoer jij ál de bezoekers van het ADAD?'

Hij keek wat geërgerd omdat ze hem niet had laten uitspreken, maar al vlug klaarde zijn gezicht op. 'Zeker, zeker,' zei hij trots, 'Nasser Car Hire Company heeft contracten met het ADAD, Japan Lines, IBM World Trades...'

'Dan moet jij toch ook Jake Corbelle kennen', onderbrak ze hem opnieuw.

'Mister Jake? L'américain? Ja, hoor. Een paar weken geleden was hij nog hier.'

'Gebruikte hij toen uitsluitend jouw wagen?'

'Ja, *miss.* Voor al zijn ritten.'

'Mooi zo. Weet je nog waarheen?'

'*No problem, miss.* Het staat allemaal in m'n boordjournaal.'

'Mag ik dat even inkijken?'

Abdullah glimlachte fijntjes, zei: 'Oké', en sneed twee auto's de pas af om aan de kant van de weg te parkeren.

Hij haalde een in zwart linnen gebonden register uit een opbergvak en overhandigde het haar.

Alle aantekeningen waren in het Arabisch. Ze gaf het hem terug.

'Je houdt me voor de gek, Abdullah.'

'Sorry. *A joke.* Laat eens kijken. Aankomst donderdag de twintigste met Sabenavlucht van vier uur vijftien in de ochtend. Van International Airport naar Centre Hotel. Dezelfde ochtend om zeven uur vijfenveertig naar het ADAD.' Hij keek op. 'De openbare besturen werken van acht tot veertien uur. Mister Jake wilde dezelfde ochtend al vroeg aan het werk. Maar de particuliere bedrijven werken van...'

'Nu niet, Abdullah. Lees verder.'

Hij schraapte zijn keel. 'Donderdag veertien uur dertig van het ADAD naar Centre Hotel. 's Avonds naar Dubai met *miss...* hm... Vrijdag, sabbatdag, de hele dag in Dubai. Zaterdag heel vroeg naar Abu Dhabi. De hele dag op het ADAD. Zondag om tien uur naar de WWH Ltd in de Mohammed bin Khalifastreet. Om zestien uur naar de souk, waar meneer Jake een instant-fototoestel kocht. Daarna naar het Centre Hotel. De volgende dag, dus maandag om acht uur opnieuw naar WWH Ltd.' Hij sloeg het boek dicht.

Ze vroeg: 'Dat is alles?'

Hij knikte onverschillig en startte de motor.

'Abdullah, op welke dag is hij dan met de Pan Am-vlucht naar New York vertrokken?'

Hij keek verontwaardigd. 'Mijn journaal is compleet, *miss.* Na de Helicopter Charter Services heb ik hem niet meer gezien.'

'Helikopter?'

'Precies. De WWH is de World Wide Helicopter Limited. Een chartermaatschappij voor helikopters.'

'Wat moest Jake Corbelle met een helikopter?'

'Weet ik niet, *miss*.' Hij grijnsde. 'Maar ik kan het wel voor u uitzoeken. *No problem*.'

'Doe dat, Abdullah. Maar breng me nu eerst naar het ADAD.'

Het was dezelfde officier aan de controle. Hij wierp slechts een vluchtige blik op haar paspoort en nodigde haar beleefd uit om binnen te komen.

'Itfaddal, miss Dachner.'

Zonder verdere plichtplegingen ging hij haar voor naar de lift en vergezelde haar naar het kantoor van Mazroui, de adjunct-directeur.

Daar was het een en al opschudding. Meer dan tien mannen, de meesten in *dishdash* of uniform, stonden in groepjes en overlegden met elkaar in verschillende varianten van het Arabisch. Rachid, de tolk, werd voortdurend van de ene naar de andere groep geroepen om taalobstakels uit de weg te ruimen.

Mazroui was niet te zien.

Arafat was de enige van de aanwezigen in westerse kleding. Hij zag haar vrijwel onmiddellijk en kwam op haar af. Op twee pas afstand van haar bleef hij staan en groette haar met een nauwelijks merkbare hoofdbeweging. Nu had ze niet verwacht dat hij haar te midden van zijn landgenoten een zoen zou geven, maar toch wel een hand.

Ze vroeg zich af hoe het zou zijn, als ze hier permanent met hem zou verblijven.

Hij keek langs haar heen, alsof hij nog iemand verwachtte. 'Waar is Witman?' vroeg hij.

'Ik dacht dat hij vooruitgegaan was', antwoordde Myriam. 'Hij was niet meer in het hotel.'

'Nee. We hebben hem niet gezien. Maar het is niet belangrijk. We kunnen hier niets meer uitrichten.'

'Waarom niet?'

Er verscheen een tevreden trek over zijn gezicht. 'Op verzoek van de minister voor Energie wordt er door justitie momenteel een grootscheeps onderzoek naar corruptie gedaan bij het ADAD.'

'Vandaar al deze mensen?'

'Ja.' Hij gebaarde haar hem te volgen naar de gaanderij en ging bij de balustrade staan, waar ze zes verdiepingen lager de fonteinen van de binnentuin zagen. 'Zoals ik je al zei heeft die gijzelingsaffaire Murtadd de das omgedaan.'

Myriam glimlachte. 'Goed.'

'Stel je er niet te veel van voor', vervolgde hij enigszins smalend. 'Het is veel drukte om niets, maar Aboo Alhawl heeft wel zijn doel bereikt.'

'Hoezo?'

'Voor Al Fahim en zijn aanhangers zal het – voorlopig althans – het einde betekenen van hun invloed in regeringskringen. Hun beoogde revolutie van binnenuit is zo goed als mislukt.'

'Goed voor jou, neem ik aan?'

Haar vraag ontlokte een ernstige blik. 'Ook voor dit land, Myriam. Bij Al Fahims extremisme is niemand gebaat. Noch mijn landgenoten noch de jouwe, pardon de joden.'

'De joden,' zei ze verontwaardigd, 'ik ben geen...'

'Vanzelfsprekend. Het spijt me.' Zijn glimlach nam de rest van haar verontwaardiging weg.

Ze staarden naar de fonteinen beneden.

'Zo zullen we uiteindelijk weten met wie Mazroui bij het NOC samenspande', merkte ze op.

'Daar ziet het niet naar uit.'

'O nee? Waarom niet?'

'Mazroui is vanmorgen niet op kantoor verschenen. Al Fahim evenmin. Er is een opsporingsbevel uitgevaardigd.'

'Krijgen we dan geen informatie van de politie, nu die een onderzoek instelt?'

Arafat schudde zijn hoofd. 'Zo werkt het hier niet. Als ze Mazroui te pakken krijgen, wordt hij waarschijnlijk terechtgesteld, maar wat hij precies heeft gedaan, wordt zelden publiek gemaakt. Zelfs Ahmad Jasim kan daar niets aan veranderen.'

'Het is voldoende dat we de facturen en contracten van het ADAD met de onze mogen verifiëren. Of nagaan hoe ver het staat met de uitvoering van de bouw van het mausoleum?'

'Ook dat niet. Justitie heeft op alle documenten beslag gelegd. Niemand krijgt inzage. Het enige wat we weten is dat de bouw van het mausoleum al sinds een hele tijd werd stopgezet.'

Een beetje overdonderd keek ze hem aan. 'Dan zullen we dus helemaal met lege handen thuiskomen.'

Hij knikte: 'Het lijkt erop.'

Mistroostig staarde ze voor zich uit.

Hij pakte haar bij de elleboog. 'Kom,' zei hij, 'ik toon je de mooie plekjes van Abu Dhabi en we gaan ergens wat eten voor we naar het Sheraton terugkeren.'

Ze wilden net in Abdullahs auto stappen, toen ze Witman met een taxi zagen aankomen. Hij betaalde de chauffeur en kwam met grote stappen naar hen toe.

'We moeten zonder uitstel naar huis, juffrouw Dachner.' Zijn gezicht was bleek en zijn ronde kinderogen keken bezorgd. 'Ik heb met uw vader gebeld.'

Ze voelde een steek van pijn omdat ze vanmorgen had nagelaten hem zelf te bellen. 'Wat is er met hem?'

'Het is zover', zei hij bedrukt. 'Alle kranten spreken met grote koppen over een afvalschandaal bij het NOC. De minister van Justitie heeft een streng onderzoek bevolen en...' Hij aarzelde.

'Ja?'

'Meneer Dachner werd tijdelijk van zijn functie van directeur-generaal ontheven, tot de uitslag van het onderzoek bekend is.'

'Dat is niet rechtvaardig', kreet ze. 'Dat is hem bij voorbaat veroordelen.'

De twee mannen zwegen verlegen.

'Laten we maar naar het hotel gaan, Arafat.'

Abdullah hield het portier voor hen open en ze nam plaats naast Arafat op de achterbank. Witman zat voorin naast de chauffeur.

Ze vroeg: 'Wil jij voor de tickets zorgen, Werner?'

Hij knikte zonder om te kijken.

Ze zat somber voor zich uit te staren. Ze was hiernaartoe gekomen om Richard te helpen en in de hoop Arafat voor zich te winnen. Ze had geen van beide bereikt. Nu ze hem opnieuw ging verlaten, besefte ze dat hij de spil van haar bestaan was.

Abdullah stak zijn hand uit naar het contactslot om de motor aan te zetten, maar wachtte even voor hij de sleutel omdraaide.

'Wat *mister Jake* betreft, *miss Dachner.*'
'Ja, Abdullah.'
Ze luisterde zonder belangstelling.
'Die maandag heeft hij een helikopter gehuurd om zich naar een *sebkha* te laten brengen.'
'Dank je, Abdullah.'
'Welke *sebkha*?' vroeg Arafat scherp.
'De Sebkha Matti,' antwoordde Abdullah vlot, 'dat is een uitgestrekte zoutvlakte op de grens met Saoedi-Arabië en zo'n driehonderd kilometer diep in de Rub'al-Chali-woestijn. Wisten jullie dat Rub'al-Chali Arabisch is voor Het Lege Kwartier?'
Arafat negeerde de toeristische informatie. 'Zozo', zei hij peinzend. 'De Rub'al-Chali. Jake Corbelle is dus toch naar de bouw van het mausoleum getrokken. Weet je soms ook wanneer hij is teruggekeerd, Abdullah?'
Abdullah spreidde zijn handen in een gebaar van onmacht.
'Breng ons dan naar die chartermaatschappij.'
'No problem', lachte Abdullah.

De WWH Ltd lag aan de verkeerde kant van de stad, dat wil zeggen aan de woestijnkant. Het was de kant waar bouwkranen het stadsbeeld beheersten of waar je meer onafgewerkte dan bewoonde huizen zag. De braakliggende gronden hadden er hun oorspronkelijk woestijnkarakter nog niet prijsgegeven.

Het hele bedrijf bestond uit een zandvlakte die kennelijk als helihaven dienst deed, een loods voor het onderhoud van de toestellen en een keurig gebouwtje dat als kantoor was ingericht. Zoals overal in Abu Dhabi werkte de airconditioning er op volle toeren, een verademing nadat ze de twintig meter van de auto naar het kantoor hadden afgelegd. Toen ze binnenkwamen, was de enige aanwezige bezig met telefoneren. De man legde zijn hand over de microfoon en zei in het Engels: 'Een ogenblikje, het is zo gebeurd.'

Ze luisterden naar zijn gesprek in een mengelmoes van Engels en Arabisch, een soort van pleidooi bij de douane over reserveonderdelen die ze – om mysterieuze oosterse redenen – weigerden in te klaren. Terwijl ze wachtten, keek Myriam het functioneel gemeubelde kantoor rond. Vrijwel iedere plaats aan de wanden was behangen met foto's en posters van gevechtsvliegtuigen aan de grond of in de vlucht. Ongetwijfeld was de uitbater een gewezen gevechtspiloot.

Ten slotte legde de man neer en stond op. Het leek of er geen eind aan kwam. Hij was bijna twee meter lang, had een grote neus en grote uitstaande oorschelpen. Hij lachte en zijn brede mond spleet zijn gezicht van het ene oor tot het andere.

'Mijn naam is Alfred Grundy,' zei hij, 'maar jullie kunnen me Al noemen. Dat is hier niet zo'n vreemde naam, nietwaar. Ik ben Amerikaan, tevens uitbater, piloot, hersteller en boekhouder van deze keet. Wat kan ik voor jullie doen.'

Arafat vroeg: 'Ik wilde graag wat informatie over een vlucht die u voor Jake Corbelle een paar weken geleden naar de Sebkha Matti hebt gedaan.'

Al Grundy keek belangstellend van de een naar de ander. Of liever, hij keek neer van de een op de ander. 'M'n vriend Jake, de ingenieur van het ADAD? Hoe is het met hem?'

'Dat is nu precies wat we trachten uit te vinden', antwoordde Arafat. 'Hoe is die vlucht verlopen? Wanneer zijn jullie teruggekeerd?'

De Amerikaan scheen te aarzelen. 'Ik weet niet of Jake het goed vindt dat ik daar met vreemden over praat. Wie zijn jullie eigenlijk?'

Myriam kwam tussenbeide: 'Ik ben Myriam Dachner,' zei ze, 'Jake en ik zijn goede vrienden. Dit is dokter Arafat Dissie.'

'Hé,' zei Al Grundy, 'Myriam *from Belgium*? Jake heeft me over u verteld. U bent toch de dochter van zijn baas?'

Myriam knikte lichtjes verbaasd. 'We proberen erachter te komen waar Jake naartoe is, sinds u hem naar het mausoleum hebt gevlogen.'

'Dat heb ik niet', zei Al Grundy fronsend. 'We hebben een noodlanding gemaakt in de Marzuq-Oase, op honderd zestig kilometer van het mausoleum. Ik heb daar vijf dagen op stukken gewacht voor de herstelling. Jake werd opgepikt door een helikopter van het ADAD die hem naar het mausoleum heeft gevlogen. Toen ik ten slotte naar mijn basis terugkeerde, hoorde ik dat Jake intussen al met een Pan Am-vlucht het land uit was.'

Ze stonden er wat verslagen bij.

Toen vroeg Myriam, als bij ingeving: 'Wat was het voor een helikopter die hem oppikte?'

'Een van die Franse speelgoedhelikopters', zei Al met opgetrokken neus. 'Een Alouette III.'

20

Myriam zei: 'Ik vind dat we ook maar eens in dat mausoleum moeten gaan kijken.'

'Waarom?' vroeg Arafat. 'Wat hoop je daar te vinden?'

'Ik weet het niet', antwoordde ze eerlijk.

Misschien zocht ze alleen maar uitstel, om niet naar huis te hoeven.

Grundy gaf ongevraagd zijn mening. 'Het is alleen maar een verlaten bouwplaats in het midden van nergens. In de Golflanden vind je wel meer projecten die zijn blijven steken.'

Myriam negeerde de opmerking. 'Jake had toch ook een reden om ernaartoe te gaan', drong ze aan.

'Daarin heb je gelijk.' Arafat wendde zich tot Al Grundy. 'Ziet u kans ons daarnaartoe te vliegen?'

'Vandaag?'

'Liefst wel. Miss Dachner vertrekt morgen naar Brussel.'

Het gaf Myriam een schok dat Arafat zo gemakkelijk over haar aanstaande vertrek kon praten. Ze sloeg haar ogen neer.

'De Sebkha Matti is een heel eind', zei Grundy. 'Het zal u een flinke stuiver kosten.'

'Hoeveel?'

De piloot tuitte zijn lippen. 'Vierhonderd dollar?'

'Akkoord', zei Arafat. 'Wanneer kunnen we opstijgen?'

'Over een uur. Ik moet nog brandstof tanken en het toestel klaarmaken.'

'Mooi. Hoeveel passagiers kunt u meenemen?'

'Drie', antwoordde de Amerikaan prompt. 'Er is eigenlijk plaats voor meer, maar in de woestijn vlieg ik nooit met maximumbelasting.'

Arafat zei: 'Uitstekend. We zijn met zijn drieën.' Hij keek Witman aan. 'Hebt u het gesprek kunnen volgen, meneer Witman?'

Die trok een ongelukkig gezicht en schudde ontkennend het hoofd.

Myriam legde hem uit wat ze van plan waren.

Witmans gezicht kreeg een afwerend trekje. 'Ik ga niet mee', zei hij. 'Ik heb een hekel aan helikopters. Trouwens, ik voel me niet zo goed.'

Ze kwamen overeen dat hij met Abdullahs auto naar het hotel zou terugkeren en hun retourreis zou voorbereiden.

Op het laatste ogenblik telefoneerde Arafat naar commissaris Jasim. Hij wist hem over te halen in Witmans plaats mee te gaan.

Om halftwee steeg de Sikorsky 55, geschilderd in de rode en witte kleuren van de World Wide Helicopter Limited, met donderend geraas de lucht in en veroorzaakte een kleine zonsverduistering door het zand dat hij met zijn machtige wentelwieken opwierp. Het toestel vloog op een hoogte van honderdvijftig meter en volgde aanvankelijk een verharde weg, die zich door het langzaam oplopende terrein van grind, afgewisseld met kleinere uitgedroogde *sebkha's* en steeds van vorm wisselende zandduinen slingerde. Slechts af en toe konden ze een onooglijke nederzetting waarnemen, omgeven door enkele dadelpalmen en een zeldzame keer zagen ze een pick-up over de weg rijden met achter in de laadbak in het zwart geklede vrouwen, die hun plaats deelden met geiten.

De weg eindigde bij Bu Hasa, een gehucht dat het eindpunt vormde van honderden kilometers pijpleidingen, die de fakkelende metalen bouwsels van de olieboortorens verbonden met de zeehaven Jabal al Dhanna aan de Arabische Golf. Myriam kwam nu meer dan ooit onder de indruk van de onherbergzaamheid en van het mensvijandige milieu beneden haar, door de bedoeïenen Het Lege Kwartier gedoopt omdat het, naar hun overlevering, de woonplaats was van *djinns*, demonen en boze geesten.

Ze vroeg zich af hoe deze mensen duizenden jaren hadden

kunnen overleven in een gebied waarin vlees zo schaars was dat sprinkhanen en hagedissen werden gegeten om de eiwitten die ze bevatten.

Nog minder kon ze zich voorstellen dat Arafats grootouders op kamelen en in karavaan de Rub'al-Chali hadden doorkruist, op zoek naar een plek om de winter door te brengen.

Anderhalf uur later bereikten ze de grens van de zandvlakten aan de Sebkha Matti, de zoutvlakte die een natuurlijke barrière vormde tussen de Al Hasa van Saoedi-Arabië en de kust van het schiereiland. De door ijzeroxide oranjerood gekleurde duinen maakten plaats voor een korstachtig maanlandschap met wit en blauwgrijze gipsafzettingen.

Al Grundy keek achterom. Met zijn duim naar beneden gebaarde hij door het raampje te kijken: 'Stuurboord! De Marzuq-Oase!'

Het was een wonderlijk schouwspel.

Het palmbomenbos rondom de oase vormde een perfecte cirkel van levend groen in een dood landschap, een paradijselijk eiland, achteloos neergeworpen in een oceaan van zand.

Een in het wit geklede Arabier bleef onbewogen voor zich uit staren, de handen in de plooien van zijn *dishdash*, zonder een blik te werpen in de richting van het naderend lawaai. Een in het zwart geklede vrouw verdween haastig in een van de lage moderne huisjes, die in een keurig groepje bijeen stonden. Zelfs in de woestijn waren de traditionele hutten met daken van palmbladeren vervangen door moderne bungalows.

Een halfuur later bereikten ze de bouwplaats van het mausoleum.

Het eerste wat ze zagen was een breuk in de horizonlijn. Toen ze dichterbij kwamen, bleek de bouwplaats de omvang te hebben van een klein provinciestadje, omgeven door een metershoge afsluiting van metaaldraad, voorzien van grote waarschuwingsborden. Grundy liet het toestel zakken tot op een vijftigtal meter, zodat ze meer details konden zien, zonder nochtans het globale overzicht te verliezen. Nu konden ze ook de tekst op de waarschuwingsborden lezen:

No trespassing! Death penalty! Geen toegang! Doodstraf!

De enorme bouwput was terrasvormig uitgegraven.

'Het mausoleum!'

Grundy moest schreeuwen om zich boven het lawaai van de rotor verstaanbaar te maken. 'Daar wilden jullie rotzooi kwijtraken die duizenden jaren gevaarlijk blijft.'

Het toestel daalde in de uitgestrekte bouwput en bewoog langzaam over duizenden vierkante meters betonnen bodemplaten en onafgewerkte betonpijlers waaruit de bewapeningsribben en het betonijzer als grijpgrage vingers omhoogreikten.

In de hele bouwput was geen levende ziel te bespeuren.

De piloot cirkelde wat rond en verliet de bouwput. Een eind verder zagen ze de grondvesten van wat eens een kernreactor zou moeten worden. Tussen de twee bouwplaatsen bevonden zich zes langwerpige gebouwen van veertig bij twintig meter. Achter de gebouwen was een verhard parkeerterrein, waar reusachtige gele en oranjekleurige bulldozers en graafmachines in rijen naast elkaar stonden opgesteld.

'Hoe zijn die hier geraakt?' vroeg Myriam verbaasd.

Grundy sloeg zich op de borst. 'Door de lucht! Met vliegende kranen. Een Sikorsky S-64 Skycrane.' Hij grijnsde breed. 'Veel geld aan verdiend.'

Hij maakte met het toestel een omtrekkende beweging boven de grondvesten van de reactor. Het was er even uitgestorven als in de bouwput van het mausoleum.

'Ik begrijp dat ze de reactor ver van bewoond gebied bouwen,' zei Myriam, 'maar waar halen ze het water voor de koeling vandaan?'

'Zeewater, door een driehonderd kilometer lange pijpleiding. Men bouwt meteen een ontziltingsinstallatie en het water zal dienen voor irrigatie van een grootscheeps landbouwproject.'

Grundy zette het toestel op korte afstand van de gebouwen in een wolk van opstuivend stof en zand aan de grond.

Toen hij het contact afgesloten had, deed de plotselinge stilte bijna pijn aan de oren.

Ze bleven nog even zitten en keken om zich heen.

Myriam riep ongewild hard: 'Als er een mens...' Ze zweeg en herbegon met normale stem: 'Als er iemand in die gebouwen was, zou hij nu al wel op het lawaai afgekomen zijn.'

Ze zag aan de gezichten dat de anderen hetzelfde dachten.

'Laten we toch maar een kijkje nemen', stelde Arafat voor.

Ze verlieten het toestel en liepen in half gebukte houding onder de nog traag draaiende rotorbladen uit.

Met de commissaris voorop gingen ze naar het eerste gebouw. Iemand had zich schijnbaar niet al te veel zorgen gemaakt over de voorziene strafmaatregelen voor dieven, want de deur was zonder veel omhaal opengebroken.

In het gebouw was eens de administratie gehuisvest geweest. Het was er snikheet. De bureaus en het andere meubilair stonden er nog, de kantoormachines met stofkappen afgedekt. De bureauladen en klasseerkasten waren leeg.

Het volgende gebouw – eveneens met opengebroken deur – was een herstelwerkplaats. Er bevond zich ook een reusachtige generator voor elektriciteit, een koelinstallatie voor de altijd aanwezige airconditioning en een half gedemonteerde ontvangst- en uitzendinstallatie voor telefoon en radio.

In het derde gebouw bevonden zich de gemeenschappelijke lokalen. Restaurant, keuken, eetzaal, ontspanningslokaal en een dispensarium. De Emiraten zorgden blijkbaar goed voor het lichamelijke welzijn van hun gastarbeiders.

Ze stonden bijeen in de keuken.

Grundy zei: 'Ik vraag me af waarom er geen bewaker meer is. Er is er nochtans duidelijk één geweest.'

Ze keken hem alle drie vragend aan.

Hij wees naar een van de lange werktafels. Die stond vol met een stapel vuile bordjes. 'Het lijkt er bijna op of hij iedere dag een ander bordje heeft genomen. Zoals een gevangene een streepje op de muur van zijn cel zet.'

Ondanks de hitte huiverde Myriam bij de betekenis van zijn woorden. Voor geen geld van de wereld zou ze hier alleen willen achterblijven.

Grundy trok een voor een de koelkasten en diepvriesbakken open. Alles leeg, behalve een enorme koelkast halfvol blikjes Pepsi-cola. Ook de voorraadkasten waren leeg, op wat bussen met specerijen en balen rijst na.

Het vierde gebouw was een moskee. Ook aan het spirituele welzijn was gedacht.

De twee andere gebouwen bevatten de woonvertrekken. Ruime kamers, voorzien van moderne Zweedse meubels, met één, twee of vier bedden, het gebruik ervan naar alle waarschijnlijkheid afhankelijk van de hoogte op de maatschappelijke ladder van de bewoners.

De kranten en tijdschriften die hier en daar te vinden waren, bleken meer dan twee maanden oud te zijn. In de kamers vonden ze nergens persoonlijke voorwerpen.

Ze liepen door de gangen met Arabische opschriften en openden hier en daar een deur.

Op de vliegen na was er nergens leven te bespeuren.

Myriam vroeg zich af wat Jake in deze spookstad was komen zoeken.

Ze gingen uit elkaar om de kamers wat grondiger te doorzoeken.

Myriam begaf zich naar het laatste gebouw

Een van de eerste deuren die ze opende bracht haar in een flat, die naar de luxe te oordelen door een van de topmanagers bewoond was geweest. In de badkamer met Italiaanse faience en porseleinen sanitaire toestellen draaide ze een kraan open, maar er kwam geen water uit.

Toen ze de flat wilde verlaten merkte ze dat de deur gesloten was. Het waren tegen brand beveiligde deuren die automatisch dichtvielen.

Op de binnenkant van de deur had iemand met dik krijt een boodschap geschreven:

Ik zal verdwijnen
en niet meer zijn,
maar het land waarover ik zwerf,
zal blijven.

Myriam stond als van de hand Gods geslagen.

Het was een oude spreuk van de Omaha-indianen die, geschilderd op een stuk bewerkte dierenhuid, aan de wand van Jakes slaapkamer had gehangen. Ze had hem tientallen keren gelezen.

Het leek wel een kreet om hulp.

Ze was ervan overtuigd dat Jake in deze kamer had geslapen. Ze zag het aan de manier waarop het bed was opgemaakt, een opgevouwen zakdoek, van de kleur en de tekening zoals Jake er altijd bij zich had. Op het nachtkastje lag een instant-camera.

Ze liep de gang in en schreeuwde de namen van de anderen, die geschrokken kwamen aanlopen.

'Jake is hier geweest', riep ze. 'Hij heeft in deze kamer geslapen.'

Opgewonden toonde ze hun de spreuk, de andere tekenen, maar ze schenen er niet zo van onder de indruk te zijn.

'Er kunnen nog andere mensen die spreuk gekend hebben', meende Arafat.

Ze doorzochten al de gebouwen opnieuw, ieder hoekje, maar vonden geen verdere aanduidingen. In de keuken telde Grundy de bordjes. 'Zestien. Het lijkt wel of hier iemand zestien dagen gegeten heeft.'

Aan de bordjes zaten opgedroogde restjes van rijst met curry.

'Wie het ook was, hij had niet veel variatie in zijn menu', merkte Arafat op.

Ze verlieten de gebouwen en liepen door de verzengende hitte naar het machinepark. De graafmachines en bulldozers, allemaal van het merk Caterpillar, stonden er als voorhistorische monsters verlaten bij.

'Onbegrijpelijk', zei Myriam. 'Die machines moeten een fortuin waard zijn. Dat ze die zo maar aan hun lot overlaten.'

'Ze terugbrengen kost ook een klein fortuin', antwoordde Grundy. 'Het ADAD hoopt misschien het werk te kunnen hervatten, ofwel wachten ze tot er een andere bestemming voor wordt gevonden.'

Ze dwaalden tussen de machines door, maar vonden niets dat hen op het spoor van Jake bracht.

Als Jake hier ooit geweest was, dan was hij nu goed en wel verdwenen.

Besluiteloos stonden ze bij elkaar.

Na enige tijd zei Grundy: 'Het wordt tijd dat we opstappen, lui. Het is nog een heel eind naar de bewoonde wereld.'

Ze gingen aan boord en maakten hun riemen vast. Grundy startte de motor en liet hem warmdraaien. Hij steeg op en hield het toestel nog even ter plaatse.

Ieder wierp van zijn kant nog een laatste blik op het grootse, maar zinloze bouwwerk onder hen.

'Zo, dan gaan we maar', zei Grundy.

Hij verhoogde het toerental en bewoog de stuurknuppel.

'Wacht even', zei de commissaris.

Hij wees naar beneden.

'Achter het machinepark. Er is een poort in de omheining die openstaat.'

Arafat haalde de schouders op. 'Het is waarschijnlijk langs die weg dat de inbrekers de toegang hebben geforceerd. Vergeet niet dat er veel deuren waren opengebroken.'

'Er loopt een spoor de woestijn in', zei de commissaris. 'Het begint bij de poort. Het is een spoor van een bulldozer. Kijk maar.'

Ze zagen het dubbele spoor dat de rupsbanden in de blauwgrijze bodem hadden gemaakt.

'Hoe weet je dat het de woestijn *in* gaat? Het kan er net zo goed *uit* komen.'

'Niet met de richtingaanwijzer aan het begin. Net buiten de poort.'

Ze zagen hoe iemand tussen de twee sporen met stenen een pijl had gevormd.

'Waar loopt het heen?' vroeg Arafat.

De piloot keek op zijn kompas. 'Richting noord-noordwest. De kortste route naar de kust.'

'Zouden we niet eens kijken waar ons dat naartoe brengt?'

Grundy keek weifelend. 'Tja, als het spoor die richting blijft uitgaan, betekent het voor ons een heel eind om. We zouden wel eens met brandstoftekort te kampen kunnen krijgen.'

'Laten we het zover als mogelijk proberen', stelde Arafat voor.

'Oké,' antwoordde Grundy, 'maar jullie zijn gewaarschuwd. Vannacht slapen we misschien onder de sterren.'

Het toestel helde wat voorover en volgde als een speurhond met zijn neus dicht tegen de grond het spoor door de zoutvlakte.

De twee evenwijdige lijnen liepen met de fantasieloze eentonigheid van een spoorweg min of meer rechtdoor, af en toe uitwijkend voor een al te brede kloof of een te steile zoutopstuwing. In de helikopter was het warm, maar dat was niet te vergelijken met de hitte die nu op de grond moest heersen. Een paar honderd meter voor hen uit leek de lucht met de bodem samen te smelten tot vloeibaar metaal dat voortdurend in beweging was. Myriam zocht zo intens naar enige beweging dat haar ogen ervan begonnen te tranen.

'Vijftig kilometer sinds het mausoleum', zei Grundy.

Ze zwegen en staarden naar de woestijnbodem.

'Honderd kilometer!'

De tocht leek eindeloos te duren.

'Hé,' zei Arafat, 'er blinkt daar iets.'

Grundy liet het toestel wat zakken. Het was een leeg Pepsicola blikje. Vijftig meter verder lag er nog een.

'Wat raar,' zei Myriam, 'zo ver je kunt zien, liggen er blikjes langs het spoor. Het is precies Klein Duimpje die kruimels gestrooid heeft om de weg terug te kunnen vinden.'

Ze vlogen verder en pijnigden zich de hersenen over het nut van die lange reeks lege blikjes.

Na veertig kilometer lagen er geen blikjes meer.

Toen ze een uur gevlogen hadden zei de piloot: 'Als we nu niet koers zetten naar Abu Dhabi, kunnen we maar beter meteen beginnen met noodsignalen uit te zenden.'

'Nog tien minuten,' smeekte Myriam, 'het spoor kan toch niet eindeloos doorgaan?'

'In de Rub'al-Chali wel', zei de commissaris.

'Wat denk jij, Arafat? Moeten we het nu opgeven?'

Hij aarzelde, legde toen een hand op haar schouder. 'We moeten het aan de piloot overlaten', zei hij. 'Met Het Lege Kwartier moet je echt niet spotten.'

Ze waren er zo intens mee bezig dat ze geen van allen gezien hadden dat er geen spoor meer was.

Arafat schreeuwde: 'Opgelet! Achter ons! De bulldozer.'

Grundy liet de helikopter zwenken.

Een paar honderd meter terug stond een oranje bulldozer, kleiner van formaat dan de machines in het mausoleum, schuin tegen een korte zandhelling opgesteld.

Myriam voelde haar hart van opwinding een slag overslaan.

Een paar ogenblikken later hing de Sikorsky boven de graafmachine. Zelfs door het opstuivende zand heen konden ze zien dat het voertuig verlaten was.

Myriam wist niet wat ze verwacht had te zullen vinden, maar ze voelde het als een teleurstelling.

De piloot zette de helikopter zachtjes aan de grond.

Ze bleven zitten tot de rotorbladen tot rust waren gekomen en het opgestoven zand was gaan liggen. De hitte drong als een steekvlam door de kunststofruiten van de helikopter.

Gehaast verlieten ze het toestel en liepen, drijfnat van het zweet, over een bodem van mul, grijsachtig zand, waarin hun schoenen diep wegzonken, naar de bulldozer.

Daar bleven ze staan en staarden ongelovig naar een berg lege colablikjes.

De commissaris klom in de stuurcabine. Hij bestudeerde de instrumenten en klopte op de brandstoftank.

'Leeg', oordeelde hij. 'De chauffeur is zonder brandstof komen te zitten en te voet verder getrokken.'

Van zijn hoge standplaats af liet hij zijn ogen over de omgeving dwalen. In zijn blik las Myriam hoe weinig overlevingskansen hij gaf aan de chauffeur die geprobeerd had te voet uit deze hel te ontkomen.

Toen hoorden ze het geluid.

Het klonk als de ochtendhoest van een kettingroker.

Onder de bulldozer kwam het zand in beweging.

Eerst was het een dun zandstraaltje dat de helling afrolde. Daarna vloog het met korte rukjes onder de bulldozer uit, zoals wanneer een hond een put graaft.

Onder de bulldozer ontstond een kleine opening. Daaruit kwam een hoofd tevoorschijn, na het hoofd een paar schouders en toen worstelde een man zich moeizaam uit het donkere gat, dat hij onder de Caterpillar had gegraven, op zoek naar schaduw en koelte.

Zijn verschijning ging vergezeld van de geur van een man die zich in weken niet heeft gewassen.

In opperste verbazing staarden ze naar de haveloze figuur, zijn lange vettige haar, zijn baardgroei van weken op het holle gezicht en het besmeurde zomerpak dat los om het vermagerde lichaam hing. Het was een schijndode die opstond uit zijn graf.

'*Hello*, liefje', kraste zijn stem. 'Ik dacht dat je nooit zou komen.'

Onder de baard, het vuil en de zweren op zijn lippen herkende Myriam Jake Corbelle.

Hij ging moeizaam zitten met zijn rug tegen de bulldozer en zag kans te glimlachen.

'Het enige dat ik te bieden heb is Pepsi-cola', zei hij met een gebarsten stem, maar met de manieren van een heer van goeden huize. 'Maar als jullie voor de afwisseling soms een slokje water voor me hebben?'

Ze lachten en liepen door elkaar. Al Grundy haalde een jerrycan met water, een picknickmand met broodjes en een thermos met koffie. Zonder zich te schamen trok Jake zijn kleren uit en Myriam goot water over zijn hoofd. Hij droogde zich af met een handdoek en trok zijn broek aan. Grundy gaf hem een schoon T-shirt en Jake zag er bijna menselijk uit.

Ze zaten dicht bijeen aan de schaduwkant van de bulldozer, zielsgelukkig om het welslagen van hun zending, en keken toe hoe hij het ene broodje na het andere naar binnen schrokte. Ten slotte kon Myriam haar nieuwsgierigheid niet meer bedwingen.

'Wat voerde je uit in het mausoleum?' vroeg ze.

Hij keek haar aan met een terughoudende blik in zijn roodomrande ogen. 'Niets bijzonders, liefje. De stand van zaken waarnemen.'

Ze stelde hem gerust. 'We weten dat je met een onderzoek naar fraude bezig was, Jake. Ook dat je ontdekt hebt wie...'

Hij schudde zijn hoofd. 'Nu niet, Myriam.'

'Maar Jake,' zei ze een beetje ongeduldig, 'we...'

Arafat kwam tussenbeide. 'Laat de arme man rustig zijn broodjes opeten, Myriam.'

Maar Jake duwde het eten van zich af. 'Jezus,' zei hij, 'al die weken heb ik geleefd op rijst met curry en Pepsi-cola en nu kan ik nauwelijks drie belegde broodjes naar binnen werken.'

Hij dronk koffie uit een kartonnen beker.

Grundy zei: 'Die blikjes langs de weg intrigeerden me.'

'Oké, oké.' Jake leunde achterover en liet een boer. 'Pardon.'

Ze lachten.

Hij begon te vertellen: 'Wegens binnenlandse politieke moeilijkheden had het ADAD de bouw van het mausoleum stopgezet, hoewel het NOC haar aandeel in de constructiekosten was blijven betalen. Volgens het ADAD waren ze met de werken verder gevorderd dan ze hadden aangerekend. Al wat ik op het oog had, was een serie foto's maken om na te gaan in hoeverre dat waar was.'

Vandaar dus de instant-camera, dacht Myriam.

Jake vervolgde: 'Nadat de ADAD-helikopter me in de Marzuq-Oase had opgepikt, maakte ik vanuit de lucht wat foto's. Daarna zette de piloot het toestel voor me aan de grond en maakte ik wat kiekjes van dichterbij. Terwijl ik daarmee bezig was, is de Alouette weggevlogen.'

'Zonder jou?' vroeg Myriam geschokt.

Jake knikte grimmig. 'De bouwplaats was volkomen verlaten. Er was geen telefoon, geen radio, geen elektriciteit, geen brandstof, kortom niets. O ja. Er was een paar honderd kilo rijst en genoeg Pepsi-cola om de Wereld-Jamboree te bevoorraden.'

Myriam wilde een vraag stellen, maar Arafat legde haar met een blik het zwijgen op.

'Ik dacht dat Al me wel zou missen zodra hij thuiskwam, dus bleef ik de eerste dagen rustig op zijn komst wachten.'

'Sorry hoor,' viel Grundy in, 'toen ik thuiskwam en bij het ADAD naar jou informeerde, zei Mazroui dat je al naar huis was. Ik heb dat bij Pan Am gecheckt en die hebben me dat bevestigd. Hoe kon ik nou weten...'

Jake vervolgde onverstoorbaar. 'Na twee weken wist ik met zekerheid dat ik de ruimte moest kiezen wilde ik het er levend afbrengen. Het enige vervoermiddel dat ik ter beschikking had was een bulldozer. Ik wist niet wat die krengen verbruikten, dus koos ik de kleinste uit de verzameling. Uit de andere bulldozers hevelde ik de restjes brandstof over om als reserve mee te nemen.'

'In lege colablikjes?' vroeg Grundy.

'Dat klopt. Ik had geen reservetank of een andere vorm van recipiënt. Om honderd liter extra mee te kunnen nemen, heb ik op zijn minst vierhonderd blikjes gevuld.'

'En dat bleek uiteindelijk onvoldoende.'

'Precies,' zuchtte Jake, 'die krengen kun je beter rechtstreeks op een boortoren aansluiten.'

Grundy stond op. 'Het wordt tijd dat we de lucht ingaan, lui. Ik wil graag voor donker in Abu Dhabi zijn.'

Als om zijn woorden kracht bij te zetten, hoorden ze op hetzelfde moment het ronken van een ver verwijderd vliegtuig. Het lawaai nam snel toe en veranderde in het karakteristieke tjoek-tjoek van een helikopter.

Ze stonden allemaal op en zochten de hemel af. Hoewel het lawaai voortdurend luider werd, konden ze de bron ervan niet ontdekken.

Geheel onverwacht verscheen het toestel op een paar meter boven de grond van achter een verhoging in het terrein. De ondergaande zonnestralen weerkaatsten zo fel op de koepel en de floepende rotorbladen, dat ze nauwelijks de vorm konden herkennen.

Een seconde later bleef het toestel op zo'n korte afstand van het groepje hangen dat ze door het daverende lawaai en de neerwaartse luchtverplaatsing onwillekeurig het hoofd introkken.

Met de hand beschermend voor de ogen tegen het opstuivende zand keek Myriam omhoog.

Nu er geen hinderlijke weerkaatsing meer was, zag ze dat het de Alouette van het ADAD was.

Op de stoel naast de piloot zat Mazroui. Die schreeuwde opgewonden iets tegen een man achter hem op de passagiersstoel. De laatste drukte zijn gezicht tegen de kunststofruit van de koepel en ze herkende Abbas Al Fahim. Hun blikken kruisten elkaar heel even. Lang genoeg voor Myriam om de flitsende haat in zijn ogen te kunnen zien.

Ze voelde een koude rilling over haar rug lopen.

Aan zijn gezicht zag ze hoe Al Fahim een bevel snauwde tegen Mazroui.

Die schoof een raampje in de koepel open en ze zag de loop van een automatisch machinepistool verschijnen.

Het was zo onwezenlijk dat ze de betekenis niet direct begreep. Ze hoorde geen schoten, maar registreerde zonder angstgevoelens inslagen van kogels, minieme vulkaanuitbarstingen in de bodem van gips en grind.

Toen werd ze met kracht tegen de grond geworpen.

'Achter de bulldozer!' schreeuwde Arafat.

Hij greep haar bij de arm en sleepte haar ruw onder de bescherming van de stalen schop, naast de twee anderen.

Nu pas hoorde ze het angstwekkende geluid van de kogels die te pletter sloegen tegen het stalen koetswerk van de bulldozer.

Ze gilde van angst.

De Alouette cirkelde rondom de Caterpillar op zoek naar een opening in hun stalen verdedigingsgordel en met hun vieren draaiden ze gebukt met hem mee, alsof ze blindemannetje speelden.

Maar dit was geen kinderspel. Vooral voor Grundy was het een hele karwei zijn lange lichaam buiten het schootsveld te houden. Sommige kogels ketsten rakelings langs hen heen en Myriam begreep dat dit hoe dan ook het einde was.

Toen stopte de kogelregen en de Alouette verwijderde zich.

Voorzichtig hieven ze hun hoofd op.

De Alouette vloog in de richting van de Sikorsky.

Arafat sprong op. 'Hij gaat ons toestel aan flarden schieten!'

Grundy gilde: *'No dammit! Bastards!'*

De Alouette bleef boven de Sikorsky hangen en er werd niet onmiddellijk geschoten. Misschien moest Mazroui zijn machinepistool herladen of wilde Al Fahim nog even genieten voor hij het vonnis voltrok.

De commissaris klauterde met een groot legerpistool in zijn hand op de motorkap van de Caterpillar.

Hij steunde met zijn hand op een stang van de zonnetent boven de stoel van de chauffeur en mikte nauwkeurig.

Toen loste hij snel na elkaar een reeks schoten.

Er gebeurde niets. De afstand was waarschijnlijk te groot voor een pistool. De commissaris kon net zo goed proberen met een proppenschieter de Alouette neer te halen.

De korte loop van het automatische machinepistool verscheen opnieuw door het raampje van de helikopter.

De commissaris duwde een nieuwe lader in de kolf van zijn pistool en schoot.

Misschien verwondde hij de piloot of beschadigde hij met een toevalstreffer het aandrijfmechanisme van de staartrotor.

De Alouette maakte plotseling een vreemde beweging in de lucht.

Grundy riep: 'Let op! Zijn staartrotor is uitgevallen!'

Myriam zag dat de romp van de Alouette langzaam begon mee te draaien met de grote rotor.

Grundy siste tegen de commissaris: 'Hij moet landen, nu direct of hij stort neer. Hou je klaar!'

De piloot van de Alouette probeerde – met de kracht van de luchtstroom langs de romp – door snel voorwaarts te vliegen zijn toestel stabiel te houden.

Aan het plotseling toenemende lawaai hoorden ze dat hij het toerental van zijn grote rotor opdreef.

Het lukte hem niet de nodige snelheid te krijgen en de helikopter kwam in een vrille terecht.

Met ingehouden adem zag Myriam hoe de romp voortdurend sneller ging ronddraaien, het toestel dwarrelde door de lucht als een dolgeworden kever en in een ultieme poging trachtte de piloot toch nog te landen.

Grundy schreeuwde: 'Liggen!'

Ze wierpen zich op de grond.

Het grote rotorblad raakte het eerst de grond en brak in verscheidene stukken, die als dodelijke projectielen alle kanten uit vlogen. De neerstortende romp barstte met een beangstigend lawaai uiteen in een wolk van stof.

Toen werd het stil.

Arafat wilde opspringen, maar Grundy trok hem neer.

'Wacht!'

Het wrak van het toestel desintegreerde voor hun ogen in een explosie van rode vlammen en zwarte rook. Myriam, met Arafat mee overeind gekomen, werd door de luchtverplaatsing weggeslingerd. Ze bleef verdoofd liggen.

Vaag was ze zich ervan bewust dat Arafat zich bezorgd over haar boog en haar onderzocht. Hij hielp haar overeind. Ze leunde zwaar tegen hem aan en liet zijn troostende woorden op haar inwerken.

Het duurde even voor de oorsuizingen zo verminderden dat ze het gesprek van de mannen kon volgen. De commissaris wilde wachten tot het wrak afgekoeld was om de stoffelijke resten te onderzoeken, maar de piloot was het er niet mee eens. Hij wilde onmiddellijk vertrekken. Na een korte woordenwisseling legde de politieman zich erbij neer.

Het begon al te schemeren, toen Al Grundy zijn Sikorsky aan de grond zette in de helihaven van de Mohammed bin Khalifastreet.

Abdullah stond hen met zijn limousine op te wachten.

Zodra ze in de auto zaten, viel Jake in slaap. Myriam bestudeerde zijn vermagerde gezicht en vroeg zich af waarom hij zo ontwijkend had geantwoord op haar vragen.

En opeens drong het tot haar door dat de twee voornaamste getuigen die haar vader hadden kunnen vrijpleiten, Mazroui en Abbas Al Fahim, in de helikoptercrash waren omgekomen.

Myriam had Witman vanuit de auto opgebeld. Hij stond hen op te wachten achter de automatische glazen hoteldeuren, somber voor zich uit starend, en opnieuw viel haar op dat hij er uitzag als een afgegoten aardappel, een kleur die hem tekende sinds ze in Abu Dhabi waren gearriveerd. De begroeting tussen Witman en Corbelle was op zijn minst merkwaardig te noemen. Witman, altijd al een teruggetrokken man sinds zijn gehoorstoornis, forceerde zich om vrolijk te kijken, maar zijn gezichtsuitdrukking hield veeleer het midden tussen die van een kwezel, op het punt verkracht te worden, en van Thomas die de wonden van Jezus bekijkt. Daarentegen schudde de altijd spraakzame en met kwinkslagen klaarstaande Corbelle Witman de hand met een strakke, humorloze glimlach en sprak nauwelijks een woord. De man was de uitputting nabij.

Ondanks zijn eigen krukkerige lichaamstoestand nam Witman als een bezorgde huismoeder Corbelles lot in handen. Hij had voor een suite gezorgd en tegen de tijd dat ze er aankwamen, stond voor de kamerdeur een westers geklede man met de klassieke dokterstas hen op te wachten.

Witman ging mee Corbelles slaapkamer in en vanuit de openstaande deur hoorden ze hem bezig Jake te helpen bij het uitkleden. Terwijl de dokter Jake onderzocht, liet Witman het bad vollopen. Na het onderzoek hoorde Myriam hem met aandrang tegen Jake praten en diens verzwakte stem was nauwelijks te horen.

Witman kwam met de dokter mee buiten, recepten in de hand.

'Hoe gaat het met hem?' vroeg Myriam.

'Niet breed, maar ook niet zorgwekkend. Uitdroging en gebrek aan vitamines. De dokter heeft hem een paar injecties gegeven. Al wat Jake wil doen is slapen, maar dat kan niet. Hij moet eerst behoorlijk eten en drinken.'

Witman schroefde een versterker op het luidsprekertje van de telefoon en ze hoorden hoe hij de strijd aanbond met de ambassade om voor Corbelle een nieuw paspoort te krijgen, voorzien van een uitreisvisum. De man die zich voor hem had uitgegeven en in zijn plaats naar New York was afgereisd, had niet alleen Jakes bagage, maar ook zijn paspoort meegenomen.

Jake kwam op blote voeten uit de slaapkamer. Zijn vroeger zo gespierde benen kwamen nu als bleke bezemstelen onder de badmantel van het hotel uit. Maar nu hij gewassen en geschoren was, zag hij er, met de witte zalf op de zweren aan zijn lippen en zijn te lange haren wild over zijn voorhoofd, opnieuw een beetje uit als de boekanier die ze kende. Dat gaf haar moed.

'Jake', zei ze, en haar stem klonk wranger dan ze had gewild. 'Stel mijn geduld nu niet langer op de proef. Zeg me wat je weet.'

Hij keek haar oplettend aan, plukte wat aan de korsten op zijn lip en schudde het hoofd. 'Thuis, liefje. Het spijt me.'

Ze bloosde. 'Grote God, Jake. Ik dacht nog wel dat we vrienden waren.'

Hij antwoordde niet meteen, maar ze herkende de hooghartige uitdrukking die op zijn gezicht verscheen als hij boos op iemand was.

'We zijn vrienden', zei hij opeens en hij knikte. 'Ja, ik geloof ook dat we vrienden zijn. Daarom zal ik het je vergeven dat je belangrijke documenten uit m'n slaapkamer hebt gestolen.'

Ze verbleekte, niet in staat te antwoorden.

Ook de anderen zwegen, onzeker over wat hij met zijn uitval wilde zeggen.

Er werd op de deur geklopt en in stilte keken ze toe hoe een bediende van de roomservice een trolley binnenreed met groentesoep, een tournedos met groentekrans en hopen vers fruit, door Witman voor Jake besteld.

'Voorzichtig, *please*,' zei de ober, 'borden héél héél heet.'

'Ha!' zei Jake. 'Soep! Geef me eens een bord, Witman.'

Witman keek op, begreep wat Jake verlangde en pakte een bord vast.

Myriam zei nog: 'Opgelet, Werner!' maar het was al te laat. Het bord kletterde op de vloer en Witman zoog op zijn pijnlijke duim.

Ze keek bestraffend naar Jake. 'Je weet toch dat Witman de waarschuwing van de ober niet kon horen.'

Corbelle grijnsde verlegen.

Arafat verbrak de stilte. 'De geur van de tournedos doet me watertanden. Wie gaat er mee eten?'

'Ik niet', zei Witman met zijn duim in zijn mond. 'Mij maakt de geur alleen maar misselijk. Ik blijf bij meneer Corbelle tot hij naar bed gaat. Intussen probeer ik het NOC te bereiken.'

Myriam ging eerst naar haar kamer om te douchen. Ze had geen zin uitgebreid toilet te maken en ze trok een natuurzijden groene blouse aan en een lange grijze rok. In de Liwa Main Dining-Room van het Sheraton waren ze de enige gasten, afgezien van een tafel met vier Saoedi's in traditionele kleding, die voortdurend belangstellende blikken in haar richting wierpen.

Ze gingen aan tafel en terwijl ze hun keuze maakten, hoorde ze de klaaglijke oproep tot het plichtgebed van de *moëddzin* vanaf de minaret van de nabije moskee. *Allahar Akbar!* God is groot! Ze bestudeerde Arafats reactie, maar hij hoorde het niet of deed alsof. Ook de Saoedi's aten ongestoord verder.

'Moet je niet bidden?' vroeg ze.

Met de ogen op de kaart gericht zei hij: 'Merkwaardig hoe Witman je soms verstaat en soms niet.'

Het was een beleefde manier om haar duidelijk te maken dat hij van onderwerp wilde veranderen.

Ze antwoordde: 'Hij compenseert zijn gebrek aan gehoor voor een deel met liplezen en interpretatie van gebaren. Maar daarvoor moet hij naar je kunnen kijken als je praat.'

Hij vouwde de kaart dicht en zei: 'Wat denk je, nemen we ook een tournedos? Die zag er sappig uit.'

Ze tastte hongerig toe en al etend had ze het gevoel dat ze niet het recht had om ervan te genieten. Ze duwde haar bord van zich af.

'Vind je het niet erg van Al Fahim?' vroeg ze.

Hij stak het laatste stuk vlees in zijn mond en kauwde. Nadenkend zei hij: 'Zijn dood lost veel problemen op.'

Ze vond het een wrede opmerking en dat zei ze hem.

Hij bewoog wat met zijn schouders. 'Moslims staan anders tegenover de dood dan christenen of joden.'

'Onverschilliger?'

Hij was ook klaar met eten en leunde achterover. Ondanks het gedempte licht zag ze dat zijn ogen geel glansden. 'Weet je wat islam betekent?'

'Ik dacht: de leer van Mohammed?'

'Islam wil zeggen "overgave", namelijk aan Allah.'

Ze pikte erop in. 'Is het islam dat ik morgen naar huis ga zonder jou?'

Hij glimlachte treurig. 'Dat durf ik niet te zeggen. Het is veeleer Allahs wil die geschiedt. *Insha'Allah.*'

Het gesprek liep de verkeerde richting uit. Ze schoof haar stoel achteruit. 'Laten we een wandeling maken.'

'Goed.'

Hij slenterde naast haar, zonder haar aan te raken of enig ander teken van openlijke genegenheid. Ze kwam dichter naast hem lopen. 'Vind je niet dat Jake een beetje raar doet?'

'Niet voor iemand die drie weken in de woestijn heeft rondgedoold. Het leek me wel duidelijk dat hij boos op jou was. Wat was dat met die slaapkamer?'

De laatste zin klonk nogal scherp.

'Ik heb niets uit zijn slaapkamer gestolen', loog ze. 'Wel uit zijn bureau.' Ze kon het niet velen dat haar vroegere verhouding met Jake te berde werd gebracht.

'Ik hoop het voor jou', zei hij vlak. 'Overspel wordt hier niet geapprecieerd.'

'Overspel?' vroeg ze verontwaardigd. Ze draaide zich op haar hielen om, keek hem met vlammende ogen woordeloos aan. Het lag op haar tong om uit te varen, maar ze zag de gevaarlijke blik in zijn ogen. Let op je woorden, dacht ze. Zo meteen gaat hij er vandoor.

Ze dwong zich tot een lach en pakte hem bij de arm. 'Je houdt gelukkig voldoende van mij om onnodig jaloers te worden. Wat denk je, terug naar het hotel?'

Zijn ogen werden zachter, minder geel, hij knikte instemmend en trok zijn arm los. Zonder iets te zeggen draaide hij zich om en schreed, een paar passen voor haar uit, in de richting van het hotel.

Myriam weerhield zich ervan hem terug te roepen. In de plaats daarvan liep ze, zonder te pogen hem in te halen, gedwee achter hem aan.

Het begon licht te worden toen hij terug bij haar kwam en ze klemde zich hongerig aan hem vast. Zoals iedere keer gaf hij haar het gevoel dat haar lichaam aan hem toebehoorde, dat hij haar, groot als hij was, uiteenreet en verslond, zoals het roofdier dat ze soms in zijn ogen weerspiegeld zag.

Daarna lagen ze rustig naast elkaar, en de opwinding maakte bij haar plaats voor een verwarrende onzekerheid over haar toekomst en een latent schuldgevoel tegenover haar vader. Ze legde haar hand op haar buik en ze probeerde zich voor te stellen hoe het zou zijn daar beweging te voelen.

Ze draaide zich op haar buik en drukte zich op haar ellebogen omhoog, streelde de haren op zijn borst, zijn kalende schedel en het kroezende haar op zijn achterhoofd.

'Arafat,' zei ze, 'het is een mooie naam. Waar komt hij vandaan?'

Zijn stem kreeg de hypnotiserende klank waarmee hij haar telkens opnieuw in zijn ban bracht.

'Van de berg Arafat', zei hij. 'Die ligt ten oosten van Mekka, op tien kilometer van de Ka'ba. Niemand weet waarom de berg en de vlakte eromheen Arafat heet, maar er bestaat een mooie legende over.'

'Vertel mij die', bedelde ze.

'Volgens de overtuiging van de moslims lag het paradijs in de omgeving van Mekka', vertelde hij. 'Na hun verdrijving hebben Adam en Eva honderden jaren gescheiden van elkaar door het Arabisch schiereiland gedwaald.'

'De geschiedenis herhaalt zich', mompelde ze.

Hij ging niet in op haar woorden. 'Ten slotte bracht de engel Gabriël hen weer samen op de berg in de vlakte van Arafat. De legende eindigt met de woorden *ta'arrafa* – zij herkenden elkaar.'

Ze luisterde geboeid, onder de indruk van de ernst waarmee hij zijn verhaal deed.

'De berg Arafat is de plaats waar de profeet zijn laatste preek hield', vervolgde hij. 'Iedere gelovige moet eenmaal in zijn of haar leven de grote bedevaart naar Mekka maken. De *hadj*. Op het einde bestijgen ze de berg Arafat al roepend: Op uw bevel, O Heer, kom ik hier! Het ritueel duurt van het middaguur tot zonsondergang en is het hoogtepunt van de *hadj*.'

Ze glimlachte. Het was een mooi verhaal. Ze wist zo weinig over zijn godsdienst.

'Arafat', herhaalde ze, de naam op haar lippen proevend. 'Weet je nog hoe ik hem eerst niet wilde uitspreken?'

Hij glimlachte en schoof onder haar. Zijn plotselinge hardheid verraste haar en de opwinding die hij veroorzaakte toen hij bij haar binnendrong onderdrukte haar onzekerheid en schuldgevoelens. Met haar mond zocht ze de zijne en het was zoals de eerste keer, een woeste verkrachting waar geen eind aan kwam.

Toen het ten slotte voorbij was, bleef ze op hem liggen. 'Nu heb ik de berg Arafat bestegen', zei ze. 'In mezelf heb ik ook geroepen: Op uw bevel kom ik hier! Nu wil ik ook dat het van het middaguur tot zonsondergang duurt.'

Hij maakte een beweging om uit haar weg te gaan.

'Ga niet weg uit mij', fluisterde ze in zijn oor. 'Ik wil een kind van jou.'

Ze voelde hoe hij afwerend zijn spieren spande.

'Ik ook,' zei hij, 'maar het is niet mogelijk.'

Met een ruk hief ze haar hoofd op. 'Waarom niet?'

Moeiteloos duwde hij haar van zich af, stapte uit het bed en bleef naakt, met gespreide benen voor haar staan.

'Het zou nergens thuishoren.'

Opeens had ze het koud. Ze huiverde en wikkelde zich in de punt van de bedsprei.

'Hoezo?' vroeg ze voorzichtig.

'Een kind van een jodin en een Palestijn?' smaalde hij. 'Voor sommigen zou hij een bastaard zijn. Voor anderen een ongelovige. Maar het ergst van al: het zou een mens zijn zonder thuisland.'

Hij draaide zich om en liep naar de badkamer. Ze hoorde hem bezig onder de douche en de zorgen van de nacht kwamen weer over haar heen. Toen hij in slaap was gevallen en ze naar zijn rustige ademhaling had liggen luisteren, haar geest pijnigend over de woorden waarmee ze hem zou weten te overreden, niet toegevend aan de verleidelijke oplossing straks naar een abortuskliniek te gaan. Ze hoorde hem het water van de douche afsluiten en wipte uit het bed, trok haastig wat kleren aan, kamde haar haar en deed wat eau de toilette op.

Hij kwam binnen, geheel gekleed, klaar om te vertrekken.

Ze wist dat niets de fierheid van een Palestijn op zijn land kon overtreffen.

'Arafat,' zei ze ernstig, 'je kunt een kind van me hebben. Het kan een land hebben. Het kan een naam hebben. Jij kunt mijn nationaliteit krijgen. Het is voldoende dat we trouwen en jij met mij meegaat.'

Hij zei effen: 'Je weet dat ik getrouwd ben.'

'Ja,' zei ze, 'je kunt je laten scheiden.'

De uitdrukking op zijn gezicht veranderde bijna niet. 'Echtscheiding is het meest te vermijden recht van de moslim.'

'Ik zal je een zoon schenken.'

'Het zal een halve jood zijn', antwoordde hij onbewogen. 'De geschiedenis van Israël en Palestina ruikt naar bloed.'

Zonder erbij na te denken pleegde ze verraad.

'Ik bén geen jodin, Arafat. Richard Dachner is niet mijn natuurlijke vader. Hij trouwde mijn moeder toen ik twee jaar was en adopteerde me.'

Hij keek haar aandachtig aan, schudde toen zijn hoofd en glimlachte begrijpend. 'Dat weet ik, Myriam. Het maakt niets uit. Een moslim kent het begrip wees niet.'

Ze boog haar hoofd.
Hij liep naar de deur.
'Arafat!'
Hij bleef staan en leunde tegen de deur. Zijn lichte ogen namen haar in zich op. 'Het is ingewikkeld, Myriam, maar ik beloof je dat ik erover zal denken. Ik bel je zodra je thuis bent. *Anna Bahebak.*'
Ze bekeek zijn gezicht nauwkeurig, zocht naar onoprechtheid. Arafat duwde zich weg van de deur en liep de gang in. Myriam strekte haar rug.
Ze geloofde hem.

21

Muriël zei: 'Wie krijgt er nu een kind van een Arabier?'

Myriam werd er niet boos om. Ze kende Muriël en ze wist dat ze oprecht met haar meeleefde. Toen ze haar verteld had dat Arafat getrouwd was, een dochter en twee kleindochters had, had Muriël gezegd: 'Daar hoefde je niet voor naar Abu Dhabi te reizen. Dat had ik je zo ook wel kunnen vertellen.'

Nu zette Muriël het strijkijzer op zijn staander en trok de stekker uit het stopcontact. 'Ik zal je het adres geven van die kliniek voor seksuele voorlichting in Den Haag. Als ik jou was, zou ik niet te lang wachten.'

'Niet nodig', zei Myriam. 'Ik ben van plan het te houden.'

Muriël staarde haar met open mond aan.

'Myriam! Wat heb jij toch een natuurlijke neiging om jezelf in de nesten te werken. Weet je vader het al?'

'Nee. Ik wacht op het geschikte moment.'

Sinds haar terugkeer, nu drie dagen geleden, had ze Richard twee keer ontmoet. De eerste keer toen hij haar afhaalde op de luchthaven. Ze had hem nauwelijks herkend. Zijn vroegere felle bewegingen hadden plaatsgemaakt voor de motoriek van een oude man en zijn dikke grijze haar was helemaal wit en uitgedund. Alleen zijn grijze ogen hadden nog iets van hun uitdrukkingskracht behouden.

Tijdens de rit naar Antwerpen had Richard vooral met Jake en met Witman gepraat. Hij was erg teleurgesteld geweest over het resultaat van hun reis en het was Myriam onmiddellijk duidelijk geworden dat Jake tegenover haar vader even terughoudend was als tegenover haar. Gelukkig scheen Richard wat sterkte te putten uit de aanwezigheid van Witman. Hij had haar naar haar flat bij het theaterplein gebracht, die ze nu opnieuw met Muriël deelde, en bij het korte afscheid had ze beloofd hem de volgende dag te komen opzoeken.

Myriam verliet samen met Muriël de flat. Muriël om te gaan werken in de boetiek in het stadscentrum en Myriam voor haar eerste werkdag bij het NOC.

Al rijdend vroeg ze zich af hoe het er zou zijn nu Richard er niet meer de leiding voerde. Hij was door de minister uit zijn functie gezet, in afwachting van het resultaat van het onderzoek naar wat de kranten het 'kernafvalschandaal' noemden. Ook Jake Corbelle was door dezelfde maatregel getroffen.

De dag tevoren was ze haar vader in zijn villa te Westerlo gaan opzoeken. Toen ze er aankwam, was hij niet thuis. Ze trof tante Louise op de zolder, bezig met opruimen. Ook zij kon het gebeurde niet van zich afzetten.

'Straks worden we hier als misdadigers aan de deur gezet.' Ze pinkte een traan weg. 'Hoe kunnen ze je vader dit aandoen? Hij heeft zo hard gewerkt voor het NOC.'

Nu pas begreep Myriam de ernst van de toestand. Haar vader moest de villa ontruimen omdat die aan het NOC toehoorde. 'Wat heeft hij voor plannen?'

'Men heeft hem een baan aangeboden aan de universiteit van Richmond in Virginia. Hij denkt die te zullen aannemen. De vernedering heeft hem meer kwaad gedaan dan de hartaanval.'

'Amerika is voor hem toch een goede oplossing. Waar wacht hij op?' Ze haatte zichzelf om haar onoprechtheid. In werkelijkheid zag ze ertegen op hem onder ogen te komen zodra haar zwangerschap zichtbaar zou zijn.

'Op jou, kindje.' Tante Louise huilde en de tranen gleden over haar gerimpelde wangen. 'O, Myriam. Waarom moest je zo nodig met die vreemde man optrekken? Een Palestijn nog wel.'

'Het spijt me, tante.' Ze pakte haar zakdoek uit haar handtas en droogde tantes tranen. 'Ik ben zesentwintig en moet mijn eigen weg gaan.'

Ze hoorde hem thuiskomen en ging hem tegemoet. Hij zei:

'Dag, Myriam', gaf haar een zoen en was verder uiterst gereserveerd. Ze wist dat Witman hem een uitgebreid verslag had gebracht over de gebeurtenissen in Abu Dhabi en dat hij Arafat de schuld gaf van wat haar was overkomen. Nu weigerde hij er met haar over te praten zolang ze Arafat niet uitdrukkelijk verloochende. Tijdens het telefoongesprek vanuit de rijdende auto in Abu Dhabi had Richard zijn afkeuring over haar verhouding met Arafat uitgesproken in de vorm van een veto en daar kwam hij niet meer op terug. Maar Myriam kon niet ontrouw zijn aan haar eigen beginselen en ze zaten tegenover elkaar op het overdekte terras, dronken koffie en praatten over zijn mogelijke vertrek naar Amerika, haar squashlessen in Center Court, kortom over alles, behalve over datgene waarover ze zo nodig haar hart tegenover hem had willen uitstorten. En toen ze haar vaders huis verliet en naar Antwerpen terugreed, waren haar gedachten slechts vervuld geweest van de vraag waarom Arafat haar nog niet had opgebeld om haar zijn beslissing bekend te maken.

De voorbije nacht had ze geslapen als een muis in een meelbak, bij het geringste geluid had ze gedacht dat het de telefoon was en zich opgewonden van de ene zij op de andere gedraaid, geplaagd door erotische fantasiebeelden over Arafat, ten prooi aan gevoelens waarvan ze altijd had gedacht dat alleen mannen ze hadden.

Toen ze die ochtend op het NOC arriveerde, leek het haar of ze in een totaal onbekende wereld terechtkwam, hoewel ze niet veel meer dan een week afwezig was geweest. De anders zo joviale portier keurde haar slechts een hoofdknik waardig en de meeste collega's liepen met een boog om haar heen of vermeden ieder gesprek dat met het kernafvalschandaal te maken had.

Ze had zich nauwelijks op haar kantoor geïnstalleerd en was bezig de post te sorteren, toen ze de secretaresse van Richard aan de lijn kreeg.

'De directeur vraagt u te spreken, juffrouw Dachner. Op zijn kantoor. Nu meteen.'

'De directeur?' vroeg Myriam verbaasd. 'Is Richard hier?'

'De nieuwe directeur vanzelfsprekend', zei de secretaresse uit de hoogte. 'Niet meneer Dachner.'

Ze liep de gang uit naar het kantoor van haar vader, klopte aan en opende de deur.

In de deuropening bleef ze perplex staan.

Werner Witman zat in Richard Dachners stoel.

'Jij hier?' vroeg ze geschokt. 'Op Richards plaats?'

Witman stond op, knoopte zijn colbert dicht en keek haar met zijn ronde kinderogen verontschuldigend aan. 'Het spijt me voor uw vader, juffrouw Dachner. De secretaris-generaal van het ministerie heeft mij, als oudste van de directeurs, voorlopig aangewezen om hem te vervangen.'

Ze knikte. 'Ik begrijp het.'

Hij wees op een bezoekersstoel. 'Gaat u zitten.'

Toen pas zag Myriam dat Jake Corbelle in de tweede bezoekersstoel zat.

Het was verbazingwekkend zoals hij in korte tijd zijn oude flair had herwonnen. Hij had zich een krulletjeskapsel aangemeten, dat zich uitstekend voegde bij zijn knappe, bruinverbrande gezicht met de hoge jukbeenderen. Met zijn lichtgewicht-zomerpak van Italiaanse snit, een lilakleurig natuurzijden hemd met bijpassende das en pochet, was hij het toonbeeld van de moderne manager, de vlotte jongen die de gebeurtenissen naar zijn hand wist te zetten. In navolging van een van zijn indiaanse voorouders stak hij een hand omhoog met de handpalm naar voren en zei: 'Hoi!'

Myriam ging zitten en glimlachte onzeker.

'Een vervelende situatie', zei Witman. 'Meneer Corbelle wil er wat aan doen, maar heeft geen toegang meer tot zijn kantoor of tot de andere installaties van het onderzoekscentrum. Hij vraagt of u hem wilt helpen.'

'Waarmee?' vroeg ze, min of meer argwanend.

Corbelle zei: 'Achterhalen wie de ware schuldige is van de fraudepraktijken bij het NOC.'

'Ik dacht dat jij wist wie dat was.'

'Waarom zou ik?'

'Omdat je het aan Florence Gigase verteld hebt', zei ze scherp. 'Die lag toevallig naast jou, toen je er met iemand bij het NOC over belde.'

Hij was niet in het minst verlegen. 'O Florence', zei hij opgewekt. 'Nou, ik kende niet bepaald de dader, maar had wel een belangrijk element ontdekt.'

'Ahum!'

Witman schraapte zijn keel, zodat ze allebei het hoofd naar hem wendden.

'Zouden jullie zo goed willen zijn een beetje in mijn richting te praten?' vroeg hij beleefd.

Het was een uitzonderlijke situatie. Ze moesten als het ware tegen elkaar praten zonder elkaar aan te kijken. Maar het was tenslotte het kantoor van Witman en hij was er de baas.

Corbelle glimlachte begrijpend. 'Vanzelfsprekend, meneer Witman. Ik was net aan juffrouw Dachner ons telefoongesprek van de nacht voor mijn verdwijnen aan het uitleggen.' Hij praatte voort, zijn hoofd nu half afgewend van Witman, min of meer in de richting van Myriam.

'Zie je, Myriam. Ik had bij het ADAD het rekeningnummer bij de Banque Cantonale de Suisse te pakken gekregen, waarop de verschillen tussen de echte en de gefingeerde facturen werden overgemaakt. Ik hoopte op die manier de dader te kunnen identificeren. Die nacht gaf ik dat nummer per telefoon door aan meneer Witman, die voor mij zou proberen uit te zoeken wie de begunstigde was.'

Ze vroeg hoopvol: 'Is hem dat gelukt?'

'Nee', zei hij en wierp een verontschuldigende blik in Witmans richting. 'We hadden nogal een slechte verbinding en later bleek dat meneer Witman het nummer verkeerd had verstaan.'

'Waarom doe je daarvan geen aangifte bij de justitie?'

Corbelle trok een spijtige grimas. 'Omdat ik het nummer niet meer heb. De volgende morgen ben ik met de helikopter van Al Grundy naar het mausoleum gevlogen. De rest weet je. Zodra ik weg was, haalde iemand mijn kamer leeg, stal m'n paspoort en alle belastende documenten die ik had kunnen bemachtigen.'

'Hoe kan dat? Hoe wisten ze dat jij...?'

'Iemand bij het NOC moet ons gesprek hebben afgeluisterd en Mazroui hebben verteld wat er aan de hand was, zodat die maatregelen kon treffen om mij uit te schakelen. Meneer

Witman is bezig dat eveneens uit te zoeken. Nietwaar, meneer Witman?'

'Eh... Hoe zegt u?' vroeg Witman verbouwereerd.

Het was hopeloos.

Myriam dacht even na. 'Waarom heb je Richard niet meteen opgebeld?' vroeg ze aan Jake.

Corbelle keek haar peinzend aan, overwoog zijn antwoord. Toen zei hij: 'Laten we aannemen dat ik hem niet kon bereiken.'

Myriam sloeg de ogen neer.

Hij geloofde nog altijd in Richards schuld.

Jake zei zachtjes: 'Het zou niet...'

Witman zei: 'Hmm?'

'Het zou niet zo erg zijn,' hernam Corbelle op luidere toon, 'als jij die documenten niet uit mijn slaapkamer had gestolen. Wat bezielde je eigenlijk?'

Ze vroeg het zich ook af.

'Ach,' zei ze, 'het was zo'n verwarrende situatie.'

Hij wachtte op haar uitleg.

Ze werd boos. 'Jullie speelden allemaal één grote komedie.'

'Hoezo?'

'Jij die een kopie van het waste-contract wilde, maar weigerde te zeggen waarvoor. Arafat die deed alsof hij aan Al Fahims kant stond en in werkelijkheid Richard chanteerde om Al Fahim de toegang tot de BR2 te ontzeggen.' Naarmate ze praatte werd ze bozer. 'De bedreigingen! De verdachtmakingen! Richard was telkens de zondebok. En niemand die me in vertrouwen nam. Behalve hij.' Ze knikte in Witmans richting. 'Nietwaar, Werner?'

Ze zag aan zijn onzekere blik dat hij als naar gewoonte niet de helft van wat ze zeiden had verstaan.

'Hij is de enige op wie je kunt rekenen als het erop aankomt', zei ze. 'Hij legde me uit hoe de fraude kon gebeuren en waarnaar ik moest zoeken.' Ze stond op, liep rond het bureau en legde haar hand op zijn schouder. 'Werner onderdrukte zelfs zijn angst om te vliegen. Wist je dat hij afgezien van een lokale vlucht nooit in een vliegtuig is gestapt?' Ze kneep hem in de schouder. 'Toen Richard hem vroeg mij te vergezellen naar Abu Dhabi, aarzelde hij geen ogenblik.'

Jake Corbelle had de hele tijd geluisterd zonder haar te onderbreken. Toen zei hij langzaam en duidelijk: 'Blijft het feit dat je die stukken uit m'n safe haalde en dat ze door jouw schuld in de brand verloren zijn gegaan.'

'Ze zaten in m'n handtas, Jake', zei ze ongelukkig. 'Die is in de brand gebleven.'

Hij zei hardvochtig: 'Precies, gebleven!'

Myriam stotterde van ergernis. 'Je gaat mij... mij toch niet verdenken?'

'Als ik je niet beter kende,' vervolgde Corbelle onverbiddelijk, 'zou ik denken dat je het deed om te voorkomen dat je vader in de nor zou belanden.'

Myriam voelde het bloed uit haar gezicht wegtrekken. Dit had ze nooit van Jake verwacht.

'Herinner je je de brief in het Arabisch met de handtekeningen in groene inkt?'

Ze knikte sprakeloos.

Jake zei: 'Ik wist toen niet wat hij bevatte. Nu weet ik dat het een soort kredietbrief was, waarmee de begunstigde over het tegoed op de Zwitserse bankrekening kon beschikken. Het was een onbetwistbaar bewijsstuk en dat is door jouw schuld verloren gegaan.'

Myriam liep met gebogen hoofd naar haar stoel en ging zitten.

Jake vervolgde, minder ongenadig.

'Begrijp je nu waarom ik je niet zo'n goed hart toedroeg, toen ik van Witman hoorde dat die stukken in de brand vernietigd werden?'

O God, dacht Myriam, wat heb ik toch gedaan?

Ze pakte haar zakdoek en veegde wat tranen weg.

'We hebben misschien nog een kans, Myriam,' zei Corbelle, 'als jij wilt helpen.'

Ze stak haar zakdoek weg. 'Wat kan ik doen? Zeg het maar.'

Hij aarzelde. 'Ik weet niet of er gevaar bij is.'

Ze snoof. 'Gevaar. De laatste drie maanden heb ik meer in gevaar verkeerd dan in de zesentwintig jaar daarvoor.'

Onwillekeurig liet Corbelle zijn stem zakken. 'Ik werd opgebeld. Een man met een streekaccent. Hij beweert bij de brandbestrijding in De Purperen Barak je handtas te hebben gevonden.'

'O, gelukkig', fluisterde ze.

'Vermoedelijk een lid van het personeel. Je weet dat aan elkeen een bepaalde taak is toegewezen ingeval van brand. Ik neem aan dat hij weet dat de stukken voor ons van belang zijn. Hij eist in ieder geval een nogal forse beloning. Vijfduizend dollar.'

'Ongehoord.'

'Geeft niet.' Corbelle haalde een envelop uit zijn binnenzak. 'Jij moet hem die overhandigen.'

'Waarom ik?' vroeg Myriam. 'Waarom jij niet?'

'Omdat mij de toegang werd ontzegd, liefje. En meneer Witman kan zich als dienstdoende directeur-generaal niet veroorloven in zoiets gemengd te worden. Hij steekt zijn nek al uit door met mij te willen praten.'

'Goed', zei Myriam op besliste toon. 'Ik doe het. Waar?'

'In een *warme* cel van het BR2-reactorcomplex. Die voor natriumvulling van pile-in secties. Cel nummer drie.'

'Wáár zeg je?!'

'Schreeuw niet zo. Straks hoort de secretaresse je.'

'Die cellen zijn toch gesloten?' vroeg Myriam stil.

'Niet voor het ogenblik', zei Jake zachtjes. 'Ze zijn open voor de jaarlijkse lekdichtheidstest. Je moet wel een veiligheidspak aantrekken.'

Myriam dacht aan haar droom over de warme cel. Met moeite zette ze een angstig voorgevoel van zich af.

'Goed.' Ze stond op. 'Wanneer?'

'Tijdens de lunchpauze', zei Corbelle. 'Om twaalf uur dertig. Dan is het reactorcomplex verlaten.'

Myriam pakte de envelop uit Jakes hand, aarzelde even, liep om het bureau heen en gaf Witman een zoen. Zoals altijd hadden ze onder elkaar gepraat zonder met Witmans handicap rekening te houden.

Ze wuifde nog even vanuit de deuropening en zag dat zijn ronde babyogen waterig glommen.

Voor Myriam de *rode* zone van het BR2-reactorcomplex betrad, speldde ze haar badge met foto op, samen met het stralingsmeetstaafje. Ze ging naar binnen en kwam in een korte gang. Vanuit een maximaal beschermde loge wuifde een van de veiligheidsdeskundigen, die permanent toezicht hielden op mogelijk stralingsgevaar, haar toe.

De korte gang leidde naar de kleedkamers en sanitaire inrichtingen. Links voor mannen, rechts voor vrouwen. Ze duwde de aan haar sekse voorbehouden deur open en liep naar binnen. Bij de kaptafels stonden twee vrouwen hun lippen bij te werken en gezichten naar de spiegels te trekken, onderwijl met gedempte stemmen en veel gegiechel de eventuele seksuele capaciteiten van een van hun mannelijke collega's onder de loep nemend.

De beschermingspakken voor bezoekers hingen in keurige kleerkastjes van witte kunststof.

Ze schopte haar schoenen uit en trok een van de witte pakken over haar rok en blouse. Voor ze de eveneens witte astronautenkap over haar hoofd trok, keek ze op haar horloge. Het was twintig over twaalf. Ze pakte de envelop uit haar handtas. Eerst wist ze er geen blijf mee, toen vond ze een soort van zijzak in het broekgedeelte van het pak. Daarna trok ze snel de kap over haar hoofd, deed de gele handschoenen en gele laarzen aan en spande alle snelsluiters aan.

Hoewel het pak behoorlijk licht was, gaf het haar een benauwend gevoel. Voor geen geld zou ze er een dag in willen rondlopen.

Ze drukte op de elektrische deuropener, waardoor de deur naar de toegangssluis met een zuigend geluid openging. Ze stapte in de kleine sluis, wachtte tot het rode lichtje groen werd en drukte op de knop voor de volgende deur. Een halve minuut later stond ze in het complex. Aan de overzijde zag ze het bassin van de reactor waar de experimenten werden uitgevoerd. Zoals iedere keer dat ze hier kwam, huiverde ze door de nabijheid van dit monster van moderne technologie.

De cellen voor onderzoek en afstandsbehandeling lagen aan de rechterkant van het complex. Zonder aarzelen liep ze ernaartoe. Aan deze kant was nergens personeel te zien. De kijkgaten van de cellen waren niet verlicht en de rode waarschuwingslichten voor stralingsactiviteit in de cellen brandden niet.

Ze liep naar het kijkgat van cel nummer drie. In het interieur heerste een lugubere, groenachtige schemering. Toen zag ze iemand bij de werkbank staan. Een grote man, eveneens met een wit beschermingspak aan, maar met blauwe handschoenen en laarzen. Nu begreep ze waarom hij deze plaats had gekozen. Hij had een donkerblauw masker voor en was niet te herkennen.

Hij leek precies een astronaut.

Aarzelend liep Myriam langs de openstaande deur de cel in.

In het midden bleef ze staan, haalde de envelop tevoorschijn.

'De papieren?' vroeg ze.

Haar stem klonk in haar eigen oren zo vervormd door het masker, dat ze zich afvroeg of hij haar kon verstaan.

'Ik ben Myriam Dachner.' Ze hief de envelop in de hoogte. 'Het geld.'

Hij knikte en liep naar de hoek van de cel, opende het deurtje van een uit dik glas en metaal vervaardigd kastje en haalde er een met bruin papier omwikkeld pakje uit. Ze zag dat het de vorm had van een handtas.

Myriam reikte hem de envelop aan.

De astronaut overhandigde haar zwijgend het pakje.

Myriam draaide zich om en liep naar de deur.

In de cel gingen de lichten aan en de fluittoon van een op te hoge frequentie afgestelde micro snerpte door de kleine ruimte.

Ze dacht dat haar trommelvliezen zouden scheuren. Ze liet het pakje vallen en drukte haar handen tegen haar oren.

Iemand stelde de frequentie bij en een stem klonk door de luidspreker.

'Wilt u het pakje op de doorgeefschuif leggen, alstublieft?'

De stem was vervormd door de luidspreker, maar er was iets bekends aan de beleefde manier van spreken.

Toen zag Myriam de deur in beweging komen. Ze wierp er zich met haar volle gewicht tegen, schopte tegen het glanzende staal, maar de deur sloeg onverbiddelijk dicht en de zware sloten klikten hoorbaar. Ze trommelde met haar vuisten op de deur.

De stem in de luidspreker zei: 'Alstublieft. Leg het pakje op de schuif.'

Myriam gilde: 'Maak die deur open!'

Haar stem weergalmde tegen de stalen wanden.

Ze draaide zich om en schreeuwde tegen de astronaut met de blauwe handschoenen: 'Doe iets! Help me toch!'

Die maakte slechts een gebaar van machteloosheid.

Ze hoorde een zoemend geluid en keek omhoog. De grijparm van de robot zwaaide over hun hoofden heen en zijn stalen klauw sloot zich behoedzaam om een glazen kolf op een plank tegen de achterwand.

De telescopische grijparm schoof in elkaar en bracht de glazen kolf tot tegen het plafond van de cel.

De stem uit de luidspreker zei: 'Als u de handtas niet op de schuif legt, laat ik de kolf vallen. De vloeistof die hij bevat zal niet alleen de handtas, maar ook alle leven in de cel vernietigen. Wees verstandig, juffrouw Dachner.'

De bedreiging klonk ernstig en Myriam liep rood aan. Ze pijnigde haar hersenen. De man aan wie de stem uit de luidspreker toebehoorde, kende haar naam, wist dat haar handtas in het pakje zat. En dan zijn formele manier van spreken. Plotseling begreep ze wie het was. De nieuwsgierigheid won het van de angst en ze liep naar het kijkglas en drukte haar voorhoofd tegen de dikke ruit.

'Ben jij het, Werner?' vroeg ze zacht.

Ze gluurde, met haar handen een kom vormend om het vizier van haar masker vanwege de lichtweerkaatsing in het kijkglas. Vaag zag ze een grote man in een witte doktersjas, zijn gezicht verborgen achter het vizier van de periscoop.

'Werner?' vroeg ze opnieuw. 'Waarom doe je dit?'

Werner Witman kwam langzaam van achter de periscoop tevoorschijn.

'Het spijt me, Myriam', zei hij. Zelfs door het getinte glas zag ze dat zijn gezicht een hoogrode blos van opwinding vertoonde. 'Ik heb niets tegen jou. Het zijn de anderen.'

'Hoezo de anderen?'

'De directeurs, de ingenieurs, de employés, de secretaressen, iedereen, zelfs je vader. Tijdens gesprekken lachten ze om me, namen me in de maling of vertelden me de ware toedracht niet. Ze deden achterbaks en als ik vroeg duidelijker te praten, gingen ze prevelen en moffelen. Toen ik de kans kreeg om opnieuw te horen, heb ik geen ogenblik geaarzeld.'

'Kun jij horen, Werner?' fluisterde Myriam.

'Met één oor, Myriam. Maar uitstekend, zelfs als jullie fluisteren.'

'Dan ben jij dus de...'

Witman viel haar in de rede: 'Ik moest wel. Een operatie in het Medical Hearing Institute in Dallas kost miljoenen. Het was een unieke kans toen Mazroui omstreeks dezelfde tijd met voorstellen kwam aandragen.' Hij lachte honend. 'Het was kinderspel om je vader te doen tekenen. Hij las nooit wat hij tekende. Ik schoof de valse contracten gewoon tussen de echte.'

Myriam kon het nauwelijks geloven. Niet van Witman. Toen werd ze door een verschrikkelijke gedachte getroffen.

'Was jij het Werner, in De Purperen Barak?'

Hij kwam dichter bij het raam staan en ze zag kleine zweetdruppels in de holte van zijn kin.

'Het was goed voorbereid', zei hij. 'Waarom moest jij zo nodig meegaan?'

'Dus was jij de brandstichter?' Ze kon het zich niet voorstellen. De goedaardige Werner die haar vader opsloot in een brandende loods. En nadien op arglistige manier zorgde dat Jake ervan verdacht werd.

'Je bent een monster, Werner', zei ze met afkeer.

Hij keek haar aan met zijn kinderlijke glimlach, maar met een harde blik in zijn ogen.

De man achter haar zei: 'Geef hem de handtas nu maar, liefje.'

Geschrokken en blij tegelijk, draaide ze zich op haar hielen om.

'Jake?'

Ze wilde hem om de hals vallen, maar hij hield haar tegen en raapte het pakje van de grond.

'Wat denk je, liefje? Zullen we Witman zijn zin geven?'

Hij scheurde het pakpapier open en hield de handtas voor het kijkglas. 'Dit is wat je zoekt, nietwaar Witman?'

Jake knipte het slot open en schudde de inhoud eruit.

De documenten dwarrelden omlaag en kwamen tot rust op de vloer. Allemaal krantenpapier, netjes gesneden op din-formaat.

Witman gromde: 'Speel geen spelletje, meneer Corbelle. De documenten of jullie gaan er allebei aan.'

'Jake, wees voorzichtig', zei Myriam angstig.

Jake draaide zijn hoofd naar haar om en maakte een sussend geluid. 'Maak je geen zorgen, liefje. We zijn hier zo uit.' Hij stak zijn hand met de blauwe handschoen uit naar een rode knop in de wand.

Witman riep: 'Afblijven, meneer Corbelle!'

Jakes gezicht vertoonde een raadselachtige glimlach. Langzaam legde hij zijn hand met open palm tegen de rode knop.

Myriam schreeuwde: 'Jake, de kolf!'

Verstijfd van schrik zag ze de stalen klauw opengaan en de kolf omlaagvallen.

Het glas spatte uit elkaar in duizenden stukjes.

Een blauwachtige rook vulde de cel.

Ze voelde dat ze ging bezwijmen.

Jake lachte. 'De rook is maar fake, liefje. Je mag gerust ademen.'

Hij drukte op de ontsnappingsknop en de deur zwaaide open. Steunend op zijn arm liep ze naar buiten. Met trillende handen maakte ze de snelsluiters los en trok de kap over haar hoofd. Ze hapte naar adem.

De onpasselijkheid trok langzaam weg.

Witman stond voor hen met vertrokken gezicht, een glanzend pistool in zijn hand. 'Het spijt me, Myriam', mompelde hij. Hij richtte het pistool op Corbelle en zijn vinger kromde zich om de trekker.

Jake zei: 'Kijk eens achterom, Witman. Je hebt je bekentenis afgelegd voor de hele magistratuur.'

Witman wierp een snelle blik om zich heen, zag de veiligheidsagenten met geweren en machinepistolen in de aanslag. Een man in burger riep bevelend: 'Laat dat pistool vallen, meneer Witman! We hebben u onder schot!'

Langzaam draaide Witman zijn hoofd naar Corbelle. Zijn ogen drukten vooral pijn uit.

'U hebt me bedonderd, meneer Corbelle', zei hij zwakjes. 'Jullie hebben me allemaal bedonderd.'

Hij liep langs hen heen in de richting van het bassin van de reactor.

De officier in burger riep: 'Staan blijven, meneer Witman!'

Maar Witman liep door.

Een van de agenten bracht zijn geweer aan de schouder en richtte. De officier zei: 'Laat hem maar. Hij kan nergens heen. Het hele gebouw is omsingeld.'

Corbelle pakte Myriam bij de elleboog. 'Kom mee, liefje,' zei hij vriendelijk, 'het is afgelopen.'

Achter in het bassin klonk één enkel pistoolschot.

Myriam wierp zich in Jakes armen.

'Arme Werner', snikte ze.

Ze wendde het hoofd af toen ze een paar Rode-Kruismannen met een brancard door het BR2-reactorcomplex zag lopen.

Jake sloeg zijn arm om haar schouders en leidde haar naar buiten.

Nadat de ambulance vertrokken was en de gerechtelijke commissaris hen afzonderlijk aan een verhoor had onderworpen, zaten Myriam, Jake en Richard bij elkaar in het salonnetje van Richards vroegere kantoor. Op een of andere manier was Richard erin geslaagd zijn thermoskan met koffie gevuld te krijgen. Hij schonk in en voegde bij elk de juiste hoeveelheid melk toe. 'Er staan het NOC nog onprettige dagen te wachten', zei hij.

'Waarom?' vroeg Myriam.

'Het gerechtelijk onderzoek is pas op gang gekomen. Men zal willen weten of Witman handlangers had.'

'Jouw naam is nu toch van alle verdenking gezuiverd.'

'Dat wel,' zei Richard, 'maar het NOC heeft bij mij afgedaan.' Hij staarde somber voor zich uit. Ze wist hoe erg hij zich in zijn eer aangetast voelde. Ze wendde zich tot Jake.

'Hoe wist je dat het Witman was?' vroeg ze.

Jake liet een stukje suiker in zijn koffie vallen en roerde. 'Abdullahs boordjournaal', zei hij.

'Hoezo?'

Hij nam een slok en liet zich wat onderuit in zijn stoel zakken. 'Het is een heel verhaal, liefje.'

'We luisteren.'

'Ik had al geruchten opgevangen over geknoei met de waste en verdachtmakingen aan het adres van Richard, maar ik kreeg nooit concrete gegevens in handen. Totdat ik een paar weken voor de brand in mijn post de documenten vond die Myriam in mijn slaap... eh... uit mijn safe heeft eh... weggenomen.'

Richard vroeg: 'Wie was de afzender?'

'Onbekend', antwoordde Jake. Met een zijdelingse blik op Myriam zei hij: 'Ik dacht aan dokter Dissie.'

Natuurlijk was het Arafat, dacht Myriam.

'Waarom?' Richards stem klonk scherp.

Jake haalde zijn schouders op. 'Ik dacht om jou uit de penarie te helpen, ter wille van Myriam.'

Richard gromde wat en zweeg.

Jake vervolgde: 'Daarin werden de geruchten over de fraude bevestigd, maar niet wie de fraudeur was.'

Myriam kwam tussenbeide: 'Toch wel. Je zei zelf dat in de Arabische kredietbrief zijn naam was vermeld.'

'Nee', zei Jake. 'Dat zei ik om Witman op te jutten. In werkelijkheid was het het soort brief *Betaal aan toonder dezes...*, zonder identificatie van de begunstigde. Daarom besloot ik het rechtstreeks in Abu Dhabi te gaan uitzoeken. Maar bij het ADAD werd mij door Mazroui de voet dwarsgezet.' Corbelle keurde zijn krulletjeskapsel in de ruit van de bibliotheekkast en herschikte een paar lokken. Van zijn avontuur in de woestijn was niets meer te merken. 'Tijdens een rit van Dubai naar Abu Dhabi kreeg ik een lumineus idee. Ik ondervroeg Abdullah over de passagiers die hij de laatste twee jaren had vervoerd.'

'Wie is Abdullah?' vroeg Richard.

'De uitbater van de Nasser Car Hire Company in Abu Dhabi. Hij vervoert contractueel iedere bezoeker voor het ADAD en tekende nauwkeurig hun namen en bestemmingen op in zijn boordjournaal. Een van die namen was die van Werner Witman.'

'Witman in Abu Dhabi?' vroeg Richard ongelovig. 'Hij durft niet eens naar een vliegtuig te kijken.'

'Het meest verbazende was dat Abdullah niets afwist van Witmans gehoorstoornis. Dezelfde avond belde ik Witman op en fluisterde hem een gefingeerd rekeningnummer in zijn oor, alsook de verzekering dat ik op het punt stond belangrijke ontdekkingen te doen bij het ADAD.'

Myriam vroeg: 'Waar was dat goed voor?'

'Om hem uit zijn tent te lokken. Dat lukte zo goed dat ik de volgende dag in het mausoleum levend werd begraven. Ik had toen wel vermoedens, maar geen enkel bewijs tegen Witman. Toen jullie me in de Rub'al-Chali onder de Caterpillar uithaalden, vond ik het beter me van de domme te houden.'

'Ik dacht al dat je boos op mij was.'

'Dat was ook zo. Maar het was hoofdzakelijk om Witman niet wijzer te maken. En om helemaal eerlijk te zijn, wist ik ook niet waar ik aan toe was met jou en met Richard.' Hij keek Richard in de ogen en zei zonder omwegen: 'Het feit dat jij die valse contracten had getekend, maakte het niet eenvoudiger.'

Richard trok een ongelukkig gezicht. 'Ik vertrouwde hem volkomen. Iedere avond legde hij me hele stapels voor om te tekenen.'

Jake knikte. 'Witman was een gewiekste kerel. En hij had karakter. Weet je nog, Myriam? In Abu Dhabi nam hij zonder verpinken een gloeiend heet bord in zijn hand, hoewel we nu weten dat hij de waarschuwing van de ober had gehoord. Daarom moest ik een val voor hem opzetten. Dat moest hier gebeuren, want in de Emiraten kreeg ik geen medewerking van het ADAD. Uiteindelijk werd zijn dekmantel, voorgewende doofheid, zijn valkuil.'

De telefoon op Richards bureau belde. Myriam liep ernaar toe en nam op.

'Met Myriam Dachner.'

'Sahlam', zei Arafat.

Haar hart sprong op van blijdschap. Zijn stem klonk zo duidelijk alsof hij vanuit de aangrenzende kamer sprak. Vlug draaide ze haar rug naar de twee mannen. 'Vanwaar bel je, liefste?'

'Mafraq Hospital. Ik ben net klaar met opereren.'

'O', zei ze teleurgesteld.

'*Escatakt lek*, Myriam.'

'Ik heb jou ook gemist, Arafat.'
'Alles goed met jou? Geen moeilijkheden meer gehad?'
'Nee,' zei ze, 'niets bijzonders.' Het avontuur in de warme cel en de zelfmoord van Witman leken opeens eeuwen geleden gebeurd te zijn. 'Heb je al een beslissing genomen, Arafat?'
Hij wachtte lang met antwoorden, te lang.
'Ik vrees dat het niet kan, Myriam. Palestijnen zijn trots. Hun land komt vóór hun leven.'
Hoewel ze niet anders had verwacht, was ze bitter teleurgesteld.
'Dus zal ik je niet meer zien?'
'Toch wel, Myriam. Als jij wilt. Ieder jaar kom ik voor een viertal weken naar jouw landje, om meer kennis op te doen.'
'Mooi', zei ze een beetje geforceerd vrolijk. Ze vroeg niet of hij voor haar kwam of in opdracht van Aboo Alhawl. 'Als je hier volgend jaar arriveert, zal ik zorgen dat ik een kleine verrassing voor je heb.'
'Wil dat zeggen dat je op me zult wachten?'
'Ook dat.'
'Ik bel je iedere vrijdag. Is dat goed?'
'Heerlijk.'
'*Anna Bahebak*, Myriam.'
'Ik hou ook van jou, Arafat.'
Ze legde neer en bleef met haar rug naar de anderen staan. Richard vertelde aan Jake over zijn voornemen de leerstoel aan de Richmond-universiteit te accepteren. Ook Jake had een veelbelovende baan aangeboden gekregen in Montreal en wilde het NOC verlaten. Geen van beiden vroeg wat haar toekomstplannen waren.
Ze had drie mannen gehad en van die drie had ze er één willen maken.
Nu had ze er niet één meer.
Of toch?
Ze legde haar hand op haar buik en verbeeldde zich dat ze beweging voelde.
Ze draaide zich om en glimlachte.
Insha'Allah, zou Arafat zeggen.

VAN BOB MENDES
ZIJN BIJ DEZELFDE UITGEVER VERKRIJGBAAR

De smaak van vrijheid

Een emotioneel geladen roman over de verboden liefde tussen een vijftienjarige gevangene van een concentratiekamp en een tien jaar oudere boerin die hem helpt bij zijn spectaculaire ontsnapping uit het kamp.

De smaak van vrijheid vangt aan in 1985 in Weimar, tijdens een galadiner ter ere van een Duits industrieel die zich bijzonder heeft ingezet voor de vrijheid en de democratie. Een van de genodigden is Megin Friedmann, een overlevende van Buchenwald. De mensen die hij er ontmoet en de gesprekken die hij met hen voert, brengen hem terug naar de laatste dagen van de oorlog en zijn ontsnapping uit het kamp.

Wanneer in april 1945 het Amerikaanse leger oprukt in de richting van Buchenwald, smeedt de SS plannen om de overblijvende gevangenen op dodentransport te zetten of ze uit te moorden. De vijftienjarige Megin is een van hen. Hij is tewerkgesteld in een van de omliggende boerderijen van de SS. Daar leert hij Karla kennen, een vijfentwintigjarige oorlogsweduwe. Met haar heeft hij een korte, gepassioneerde liefdesverhouding. Wanneer Karla verneemt wat de SS met de gevangenen voorheeft, riskeert zij haar leven om Megin te helpen ontsnappen, samen met twee anderen. De vier komen midden in het oorlogsgeweld terecht. Trouw, liefde, lafheid en haat vechten om voorrang. Veertig jaar later pas, op het galadiner, zal Megin meer te weten komen over het lot van de anderen. En uiteindelijk ook over zichzelf...

BOB MENDES
DE SMAAK VAN VRIJHEID
MANTEAU
VAN HOLKEMA & WARENDORF

BOB MENDES
WINNAAR VAN DE GOUDEN STROP 1997
De Kracht van het Vuur
THRILLER
ALS EEN HELIKOPTER NEERSTORT IN HET ONHERBERGZAME ZAGROS-GEBERGTE, RAAKT HET LOT VAN DE JONGE DOKTER SHARON STERN VERSTRENGELD MET DAT VAN DE INZITTENDEN, MET VOOR DE ARTS FATALE GEVOLGEN...
MANTEAU
VAN HOLKEMA & WARENDORF

De kracht van het vuur

Vijfentwintig jaar passie en wraak in het Midden-Oosten. Een meeslepende thriller waarin Bob Mendes op ongeëvenaarde wijze de dramatische verwikkelingen schetst in het leven van de joodse vrouwelijke dokter Sharon Stern.

Op 16 augustus 1953 ontvlucht de machtige Darius Razdi, kanselier van de sjah van Perzië, het gistende Teheran, waar een revolterende meute het pro-westerse regime wil omverwerpen. Op een en dezelfde dag verwekt hij bij zijn kersverse derde echtgenote een zoon en verkracht hij de jonge jodin Sharon Stern, die hij op zijn vlucht ontmoet. Sharon weet te ontkomen. Negen dagen later trouwt ze met de onverschrokken zionist Samuel Hofman, met wie zij in de huwelijksnacht de liefde bedrijft. Negen maanden later wordt Simon geboren. Maar wie is nu eigenlijk zijn vader?

Als de rust in Teheran is teruggekeerd, en Razdi weer zijn intrek heeft genomen in zijn onneembare vesting Chinvat, zint hij op wraak. Hij zal 'zijn' tweede zoon terugbrengen en beide broers samen opvoeden. De nietsontziende Razdi begint een onophoudelijke wereldwijde zoektocht naar Simon en zijn moeder Sharon. Razdi's grootheidswaan drijft het verhaal uiteindelijk naar een ijzingwekkende ontknoping.

'De gaafste en spannendste politieke misdaadroman die ooit in het Nederlands verscheen.' – *Het Laatste Nieuws*
'Mendes kan zich met Ludlum of Clavell meten.' – *Haagsche Courant*

BEKROOND MET DE GOUDEN STROP 1997

De kracht van het ijs

Om olie van de bitterkoude North Slope naar de ijsvrije haven van Valdez in het zuiden te kunnen transporteren, wordt dwars door Alaska de duurste pijplijn aller tijden aangelegd. Met het geld van zijn schatrijke broer Darius Razdi speelt Jahan Fariman een sleutelrol bij wat de grootste technische verwezenlijking van de 20ste eeuw wordt genoemd. Maar ook anderen weten welke belangen op het spel staan. Als de pijplijn bijna voltooid is, komen twee technici in spectaculaire omstandigheden om het leven. De sectie van Keystone Canyon wordt door onbekenden gedynamiteerd. Als Fariman op onderzoek uitgaat, escaleert het geweld. Hij raakt betrokken in een gevecht op leven en dood. De strijd om de heerschappij over de pijplijn wordt uitgevochten met helikopters en vliegtuigen in het luchtruim boven de poolcirkel. Gelukkig heeft Fariman in de stoel naast zich Samantha Blake van het Bureau of Indian Affairs. Maar wat is de precieze rol van deze half-indiaanse half-eskimovrouw, die zichzelf 'Levende Geest' noemt?

BOB MENDES
WINNAAR VAN DE GOUDEN STROP
De Kracht van het IJS
THRILLER
MANTEAU
VAN HOLKEMA & WARENDORF

BOB MENDES
LINK
Faction-thriller over computercriminelen en hun banden met de mafia
MANTEAU
VAN HOLKEMA & WARENDORF

Link

Een spannende en onthullende roman over computercriminelen, over slimme jongens die onnoemelijk rijk willen worden en dat doel trachten te bereiken met de hulp en/of de medewerking van prominenten, voor wie smeergeld en corruptie geen taboes zijn. Het is een verhaal over de manier waarop de Italiaanse maffia, Cosa Nostra, in de Belgische politieke en economische samenleving is geïnfiltreerd.

Bart Neels, inspecteur van de Bijzondere Belastinginspectie (BBI/FIOD), gebruikt niet-alledaagse methoden om de boekhouding van een succesvol zakenman te verifiëren. Hij moet het daarbij opnemen tegen Nora, de intelligente en zelfbewuste vrouw van de zakenman. Zijn onderzoek brengt meer aan het licht dan alleen wat fiscale onregelmatigheden: in de computer van het bedrijf is een 'meesterbrein' aan het werk...

'*Link* is een ambitieuze thriller omdat Mendes weet dat zijn Gouden Strop verplichtingen schept. Hij komt deze ruimschoots na.' – *de Volkskrant*

'Een thriller van formaat. Wie aan dit boek begint, legt het niet onuitgelezen opzij.' – *Het Nieuwsblad*

De fraudejagers

Een sociopolitieke thriller over corruptie, belastingfraude, maffiapraktijken en touwtrekkerij onder onze machthebbers (zelfs tot in de hoogste regionen). Jonathan Jackson treedt als hoofdcontroleur in dienst bij de fiscale elitetroepen van de Directe Belastingen, de BBI. Zijn doel is een onderzoek in te stellen naar de geheimzinnige dood van Marie-Pierre Desgrange, zijn exvriendin, die eveneens bij de BBI werkte en net voor haar dood een wijdvertakte fraudezaak op het spoor kwam. Jonathan en zijn adjunct, de donkerharige yogini Elisabeth, raken verstrikt in een web van intriges en geweld en zien nog maar één uitweg: hun lot in handen leggen van minister van Staat Valéri De Beers...

De fraudejagers is een roman over liefde en idealisme versus machtswellust en politieke invloed in de ambtenarij.

'Adembenemende achtervolgingen, ijzingwekkende confrontaties, brutaal fysiek en ander geweld, af en toe een dosis erotiek en, op de meest onverdachte momenten, onverwachte humor. Kortom: een goed boek.' – *Het Nieuwsblad*

BOB MENDES
De
Fraude
jagers
MANTEAU
VAN HOLKEMA & WARENDORF

BOB MENDES
VERGELDING
'Een spionageroman
van internationale allure'
JURY VAN DE GOUDEN STROP 1993
MANTEAU
VAN HOLKEMA & WARENDORF

Vergelding

Schokkende onthullingen over zijn verleden brengen Michel Moreels, een Belgisch industrieel handelsagent, ertoe voor de Israëlische Mossad te gaan werken. Hij krijgt de opdracht te infiltreren in een geheim wapenproject, dat Irak militair tot een wereldmogendheid moet maken. Samen met zijn vriendin Anna Steiner reist hij naar Bagdad. Hij slaagt erin het vertrouwen te winnen van kolonel Saddiq Qazza, chef van de Moekhabarat, de gevreesde Iraakse geheime politie. Langzaam, met gevaar voor zijn leven en dat van Anna, dringt hij binnen in het netwerk van de illegale wereldwapenhandel, traditioneel gevestigd in Brussel en het francofone landsdeel van België. Zijn pad kruist dat van de Amerikaanse wetenschapper Gerald Bull, een deskundige in de ballistiek. Allengs wordt het hem duidelijk dat ook Bull en zijn vriendin Anna meer dan één rol spelen. Naarmate hij meer te weten komt over de geheime diensten én de mensen die hem manipuleren, krijgt zijn Iraakse missie een persoonlijk karakter: dat van vergelding...

'Een meeslepend en goed gedocumenteerd verhaal, met een naadloze overgang van feit naar fantasie naar feit.' – *de Volkskrant*

BEKROOND MET DE GOUDEN STROP 1993

Verslag aan de koning

Deze pocket bevat drie niet eerder in boekvorm verschenen spannende verhalen van Bob Mendes: 'Besmet gebied', 'Gevarenzone' en 'Verslag aan de koning', waarin Mendes bewijst dat hij even sterk is op de korte baan als in zijn romans.